Walt Whitman

„Ein Schriftsteller, ein schreibender Mensch ist der Schreiber der ganzen Natur; er ist das Korn und das Gras und die Atmosphäre im Schreiben."

(Henry D. Thoreau)

Axel von Cossart

Walt Whitman
(Meine >GRASBLÄTTER< und „ICH")

Impressum

Axel von Cossart
Walt Whitman
(Meine >GRASBLÄTTER< und „Ich")

Verlag: tredition GmbH, Hamburg
ISBN: 978-3-8495-7564-9
Printed in Germany
© 2014

INHALT

Hier die zartesten meiner Blätter
und doch auf Dauer meine stärksten,
Hier beschatte und berge ich meine Gedanken,
ich enthülle sie nicht selbst,
Und doch enthüllen sie mich
mehr als alle meine übrigen Gedichte.

Here the Frailest Leaves of Me
Here the frailest leaves of me
and yet my strongest lasting,
Here I shade and hide my thoughts,
I myself do not expose them,
And yet they expose me
more than all my other poems.

Zitate ohne ausdrückliche Namensangabe sind
Äußerungen Walt Whitmans.
Bei offensichtlichen Zeilen des Dichters, die sich
in den Kontext nahtlos einfügen, wurde auf An-
führungszeichen verzichtet.

ICH HÖRE AMERIKA SINGEN

„Ich behaupte, der tiefgreifendste Dienst, welchen Gedichte oder jede andere Literatur ihrem Leser leisten können, ist nicht bloß, den Intellekt zu befriedigen oder etwas Geschliffenes und Interessantes zu liefern, nicht einmal großartige Leidenschaften oder Personen oder Ereignisse abzubilden, sondern den Leser mit kraftvoller und reiner Männlichkeit, Religiosität zu erfüllen und ihm das Herz zu stärken als spürbare Besessenheit und Gewohnheit.“ Der entfesselte Vers soll dabei „mit Herrlichkeiten und Erinnerungen, die „dem menschlichen Geist teuer sind“ angefüllt sein. Denn diese Ganzheiten, Amerika, Demokratie, „sind nur ich und du“: Der originellste Verseschmied Amerikas, Walt Whitman, kennzeichnet sich so selber als den ungestümen Dichter einer vitalen Zeit, als Propheten des Personalismus, den Dichter der Demokratie, der sich löst von Märchen, Mythen, Mittelalter. Sein Terrain sind die Wissenschaft, Wissen, Wirklichkeit, die er ohne prinzipiengeschwängerte Systematik in Thesen aufnimmt, als zukunftsorientierte Antithesen weiterentwickelt, wodurch er seine kulturhistorische Besonderheit begründet. Stefan Zweig, der sich schon in seinen Gymnasialjahren mit Whitman befaßt hatte, bezeichnete diesen mit Blick auf den Expressionismus als „stärksten Dynamo moderner Lyrik“.

Im Alter von Schülern umgeben, die nicht ganz so kauzig waren wie er selbst, ein vollbärtiger, Christus ähnlicher Hüne von Mann: das ist Walt Whitman mit seinem Wollen, den Menschen und Amerika unter Abkehr von etablierten poetischen Normen in einem gänzlich neuen, angemesseneren Gewand zu preisen.

Er werde keine philosophische Schule mit Eisenpfeilern errichten, auch die Gedankengänge seiner Leserschaft bleiben ihm frei. Solche Zirkel von „Whitmanites“ um die Prophetie der Demokratie und der freien Liebe verschwanden und entstanden. Zu seinen Lebzeiten befürwortete Whitman keinen solchen Kult, einen Club oder eine Sekte wie er ja auch keine dazugehörige

Angewohnheit wie Rauchen oder Trinken hatte. Die Exzentrik des Whitman-Werkes übertrug sich auf die Träger des Kultes. Die Mitglieder dieser Gemeinde sahen sich im wahrsten Sinne des Wortes als Apostel, die ein Whitmansches Evangelium zu verbreiten hatten.

Der nach allen Seiten hin offene Geist des Anregers und Vorschreiters ließ sich nicht in Programme oder Lehrmeinungen pressen, Whitman fürchtete, etwas von ihm würde damit verloren gehen. Nach der Unterhaltung mit einem Radikalen: „Ich glaube, ich bin nicht weniger radikal, als er auf seine Weise, aber ich bin auch in anderer Hinsicht ein Radikaler: Sozialisten, Einheits-Steuer-Leute, Kommunisten, Rebellen aller Art und aller Sorten, kommt her!"

„Wird jemals der Tag kommen - ganz gleich, wie lange es dauern mag - da jene Muster und Idole von den britischen Inseln - und selbst die wertvollsten Traditionen der Klassik - nur noch Erinnerungen und Studienobjekte sein werden? Der reine Atem, die Ursprünglichkeit, die unendliche Fülle und Weite, die eigenartige Mischung von Zartheit und Kraft, von Beständigkeit, von Realität und Ideal und all der einzigartigen und erstklassigen Elemente dieser Prärien, der Rocky Mountains, des Mississippi und des Missouri - werden sie jemals Gegenstand unserer Poesie und Kunst und auf diese Weise deren Norm sein?" fragt sich Walt Whitman (1819-1892) in einem Tagebucheintrag.

Die Jahre sind geprägt durch einen Traditionalismus und eine verkrustete Intellektualität, Kopien und Imitationen der Antike. „Fast alle bedeutenden englischen Werke werden in den Vereinigten Staaten nachgedruckt. Der literarische Geist Großbritanniens strahlt bis in die Waldgründe der Neuen Welt hinein. Es gibt keine Grenzerhütte, in der man nicht ein paar vereinzelte Bände von Shakespeare fände. Ich erinnere mich, das Ritterdrama "Heinrich IV." zum ersten Mal in einem Blockhaus gelesen zu haben." (A. de Tocqueville)

Am Beginn seines innovativen Zeitalters stemmt sich der Hüne Whitman gegen alles, was Zivilisation und Tradition bedeutet. Seine Bewunderer werden von Walt Whitman schwärmen: „Der erste, der einzige Dichter, welchen Amerika bisher hervorgebracht hat. Der einzige spezifisch amerikanische Dichter. Kein Wandler in den ausgetretenen Spuren der europäischen Muse, nein, frisch von der Prärie und den Ansiedlungen, frisch von der Küste und den grossen Flüssen, frisch aus dem Menschengewühl der Häfen und der Städte, frisch von den Schlachtfeldern des Südens, den Erdgeruch des Bodens, der ihn gezeugt, in Haar und Bart und Kleidern: ein noch nicht Dagewesener, ein fest und bewußt auf den eigenen amerikanischen Füßen Stehender, ein große Dinge groß, wenn auch oft seltsam Verkündender." (Ferdinand Freiligrath, 1868)

Auf Freiligraths Whitman-Übersetzungen bauten weitere Whitmanrezeption auf. Der in England im Exil lebende Freiligrath war durch die britische Whitmanausgabe des Jahres 1868 von William M. Rossetti, dem Bruder des Präraffeliten Dante Gabriel Rossetti, auf Whitman gestoßen. In der englischen Ausgabe führte Rossetti wegen der Obszönitätsvorwürfe unter anderem eigenmächtige und von Whitman nicht gewollte Änderungen durch. Die Angaben zur Person des Dichters stammen größtenteils aus dem Vorwort dieser Ausgabe, die ihrerseits über O'Connor stark von Whitman beeinflußt war.

„Aus der Nacht tauche ich einen Augenblick auf und schlüpfe hervor, dir ein Loblied zu singen, göttlicher Akt, und euch, meine Kinder, die ihr bereit seid zu ihm. Und euch, kraftvolle Lenden." („Aus schmerzhaft aufgestauten Strömen")
Was ist der Mensch? Wer bin ich? Wer bist du? Was sind wir miteinander? Einem persönlichen Humanismus verfallen, scheint sich Whitman in Gleichnissen und Zeichen zu verlieren, alle seine Neigungen setzt er zur Entfaltung ein: Die erregende Kraft des Wortes in gesungener oder gesprochener Form, Wahrheit und Lüge, das Quäkertum mütterlicherseits, Gesetz und Unrecht, die Massen vom Broadway oder auf der Fähre nach Brooklyn, Motive und Meinungen, die vom Atlantik hereinspülenden Gezeiten, das Gefühl des sich unendlich nach Westen erstreckenden Kontinents: all dies und vieles andere mehr strömt in die erste Auflage von >Grashalme< ("Leaves of Grass"). Von

der Zeugung bis zum Tod bleibt ihm kein Thematik fremd, die Denkweisen der Vergangenheit oder Reformphilosophien sprechen aus seinen Begrifflichkeiten: Leben, Seele, Tod, Materie, Kosmos. Eine Welt ist ihm besonders deutlich, „und es mir die größte", nämlich die eigene. Das kann man für egozentrisch, paranoid oder einfach für ein ehrliches Bekenntnis zur Tatsächlichkeit halten.

Whitman feiert das Geschlechtsleben im Interesse des menschlichen Fortschrittes im Interesse des physischen wie moralischen Wohlbefindens. Die Forderung nach einer ungezwungenen Beziehung zu Sexualität und menschlichem Körper in verwunderlichen Tonlagen ist eines seiner Themengebiete.

Zeichen des Whitman ganz eigenen Stils sind seine Worte des wahren Gedichts, die nicht den gefeilten Ausdruck suchen, Natürlichkeit anstelle von Künstlichkeit. Die amerikanische Übereinkunft besteht zwischen Individuen, nur die Demokratie als Regierungsform war Whitman eigen. Als entschiedener Gegner des Verharrens, „es kann niemals Stillstand geben", verlangt Whitman, dass Kunst, Poesie, Philosophie und Erziehung vom demokratischen Prinzip durchdrungen werden und auf die Zukunft gestaltend wirkten. Der Zusammenhalt geschieht indes nicht durch bloßes Gesetz, Zulassung, Rechtsanwälte oder Verträge auf Papier, sondern das Bindeglied sind Liebe und Solidarität.

„Widerspreche ich mir? / Nun gut denn… so widerspreche ich mir; / Ich bin riesig… Ich beinhalte Unmengen."

Der Dichter war 36 Jahre alt, als dieser Anfangs-Teil seines Lebenswerkes am 4. Juli 1855, dem Tag der Unabhängigkeit, erschien. Hier wird das Leben anhand der elementaren Gesetze erklärt, das Geheimnis der kreativen Vorgänge mit dynamischen Kräften verbunden.

„Ich machte mich aber auch mit der Absicht auf, einige besondere Eigenarten zu zeigen oder auf sie hinzuweisen, welche ich seitdem (obwohl ich dies damals nicht tat, zumindest nicht endgültig) als Grundlagen sehe und als Ansporn zu diesen

»Blättern« von Beginn an. Das Wort, welches ich selbst in erster Linie zur ihrer Beschreibung verwende, ist das Wort Anregung. Ich runde wenig ab und beende wenig, wenn überhaupt; und könnte dies nicht, in Übereinstimmung mit meinem Plan. Der Leser wird immer seinen oder ihren Teil beitragen müssen, so wie ich meinen beitragen mußte. Es geht mir weniger darum, irgendein Thema oder einen Gedanken vorzutragen oder darzustellen, sondern mehr darum, dich, Leser, in die Atmosphäre des Themas oder des Gedankens hineinzuversetzen - und dort deinen eigenen Flug fortzusetzen. Ein weiteres Wort des Antriebs ist Kameradschaft für alle Länder, und zwar in einem gebieterischeren und anerkannteren Sinn als bisher. Andere Wortzeichen wären Guter-Dinge-Sein, Zufriedenheit und Hoffnung."

Äußerlich mochte der Käufer glauben, daß man versuchte, das zu Shakespeares Zeiten unhandliche Quartformat, wieder aufleben zu lassen. Erst die Einbände späterer Lederausgaben des literarischen Sonderlings waren herkömmlich, doch blieb mit dem Ranken goldener Wurzeln, die sich von den Lettern des Titels nach unten winden, die äußere Wirkung durchaus viktorianisch. Auf der Titelseite suchte man vergebens nach dem Autornamen, den Whitman - wie ebenso den Hinweis auf sich als Verleger - erst im weiteren Verlauf verrät.

„Meine Kennzeichen sind ein regendichter Rock, feste Schuh und ein Stock im Walde geschnitten." („Gesang von mir selbst") „Eine grobe, rote Gesichtsfarbe, einen starken, struppigen und leicht angegrauten Bart, seltsame Augen von einem halbdurchsichtigen, undeutlichen Blau und jenem schläfrigen Blick, der sich ergibt, wenn das Lid halb über die Pupille hängt, sorgloser, schlurfender Gang." („Selbstbildnis")

„Ich sehe die Schlachtfelder der Erde, Gras wächst auf ihnen, Blumen und Korn, ich sehe die Spuren der alten und modernen Expeditionen. Ich sehe namenlose Mauerwerke, ehrwürdige Botschaften unbekannter Ereignisse, Helden, Chroniken der Erde." („Salut au Monde")
Inhaltlich gedeihen „Die Grasblätter" in thematischer Vielfalt zum Schmelztiegel verschiedenster Einflüsse: Alltäglichkeiten,

erlebte und gedachte, stehen neben philosophischen Betrachtungen, Zeitereignisse mischen sich mit reformerischen Trak-
taten, welche die Aufmerksamkeit auf die wunderbare Natur
gewöhnlicher Dinge lenken. Whitman verleibt sich die Natur in
sein Selbst wie er gleichermaßen sein Ich in das äußere Geschehen projiziert. „Diese tendieren in mich wie ich zu ihnen hinaus
strebe", aus einem gigantischen Embryo entsteht der unvergleichliche Whitmansche Kosmos.

„Nach allem, was man sagen kann, halte ich die „Grasblätter" und ihre Theorie für experimentell - so wie ich auch, im
tiefsten Sinn, unsere amerikanische Republik mit ihrer Theorie
begreife." „Das Buch ist von einer solchen Art, daß es uns in
Verlegenheit versetzt, und so neu, kühn und seltsam, daß es fast
an Absurdität grenzt, und doch wäre es eine Ungerechtigkeit, es
so zu bezeichnen, denn davor bewahrt es eine gewisse Meister-
schaft in der Diktion, die sich nicht leicht definieren läßt." (William Howitt, englischer Quäker-Dichter)
    Charles A. Dana, Chefredakteur bei der ‚New York Tribu-
ne' fand die Sprache der Gedichte "zu oft leichtfertig und unanständig", die "äußere", d. h. metrische Form aber "jedenfalls
originell". Auffällige Whitmansche Charakteristika sind die un-
gereimte Langzeile und der lyrische Katalog, was vielen messi-
anischen Expressionisten geradezu Markenzeichen wurde.
    Keine noch so bemühte Analyse kann den Bewegungen des
Dichters, seinem Rhythmus, der sich Pinselstrichen gleich auf
einem riesigen Wandgemälde in großen Linien vollzieht, folgen.
„Die wahren Gedichte, was wir Gedichte nennen sind nichts als
Bilder." („Natürliches Ich") Verse, wie sie Whitman vorschwe-
ben, sollen ein „komplettes Abbild der Menschheit, der Gesellschaft in allen ihren Phasen" sein. „Niemand wird meine Verse
erreichen, der beharrt, sie als literarische Darstellung oder als
Versuch einer solchen Darstellung zu betrachten, oder in erster
Linie als Streben nach Kunst oder Ästhetizismus."

Walt Whitman, als freier Dichter erregender Verse, kümmert
sich nicht sonderlich um Versmaß noch Reim; Prosa wird zu
Poesie, Poesie geht in Prosa über. Die Sprache ist ihm Sinnträger

und hat sich dem das Bild schaffenden Gedanken unterzuordnen, Sinngruppen bilden die Zeileneinheiten. „Gut oder schlecht, klar oder mißverständlich, ich habe durchgehalten und meine Worte nun auf ganz eigene Weise abgeschlossen; das besondere Wunder der vorausgehenden insgesamt 404 Seiten ist für mich, bei all ihren Fehlern und Auslassungen, daß sie (nachdem ich sie gemächlich und kritisch durchgesehen habe, wie letzte Woche Tag und Nacht) seit beinahe 40 Jahren treulich, über viele Lücken, durch Dick und Dünn, Frieden und Krieg, Krankheit und Gesundheit, Wolken und Sonnenschein, an meinen heimlichen Zielen etc. hafteten und sie erfüllten, jedenfalls so vergleichsweise weit und gut sie es zwischen diesen Buchdeckeln tun."

Von seinem einundzwanzigsten Jahr bis zu seinem Tod, über ein halbes Jahrhundert hat Walt Whitman an seinen Halmen gearbeitet, sie von Auflage zu Auflage vermehrt und mit ihnen die Epoche der amerikanischen Industrialisierung, Kommerzialisierung und Materialisierung begleitet. Dabei war er nicht reiner Schreibtischpoet, sondern auch seine diversen Tätigkeiten für Zeitungen hielten ihn in den Koordinaten der Epoche. „...Der breiteste Durchschnitt der Menschheit und ihrer Identitäten im nun reifenden 19. Jahrhundert..." Dies ging unmittelbar in sein Werk über, in dem die Gedichte zu Sinneinheiten, cluster (Bündel, Trauben) gruppiert werden.

... ich habe den Leib gesungen und die Seele, Krieg und Frieden und die Gesänge von Leben und Tod, und die der Geburt,

... Ich habe mein Wesen angeboten einem jeden, und bin gewandert mit zuversichtlichem Schritt; ...

Ich verkünde natürliche Menschen, die hervorgehen werden, ich verkünde der Gerechtigkeit Triumph, ich verkünde unbedingte Freiheit und Gleichheit,

ich verkünde die Rechtfertigung von Reinheit und Stolz,

... Meine Lieder enden, ich lasse sie,

hinter der Schutzwand, die mich verbarg,

komme ich ganz allein hervor zu dir.

Camerado, dies ist kein Buch,

Wer dies berührt, berührt einen Menschen...

Kein Buch steht ohne Zusammenhang mit seinem Autor. Whitman erkennt sowohl den Unterschied zwischen dem Ich, das er sein möchte und dem Ich, das er ist. Ideale sind es, die er fordert, Zustände, die noch zu erreichen sind. Die hier angestrebte vollkommene Einheit, ja Identität von Mann und Dichtung, Whitmans Vorstellung eins zu sein mit seinen Worten, mag realiter ein schwer erfüllbares Wunschdenken sein, aber daran erkennt man zumindest die unbedingte Aufrichtigkeit des Begründers der modernen Lyrik, und wie er sich in seinen Versen völlig zu öffnen bereit ist. Sein unerschrockenes Auftreten findet in seinen stolzen Worten den vollkommenen dichterischen Ausdruck.

„Nur der gewinnt, der weit genug geht", weissagte Whitman, der mit der Bandbreite seiner Grashalme als Inspiration und Zeugnis die moderne Literatur nachhaltig beeinflussen sollte. „Das Inventar eines Auktionators in einem Warenhaus", konstatierte Ralph Waldo Emerson.

Beeindruckt hatte des Weiteren der eigenwillige rhythmische Freivers der wortgewaltigen Turbulenzen. „Flüssige, wogende Wellen" nennt Whitman selber seine an die Prosa grenzende Freiverskunst. Sein emotionaler Ausdruck soll keine abgehobene Schriftsprache sein, sondern sich in einem Pluralismus von Stilideen dem Umgangs-Idiom anpassen. Ein seltsames literarisches Experiment im Vergleich mit den Büchern Tennysons, Longfellows, Bryants, , das noch seine endgültige Form zu suchen schien:
Eine moderne Welt – Elias Howes Nähmaschine, Robert Fultons Dampfschiff, McCormicks Mähmaschine - kreiert die ihr gemäße Form: „Amerikanisches Gedicht" sollte es dann im nächsten Jahr schon genannt werden, und Emerson erkannte, daß es für die amerikanische Literatur etwas Bahnbrechendes und Gewaltiges bedeutete.

Keine Arbeitskraft-sparende Maschine

Keine Entdeckung habe ich gemacht,
Noch werde ich in der Lage sein,
irgendein großes Erbe zu hinterlassen,

eine Heilanstalt oder Bücherei zu gründen,
Keine Erinnerung an mutige Taten für Amerika,
Weder literarischen Erfolg, noch geistigen,
kein Buch für das Bücherregal,
Bloß ein paar durch die Luft vibrierende Lieder
hinterlasse ich für Kameraden und Liebende.

Kaum ein Lyriker des 19. Jahrhunderts wurde so einflußreich
wie Walt Whitman und hat so viele Hürden genommen: Zwischen hohem Ton und Dialekt, zwischen Künstlichkeit und Natürlichkeit, zwischen Wildnis und Zivilisation, zwischen den
sozialen Schichten. Eine Brücke in die Moderne wird er errichten, der neue Begriff Demokratie harrt der Definition und Arti-
kulation.

Teile seiner Einleitung, die auf gleiche Stufe gestellt werden
soll wie William Wordsworths Vorrede zu den „Lyrical Bal-
lads" und Ralph Waldo Emersons „American Scholar" werden
in Whitmans polternder Prosa noch erregender gestaltet und in
das spätere Gedicht „By Blue Ontario's Shore" übernommen.

„Sieh, ich halte keine Vorlesungen und gebe keine Almosen,
wenn ich gebe, geb ich mich selbst... Und was ich habe, ver-
schenke ich." („Gesang von mir selbst") Ein Gedicht wächst
nicht aus sich selbst heraus wie der Strauch am Wegesrand,
sondern ist das Ergebnis einer schöpferischen Imagination. „Hier
kommt die Wahrheit ans Licht, Hier muß der Mensch Stich halten – hier zeigt sich, was in ihm ist, Vergangenheit, Zukunft, Erhabenheit, Liebe – sind sie nicht in dir, so bist du auch nicht in
ihnen." („Gesang von der Landstraße") Walt Whitman bezieht
seine Person sehr mit ein in sein organisches Ganzes.
"Heutzutage gibt es Professoren der Philosophie, aber keine
Philosophen. Es läßt sich trefflich darüber dozieren, wie trefflich
man einst sein Leben verbrachte. Um ein Philosoph zu sein, ist
es nicht genug, geistreiche Gedanken zu haben oder eine Schule
zu gründen, sondern man muß die Weisheit so lieben, daß man
nach ihr lebt, ein Leben in Einfachheit, der Unabhängigkeit, der
Großmut und des Vertrauens", formuliert Henry David Thoreau,

der Zeitgenosse und Seelenverwandte Whitmans, dieses Le-
ben-Wollen in bestimmtem Stil.

Der Testamentsvollstrecker und spätere Intimus, der Nerven-
arzt Dr. Bucke, schildert das; im wesentlichen durch die Jahre
gleich bleibende; äußere Auftreten des Lyrikers: „Whitmans Erscheinung pflegte viel Aufsehen unter den Passagieren zu erre-
gen, wenn er auf das Fährboot kam. Er war gute sechs Fuß hoch
(über 1, 80 m) mit dem Körperbau eines Gladiators, ein grauer,
üppiger Bart mischte sich mit dem Haar seiner breiten, leicht
entblößten Brust. In seinen wohlgewaschenen, karierten Hemds-
ärmeln, die Hosen oft in die Stiefelschäfte gesteckt, den edlen
Kopf von einem riesigen schwarzen oder hellen weichen Filzhut
bedeckt, ging er einher mit angeborenem majestätischem Schritt,
ein echtes Vorbild an Natürlichkeit und Unabhängigkeit. Ich
glaube kaum, daß die Art, wie er sich damals kleidete, exzentrisch war; er hatte einen tiefen Widerwillen gegen alles Auffällige und allen Schein, und ich kann mir denken, daß er einfach
das anzog, was handlich, sauber, sparsam und bequem war. Seine markante Erscheinung rief indessen trotzdem die verschiedensten Fragen bei den Passagieren, die ihn nicht kannten,
wach."

Sein Sendungsbewußtsein, der Deuter und Seher zu sein, Ge-
staltungsideale zu Politik, Gesellschaft und Kultur vorzulegen,
ist Whitman eins mit der Aufgabe des Dichters. Als Auge der
Gesellschaft ist dieser ein wichtiges Medium der Erkenntnis:
„Aber die Menschen verlangen vom Dichter mehr als nur die
Schönheit und Würde aufzuzeigen, die stummen Dingen immer
eigen sind... es wird von ihm verlangt, den Weg zu weisen, der
von den Dingen der Wirklichkeit zum Seelenheil führt." (Vorwort der 1855er Ausgabe).

Der Dichter als Befreier der Entmutigten und Helfer der Geschlagenen, nicht als schierer Sprachkünstler oder reiner Expe-
rimentator, das ist das Ideal, wie es Whitman vorschwebt. ... Er
ist der Richter über die Ungleichheiten, er ist der Schlüssel, / Er
ist der Ausgleicher seiner Zeit und seines Landes, / Er stärkt,

was Stärkung wünscht, er hindert, was Hinderung wünscht...
(„Am Ufer des blauen Ontario")

Künstler ist demnach, wer die Wirklichkeit konkret vermittelt, wobei der Dichter Whitman diesem Geschehen ermutigende Aussichten beifügt. „Mein Buch sollte demzufolge genügend Aufschwung und Freude ausstrahlen, denn es wuchs aus jenen Elementen und ist der Trost meines Lebens gewesen, seit es ursprünglich begonnen wurde." Whitman vermittelt einen Ausdruck des Wollens, seine moderne Visionen einer universellen Qualität.

Dem folgt das Bekenntnis, daß er als Dichter vorrangig das Individuum als solches anspricht, auch wenn er sich an Massen oder irgendwelche Gemeinschaften wendet. Jeder Einzelne hat das Recht auf Zuspruch und Zuwendung, wie es sein Buch auch ihm selbst vermittelt. Hier trifft Whitman keinerlei Unterscheidungen: Die tote Hure im Leichenschauhaus, der Anarchist, den er auf Besuch empfängt, auch der Delinquent, die soziale Randfigur, der „Umgezähmte", den keine Verordnung zu bändigen vermochte: „Ich stehe auf gleicher Stufe mit jedem von diesen."

Der Schriftsteller, der Walt Whitman in seinem Gefühl von sich selbst und seiner Aufgabe der Gesellschaft gegenüber sein möchte, ist die wegbereitende Stimme und Auslegung der Freiheit. Bisher war die neuartige Gesellschaftsform der Demokratie noch ohne dichterischen Fürsprecher. Whitman war sich bald klar über sein Ziel und die Mittel, dieses zu erreichen. „Die Haltung großer Dichter soll den Sklaven Mut geben und die Tyrannen entsetzen. Die Wendung ihrer Häupter, der Klang ihrer Schritte, die Bewegungen ihrer Handgelenke sind voller Gefahr für die einen und voll Hoffnung für die anderen. Nahe dich ihnen, und ob sie gleich weder reden noch raten, wirst du doch die getreue Lehre erfahren."

Die Bedeutung und der hohe Rang des Dichters sind am „Fehlen von Täuschungen und an der Rechtfertigung vollkommener persönlicher Lauterkeit" zu erkennen: „Da die Eigenschaften der Dichter des Kosmos sich im wirklichen Körper und der wirklichen Seele und in der Lust an den Dingen konzentrieren, besitzen sie den Vorrang der Echtheit vor aller Erfindung und Schwärmerei." Mit seinen Mahnungen übt Whitman als moralische Instanz auf das Denken nicht nur seines Volkes einen außerordentlichen Einfluß aus, wobei die Sittlichkeit der Zweckmäßigkeit und Geeignetheit untergeordnet wird.

„Große Dichter sind groß, wenn sie die wichtigsten Zeugen des Geistes ihrer Zeit sind." Der Dichter, von dem Whitman spricht, soll "von gleichem Maß" sein wie das amerikanische Volk. „Ein Individuum ist ebenso herrlich wie eine Nation, wenn es die Eigenschaften besitzt, die eine Nation herrlich machen. Die Seele der größten und reichsten und stolzesten Nation kann der Seele ihrer Dichter sehr wohl entgegenkommen. Ist die eine echt und wahr, so ist auch der andere echt und wahr. Die Bestätigung des Dichters liegt darin, daß sein Volk ihn ebenso liebend in sich aufnimmt, wie er sein Volk liebend in sich aufgenommen hat."

Was denkst du, nehme ich meinen Stift zur Hand um festzuhalten?
Das Kriegsschiff, perfekt geformt, majestätisch, das ich heute mit vollen Segeln auf hoher See fahren sah?
Der Glanz des letzten Tages? Oder der Glanz der Nacht, die mich einhüllt?
Oder der gepriesene Ruhm und Wuchs der Großstadt, um mich herum?
Nein,
Aber zwei einfache Männer sah ich heute nur auf dem Pier inmitten der Menge, scheidend im Abschied beteuerte Freunde,
Der Zurückbleibende hing am Hals des anderen und küsste ihn leidenschaftlich,
Während der Wegfahrende den Zurückbleibenden fest in seinen Armen hielt.

Whitman, vor annähernd 200 Jahren geboren, repräsentiert noch immer, was man als typisch amerikanisch empfindet und bleibt

eine der kennzeichnendsten Erscheinungen seines Heimatlandes.
„Sein Geist gleicht dem Geist seines Landes... er ist die Inkarnation seiner Gestalt und seiner Natur und seiner Flüsse und Seen."

„Ich weiß nicht warum oder wieso, aber es scheint mir vor allem der Himmel zu sein (bisweilen denke ich, obwohl ich den Himmel natürlich jeden Tag meines Lebens gesehen habe, ich hätte ihn nie zuvor wirklich geschaut), dem ich in diesem Herbst einige außerordentlich zufriedene Stunden verdanke - sollte ich gar sagen, vollkommen glückliche? Wie ich gelesen habe, hat Byron unmittelbar vor seinem Tode zu einem Freunde gesagt, er habe in seinem ganzen Leben nur drei glückliche Stunden gekannt. Und deutet nicht die alte deutsche Legende von der Glocke des Königs auf dasselbe hin? Während ich draußen im Walde war und den herrlichen Sonnenuntergang durch die Bäume sah, dachte ich an Byron und die Geschichte von der Glocke, und mich erfaßte die Idee, daß ich eine glückliche Stunde durchlebte."

Whitman war erfüllt von dem Gedanken, daß der wahre Dichter, wie er ihn begriff, in keinerlei Gegensatz zu dem lebenden Menschen in Fleisch und Blut steht, daß sein Dichten gar nicht etwa mehr oder wertvoller ist, als das Dasein froher und tätiger Menschenkinder. Sein erhabenstes Gedicht und seinen reichsten Wohllaut müsse jeder im eigenen Körper, in den "stummen Linien seiner Lippen und seines Gesichts und zwischen den Wimpern seiner Augen und in jedem Gelenk und jeder Bewegung" tragen. Whitmans Selbstgefühl ist so mehr noch ein Gefühl seines Volkes als seiner selbst: "Demokratie! Nahe bei dir singt nun eine schwellende Kehle freudevoll."

Ich singe das Selbst, den Einzelmenschen,
Doch spreche ich das Wort "demokratisch" aus,
"En masse"
Ich singe Physiologie vom Scheitel bis zur Sohle
Nicht Physiognomie noch Hirn allein ist der Muse würdig,
Ich sage, viel würdiger noch ist die ganze Gestalt,

Ich singe das Weibliche
gleichen Ranges mit dem Männlichen,
Das Leben, unermeßlich in Leidenschaft, Puls und Kraft
Freudig, zu freiester Tat geformt nach göttlichem Gesetz,
Ich singe den modernen Menschen

Dem Freund O'Connor ist der Whitman seines Buches so auch keine Einzelperson, sondern die Menschheit. Whitman, der vom gesamten Volk gelesen und ein Dichter für die Massen sein wollte, klagte bis zuletzt über „meine mürrische Vergeblichkeit" und „häufigen Beulen". Tatsächlich hatte Whitman vergleichsweise akzeptable Publikationsmöglichkeiten und erhielt insgesamt mehr positive als negative Resonanz. Ungebrochen blieb er von der Bedeutung seines Tuns überzeugt; einer Bekannten, Abby Price gegenüber nannte er „Leaves of Grass" ein „untötbares Werk".

Seine Gaben möchte er mit der Freigebigkeit der Natur, die Amerika mit allen natürlichen Reichtümern und einer neuen Menschenart beschenkt hat, verströmen.

„Unsere amerikanische Überlegenheit und Lebenskraft stecken in der Masse unseres Volkes, nicht in einem besitzenden Stand wie in der Alten Welt. Größe und Stärke unserer Armee während des Sezessionskrieges waren in Mannschaften zu finden, und so ist es mit der ganzen Nation. Andere Länder schöpfen ihre Lebenskraft aus wenigen, aus einer Klasse, wir aber schöpfen sie aus der Masse unseres Volkes. ... Manchmal denke ich, auf allen Gebieten, Literatur und Kunst eingeschlossen, wird das der Weg sein, auf dem sich unsere Überlegenheit zeigen wird. Nicht bedeutende Einzelpersonen oder große Führer haben wir, sondern eine im Querschnitt großartige Masse einmalig groß." (In einem am 17. Oktober 1879 in St. Louis erschienen Interview)

Was Walt Whitman geschrieben hat, mutet an, als ob die Vereinigten Staaten, auf die Goetheworte: „Amerika, du hast es besser, Als unser alter Kontinent, der alte; Hast keine verfallenen Schlösser; Und keine Basalte!" ein lautes: "Ja, ja, ja, so ist es!" hätten über die See herüberrufen wollen. Amerika ist für

Walt Whitman das Reich der Zukunft, der noch nicht fertigen, sondern erst zusammenwachsenden Volksgemeinschaft.

Heinrich Heines intensiver Blick auf das 19. Jahrhundert, sein absoluter Freiheitssinn, seine ausdrückliche Zurückweisung des Klassizismus und Romantizismus, seine Klarheit und Leichtigkeit entlocken Whitman ein „Heine! Oh großartig!" Heine gehört für Whitman mit zu den Initiatoren der „Anwendung moderner Ideen im Leben".

Johann Wolfgang Goethe ist Whitman das höchste Beispiel persönlicher Vollkommenheit, und er schätzt an ihm, daß er bei seinen Arbeiten immer auch den Mann dahinter schildert. Wenn Goethe meint: „In jedem Meisterwerk steckt als der entscheidende Faktor ein großartiger Schöpfer", so hätte das auch Whitman sagen können. Ebenso geben ihm Hugo oder Tolstoi Beispiele in Behandlung der Massen.

Der heftige Verehrer Lincolns umschrieb die Sendung der Dichtung mit dem lapidaren Satz: „Die Aufgabe großer Dichter ist es, den Unterdrückten beizustehen und die Despoten in Schrecken zu versetzen." Solche Sätze entstammen der Tiefe seines ausgeprägten demokratischen Bewußtseins. Ab 14. April 1879 hält Walt Whitman auch Vorträge über den verehrten Abraham Lincoln, den typisierten Helden seiner demokratischen Visionen.

Die Freundschaft ist Whitman vorrangig das zur Gleichheit der Individuen führende Band. Die Kameradschaft, wie sie Whitman in einer blühenden Menschengemeinschaft der Zukunft ersehnt, übte er während des Bürgerkrieges in einer grauenvollen Wirklichkeit aus. Ein strömendes Gemeinschaftsgefühl, das über durchgeistigten Eros glühende Kameradschaft zu dem Begriff wahrer Demokratie, als der freien Gemeinschaft selbstbeherrschter höchstentwickelter Einzelmenschen, des "göttlichen Durchschnitts" führt und damit zu einem Leitmotiv seiner Dichtung. Für die Werke der Kunst erachtete Whitman die politische Freiheit als unverzichtbare Voraussetzung.

„Ich übertriebe meine Gedanken, wenn ich sagte, dass die Literatur eines Volkes immer dessen Gesellschaftsform und dessen politischer Verfassung untergeordnet ist. Unabhängig von diesen Ursachen gibt es, wie ich weiß, etliche andere, die den literarischen Werken gewisse Merkmale aufprägen; jene aber scheinen nur die wesentlichsten zu sein. Die Beziehungen zwischen dem gesellschaftlichen und politischen Zustand eines Volkes und dem Geist seiner Schriftsteller sind immer sehr mannigfache; wer den einen kennt, dem ist der andere nie völlig fremd." (A. de Tocqueville) Walt Whitman personifiziert. „ma femme", seine über alles Geliebte:

FÜR DICH, O DEMOKRATIE
Komm, ich will den Kontinent unzertrennlich machen,
Ich will die herrlichsten Rassen schaffen, auf die je die Sonne schien,
ich will göttlich magnetische Länder schaffen,
Mit der Liebe von Kameraden,
Mit der lebenslangen Liebe von Kameraden.
Ich will Kameradschaft pflanzen
dicht wie Bäume entlang
den Strömen Amerikas,
und entlang den Küsten der
großen Seen und über alle Steppen hin,
Ich will unentzweibare Städte schaffen,
die die Arme einander um den Nacken schlingen,
Durch die Liebe von Kameraden,
Durch die männliche Liebe von Kameraden.
Für dich dies von mir, o Demokratie, dir zu dienen,
ma femme,
Für dich, für dich zwitschre ich diese Lieder.

Die Aufgabe Dichters der Demokratie, ist nach Whitman eine Idee zu kreieren, welche die Staaten und ihre Bürger fester an einander kettet. Der Dichter soll also Lehrer und Richter, kurzum Führer in Krieg und Frieden sein; er soll Alle mit seiner Liebe umfassen, sodass ihm auch Liebe entgegen gebracht werden kann.

„Für mich ist dieses Werk ein wahres Gottesgeschenk, denn ich sehe wohl, daß, was Whitman Demokratie nennt, nichts anderes ist, als was wir, altmodischer, Humanität nennen; wie ich auch sehe, daß es mit Goethe allein denn doch nicht getan sein wird, sondern daß ein Schuß Whitman dazugehört, um das Gefühl der neuen Humanität zu gewinnen." (Thomas Mann) Whitman war stets der Auffassung, daß Amerika die besondere Berufung hat, ein paar Schritte voraus zu sein, daß aber alle Völker der Erde den nämlichen Weg gehen werden: "Ich selber schreibe nur ein oder zwei andeutenden Worte für die Zukunft;" („Dichter der Zukunft") doch sieht er sein Werk als „Kandidat für die Zukunft".

Welcher Weg zu beschreiten ist, geht aus Whitmans Erlebnisberichten zum Sezessionskrieg, den „Drum-Taps" („Trommelschläge") hervor:
"Seid nicht verzagt, Empfindung wird den Weg zur Freiheit bahnen jetzt;
Die sich lieben untereinander, sollen die Unbesieglichen werden."
Eine derartige kosmische Liebe und dieser Überschwang des Gefühls bleiben dem Schriftsteller eigen, und nur aus abgrundtiefer Innigkeit kann, so sein Glaube, ein neuzeitliches Volk erstehen.

Auf die Frage eines Journalisten: "Glauben Sie, wir sollten eine ausgesprochen amerikanische Literatur haben?" antwortete der Dichter: „Mir scheint, daß unsere Arbeit zur Zeit darin besteht, die Grundlagen einer großen Nation in Industrie, Landwirtschaft, Handel zu legen... außerdem Freiheit der Rede, der Religion etc. Materieller Wohlstand in allen seinen mannigfaltigen Formen in Verbindung mit den Dingen, die ich erwähnt habe, gegenseitige Verständigung und Freiheit sollten zuerst beachtet werden. Wenn diese durchgesetzt und verwurzelt sind, dann wird man damit beginnen können, eine Literatur die unserer würdig ist, abzugrenzen." (am 17. Oktober 1879 in einer Zeitung von St. Louis abgedrucktes Interview)

„Bücher sind der aufgespeicherte Reichtum der Welt und ein schickliches Erbteil von dieser Welt, Generationen und Völkern … Ihre Autoren sind von natürlichem unwiderstehlichem Adel in jeder Gesellschaft, und mehr als Könige und Kaiser beeinflussen sie dieselbe." (Henry D. Thoreau) Walt Whitman hatte immer gerne gelesen, in seiner frühen Jugend waren seine Buchregale die Antiquariate von Brooklyn oder New York. In „Respondez" schaffen die Bücher der entstehenden urbanen Konsumparadiese eine Alternative zur unmittelbaren Naturwahrnehmung. „Let books take the place of trees, animals, rivers, clouds." Meist interessierten ihn fremde Länder, dortige Sitten und Anschauungen, er war den Tatsächlichkeiten zur menschlichen Natur auf der Spur: „Ich bin aus London, Manchester, Bristol, Edingburgh, Limerick, ich bin aus Madrid, Cádiz, Barcelona, Oporto, Lyon, Brüssel, Bern, Frankfurt, Stuttgart, Turin, Florenz, ich gehöre nach Moskau, Krakau, Warschau oder ins sibirische Irkutsk, oder in irgendeine Straße Islands, ich lasse mich in allen diesen Städten nieder und erhebe mich aus ihnen abermals." („Salut au Monde")

Nein, berichtet mir heute nicht die gedruckte Schande,
Lest heute nicht die übervolle Seite der Zeitung,
Die gnadenlosen Berichte brandmarken noch Stirn um Stirn,
Lasterhafte Kolumne folgt auf lasterhafte Kolumne…
Bei allem Wissen um das Boulevardblatt-Wesen war Whitman ein eifriger Zeitungsleser, was ihm ihm das Gefühl realer Vielheit vermittelte, vom lebendigen Geschehen der brausenden Menge. Es wurde ihm auch zur Gewohnheit, aus Büchern, Magazinen und Zeitungen das herauszuschneiden, was er verwerten konnte.

Schließt eure Türen nicht vor mir, ihr stolzen Bibliotheken,
Denn was auf allen euern wohlgefüllten Brettern fehlte und doch am meisten nottut, bringe ich;
Auftauchend aus Krieg, hab ich ein Buch gemacht,
Die Worte meines Buches nichts, sein Wesen alles,
Ein Buch für sich, den andern nicht verwandt,
dem Intellekt verschlossen,

Du aber, unausgesprochenes Geheimnis,
wirst jede Seite durchschauern.

Daß es eine eigenständige, in sich geschlossene amerikanische
Literatur gibt, ist gar nicht so selbstverständlich. Denn trotz Poe,
Melville, Whitman oder Henry James hat sich nach der politischen Unabhängigkeitserklärung von 1776 die geistige Lösung
vom Mutterland England nur langsam vollziehen können.
Der Amerikaner, den Whitman in seiner Lyrik aus dem schuf,
was seine Augen sahen und Ohren hörten, steht von Anbeginn
als Zeichen eines Glaubens und eines Traumes.
„Die gebildete Welt scheint sich über Jahrhunderte hin mehr
und mehr gelangweilt zu haben und hinterließ unserer Zeit deren
Erbe." Die Amerikaner sind ein eben erst werdendes Volk, Bar-
baren und Beginnende. Whitman spürt in sich ein wildes, durch
keinerlei Zwang gebrochenes Naturell und will diesen eine gemäße Kunst, die allem großen Volke vorleuchten muß, schaffen.
Mit unvergleichlichem Impetus nutzt er hierzu eine Lyrik in einer respektlosen Form und einem ungeheuren Stoffgebiet.
„Glücklicherweise gibt es das ursprüngliche, unerschöpfliche
Kapital an Schwungkraft, die gewöhnlich den Menschen inne-
wohnt, stets geeignet, sich daran zu wenden und sich darauf zu
verlassen."

Whitmans Schreibstil vor dem Bürgerkrieg war oft von der
Hektik des journalistischen Stils geprägt. Der größte Teil seiner
Erzählberichte entstand nach seiner Lähmung zwischen 1875
und 1888, als er sich etwas mehr Zeit für Meditation und abwä-
gende Komposition nahm. „Meiner Ansicht nach ist die Zeit
gekommen, die formalen Grenzen zwischen Prosa und Lyrik im
Wesentlichen niederzureißen!", erklärt Whitman ohne Um-
schweife. Die äußere Form bleibt Whitman zweitrangig, wenn er
sich auch, nicht stur sondern fließend, um die jeweils passende
bemüht. Auf der inhaltlichen Ebene hingegen scheint er die Prosa eher für das Reale („Democratic Vistas", 1871 oder
„Specimen Days", 1882) und den Freivers bei Einheit von Zeile
und Gedanke eher für das Ideale vorgesehen zu haben.

„Sogar Shakespeare, der die zeitgenössische Literatur und Kunst so durchflutet (welche tatsächlich meistenteils von ihm stammen), gehört im Wesentlichen zur begrabenen Vergangenheit. Er allein besitzt für bestimmte bedeutsame Phasen dieser Vergangenheit den stolzen Rang, der erhabenste aller Sänger zu sein, denen das Leben bisher eine Stimme gegeben hat. Alle jedoch beziehen und stützen sich auf Gegebenheiten, Standards, Politik, Soziologien, Bereiche des Glaubens, die aus der östlichen Hemisphäre so ziemlich beseitigt wurden und in der westlichen niemals existiert haben."

Gemächlich nur erwächst, als Pionier auf noch unbekanntem Terrain, ein amerikanischer Schriftsteller-Typus, der mit den politischen und sozialen Schicksalen der Staaten fest verankert ist. In einer erst sich formierenden Gesellschaft und Sprache schreitet der Dichter Walt Whitman mit seinen Interpretationen des amerikanischen Lebens, der demokratischen Ideale, der ethischen Haltungen und moralischen Einstellungen mutig voraus.

Whitman besaß neben verschiedenen, jeweils erweiterten Ausgaben von Webster's „American Dictionary" auch das Wörterbuch des wichtigsten Kontrahenten, „Joseph Emerson Worcesters Comprehensive pronouncing and explanatory Dictionary of the English Language; with vocabulary of Classical Scripture, and Modern Geographical Names", das erstmals 1830 erschien. Die Sprache seines Landes zu erfassen und für die Dichtung fruchtbar zu machen, gehörte zu Whitmans wichtigsten Anliegen. Zu diesem Zweck hatte er sich „A Primer of Words" angelegt, in dem er Alltagsvokabeln, Wörter aus der Negersprache, Termini aus verschiedenen Berufen und schließlich Namen auflistete. Eine Richtung der Whitmanforschung geht, auf der Grundlage von Whitmans American Primer, vor allem von der sprachlichen Analyse aus.

Walt Whitman brauchte Europa nicht, um ein großer Schriftsteller zu sein, in seinem ersten Vorwort zu >Grashalme< vereinigt er die Reife des Mannes, der wie eingewachsen auf seinem Platz steht, mit der blutjungen Hingerissenheit des Beginnenden:

„Die Amerikaner aller Nationen und aller Zeiten sind wahrscheinlich die dichterischsten Wesen der Erde. Die Vereinigten Staaten selbst stellen zweifellos das größte Gedicht dar, das es gibt." Und auch Hermann Melville versicherte, daß „heute Menschen, die nicht so sehr Shakespeare unterlegen sind, an den Ufern des Ohio aufwachsen."

„Wir besitzen", verdeutlicht Whitman, "eine an poetischen Stoffen reiche Folklore. Zu unserer Verfügung steht das Material, aus dem moderne Epen gemacht werden, so großartig wie die des Mittelalters in Frankreich. Laßt uns den Fernen Westen besingen, den Mut der Pioniere, die Eroberung der Natur, die große Ebene und die ‚wimmelnden Städte' der Neuen Welt! Lassen wir den anderen die Kultur der Vergangenheit, die das Leben erstickt und unfruchtbar macht. An uns sei es, unsere eigene Kultur zu schaffen, die, die wir hier in unserer Heimat finden. Was ein Amerikaner ist? Ein Amerikaner - das ist der Mensch dieses neuen Kontinents, und wir werden seine Geburt preisen, wir werden seine Mythologie schaffen."

„Was Melville und Twain für den amerikanischen Roman taten, gelang Whitman für die Lyrik der Neuen Welt: die Emanzipation von Europa, der Triumph der Vitalität, eine autochthone Sprache, ein nationaler Kosmos." (Ralf Geisler)

Im Alter von über dreißig Jahren überkam Walt Whitman seine dichterische Kraft. Whitman nannte sein erstes und einziges Gedichtbuch, "Leaves of Grass." "Ich glaube, ein Grashalm ist nichts Geringeres, als das Tagwerk der Sterne" und hat dann im Laufe mehrerer Jahrzehnte sein gesamtes Denken und Tun in immer erweiterten Auflagen in dieses, sein Buch, das er selbst ist, eingefügt. „In Anbetracht des neunzehnten Jahrhunderts und der Vereinigten Staaten und was sie als Raum und Ideen bieten, sind die «Grasblätter» schlicht eine gewissenhafte und zweifellos egoistische Aufzeichnung (oder versuchen es zu sein). Mitten darin liefern sie Identität, Begeisterungen, Beobachtungen, Überzeugungen und Gedanken eines Mannes - des Autors - kaum getönt von bestimmten Färbungen anderer Überzeugungen oder anderer Identitäten."

Duftendes Gras meiner Brust,
Ich sammle deine Halme, schreibe sie nieder, daß man sie
einst benütze,
Grashalme, Leibeshalme, emporwachsend über mir, über
dem Tod,
Unvergängliche Wurzeln, hohe Halme,
O der Winter soll euch nicht töten, zarte Halme,
Jedes Jahr sollt ihr aufs neue blühen,
emporwachsen sollt ihr immer wieder aus eurer Tiefe ...

Hineingestellt in die Konflikte seiner Zeit, zwischen Süd- und Nordstaaten, zu kultiviertem Osten und barbarischem Westen, Slang und King' s English, neben Provinz und Stadt, Proletariat und Kapitalismus erscheint Walt Whitman seinem Übersetzer Ferdinand Freiligrath als „der erste wirklich amerikanische Dichter." Und weiter noch gehen die Bewunderer: Walt Whitman ist ihnen der einzige Dichter überhaupt, in welchem die Zeit die ringende, suchende Zeit, ihren Ausdruck gefunden hat; der Dichter par excellence; der Dichter - the poet.

Whitmans offenherzige Gesinnung hörte schon zu seinen Lebzeiten nicht auf, prüde Leute zu schockieren. Seine lasterhafte, ordinäre, gesetzlose, revolutionäre Dichtung gab so nicht nur Anlaß zu Lobeshymnen und Sympathiebekundungen, sie rief auch die Sittenwächter auf den Plan oder zog vernichtende Kritik und beißenden Spott auf sich. „Viele Lieder sind gesungen worden - wundervolle, unvergleichliche Lieder – gerichtet an andere Länder als dieses, einen anderen Geist und eine andere Entwicklungsstufe; aber ich singe, lasse aus oder füge ein ganz ausschließlich in Bezug auf Amerika und das Heute."

Whitman betont die Dichtkunst als den Anfang allen Lebens und allen Volkes, auch weil er Gefahren von anderer Seite wittert: "Was der amerikanischen Bevölkerung am gefährlichsten ist, das ist ein Übermaß von Wohlstand, Geschäft, Weltlichkeit, Materialismus, was am meisten fehlt ... das ist ein warmes und glühendes Volksgefühl, das alle Teile zu einem Ganzen vereinigen würde. Wer anders als eine Schar erhabenster Dichter kann jene Gefahr in Zukunft abwenden, diesen Mangel ausfüllen?"

Einiges verbindet Whitmans Lehre mit dem nicht entsagungsvollen, sondern dem vollen Leben zugewandten Pantheismus. Ein Dichter ungemeiner Sinnlichkeit, der mit seinen Sinnen gedacht zu haben scheint, der gerne ißt, trinkt, lebt. „Überhaupt zu sein – was ist besser als dies?"

Für seine Verse, seinen Lebensstil schöpft der Barde Kraft aus einer ständigen Beziehung zu den Einflüssen von Meer und Himmel, Wäldern und Steppen. Er knüpft Bande zu Menschen, die in Übereinstimmung damit leben, wobei ihn weder die üppigen Salons der Gesellschaft noch die Sphäre gelehrter Bibliotheken übermäßig beeindrucken. „Das Zuhause, die Feuerstelle, die häuslichen Bequemlichkeiten gingen ihm nicht sehr nahe", statuiert Burroughs. Jeder Baumstumpf, jede Sandbank hat Whitman jedem geschlossenen Raum vorgezogen. Dies ganz in Übereinstimmung mit dem Pantheismus, dem die Natur in ihrer Gesamtheit das Höchste aller Dinge ist; die Welt, der Kosmos werden Gott gleichgestellt. „Walt Whitman ist der einzige moderne große Dichter, der sich mit seiner Welt im Einklang zu befinden scheint und nicht einmal Einsamkeit empfindet ... Zwischen seinen Glaubensüberzeugungen und der gesellschaftlichen Wirklichkeit gibt es keinen Bruch." (Octavio Paz)

Whitman gemäß hat die wahre Natur und die wahre Bestimmung dieser zu lange gefehlt und muß nun in Gänze alle literarischen und ästhetischen Kompositionen durchströmend wiederhergestellt werden. Die Natur wird eines seiner ganz großen Themen neben dem Bürgerkrieg, der Demokratie oder der Liebe auf dem Weg hin zum idealen Menschen: „Die Erde kennt keine Diskriminierung, schließt niemanden aus": jede Einzelbeobachtung enthält die Anstrengung, das Gesamt auszudrücken.

Manch zu Entdeckendes umwebt die Gestalt des Dichters und sein Lebenswerk. Die Einmaligkeit dieses poetisch- prosaischen Werkes, die trotzig-selbstbewußte Herausforderung vielerlei Traditionen, das frühe Prophetentum, das seine Dichtung vom Erscheinen der schmalen Erstausgabe im Jahre 1855 bis hin zu der fast 400 Gedichte enthaltenden, zwei Bände füllenden neunten Ausgabe von 1891/92 kennzeichnet.

„Oh, irdische Wahrheit! Ich bin entschlossen, meinen Weg in dich zu zwingen." Die erbitterten Angriffe und boshaften Schmähungen, denen der Dichter und seine Verse zeit seines Lebens ausgesetzt waren ebenso wie die Zuneigung und Verehrung, die ihm zuteilwurden, waren der Grund für gefühlsbedingte Unwahrheiten. Als ihn 1890 der Journalist John Addington Symonds provozierend der Homosexualität bezichtigt, sah sich Whitman zur Reaktion veranlaßt, er hätte sechs uneheliche Kinder.

Whitmans Unterschrift unter de Tocquevilles Feststellung: „In Amerika ist jeder ein König", seine unerschrockenen, gesellschaftliche Tabus nicht achtenden Beschreibungen des Geschlechtsverkehrs in „I Sing the Body Electric", sein unwandelbares Bekenntnis zur Gleichheit aller Menschen, zu Demokratie und Freiheit – gaben zu mancherlei Argwohn Anlaß.

Die Lüge ist Whitman ein Ergebnis ihrer Situation, der Effekt eines Grundes und hat daher etwas Unvermeidliches an sich, eine Notwendigkeit in sich. Da zeigt sich auch sein menschliches Verständnis: „Wenn du verachtet wirst, kriminell, krank, dann geht es mir um deinetwillen genauso."

„Specimen Days" – „Mustertage, Beispieltage" - nannte Whitman seine Sammlung autobiographischer Betrachtungen - Tagebucheintragungen und Erinnerungen -, die er 1882 auf Drängen eines Verlegers zusammenstellte und der Öffentlichkeit zugänglich machte. Eingangs verspricht Whitman, er werde, wenn schon nichts anderes, so zumindest „das eigenwilligste, ursprünglichste, bruchstückhafteste Buch veröffentlichen, das jemals gedruckt wurde." Es handelt sich also nicht um eine Aneinanderreihung von Lebensdaten, sondern um Literatur zu seinem inneren und äußeren Leben, seine Beweggründe, die intellektuelle Welt, Meinungen und Begegnungen.

Ausschnitte dieser Prosa, seine Aufzeichnungen aus den Jahren des amerikanischen Sezessionskriegs (1861-1865) waren bereits 1875 unter dem Titel "Memorandum During the

War" erschienen. Große Teile der Eintragungen sollten, wie Whitman an einer Stelle erläutert, als Vorarbeiten für ein großes Naturgedicht herhalten, das in der beabsichtigten Form jedoch nie zur Ausführung gelangte.

„Das wahrhaft Großartige kann überall gefunden werden." "Grashalme" beinhaltet vom Dichter beschriebene Zeitgenossen und Umstände aus der Politik, dem Straßenleben, dem Theater, der Technik und gibt nicht nur charakteristische Einzelheiten zur amerikanischen Erlebniswelt, sondern auch eine der dauerhaftesten Definitionen dieser Art, die Welt zu erleben. Neben der Einführung einer körperfreundlichen Moral gelingt dem Dichter erstmalig die moderne Welt, Technik und Maschinen zum Thema der Dichtung zu machen, wobei den sozialpolitischen Umwälzungen sein besonderes Augenmerk gilt Um die Atmosphäre eines Gedankens zu vermitteln, integriert Whitman Unzähliges aus den Naturwissenschaften, in denen er kosmische Ordnungen entdeckt,, der Evolutionstheorie, der Geographie oder Astronomie, der Oper und den Philosophien. Whitman identifiziert sich mit Leitfiguren: „Denken Sie nur an Diogenes, der sich in einer Tonne dem Irdischen anglich", und das Glück in einem von materiellem Wohlstand unabhängigen Leben abseits gesellschaftlicher Normen und Traditionen suchte.

„Der wahre Nutzen der Imagination moderner Zeiten ist die äußere Belebung von Fakten, Wissenschaft und alltäglichem Leben…" Whitman sieht sich berechtigt, als „erster Poet der Wissenschaft", hat buchstäblich alles aufgesogen, um in aller Vielfalt und Vielseitigkeit zum dichtenden Denker seines Landes zu werden. Whitmans „Aufschreiben nach persönlicher Erfahrung", was zum Vorbild für nachfolgende amerikanische Dichtergenerationen wurde, ermöglicht ein unmittelbares Eindringen in die Erlebnis- und Gedankenwelt des Autors.

Seine „Tagebuch"-Notizen („Specimen Days") lösen nun die "Rätsel" um Whitman nicht wie ein Auflösungsheft, dazu sind sie zu uneinheitlich, unsystematisch, lückenhaft. Whitman erklärte, er habe nichts überarbeitet und geglättet an diesen Aufzeichnungen, es sei ihm daher wohl auch mancher Irrtum in der

Abfolge der Daten, der Genauigkeit von botanischen, astronomischen und anderen Einzelheiten unterlaufen. Es gäbe sicher auch Wiederholungen, doch ginge es ihm um die Vermittlung authentischer Streiflichter, Mustertage seines Lebens, um eine "tiefe Wahrhaftigkeit" in der Wiedergabe seines Erlebens der Umwelt. Solche Unzulänglichkeiten werden wett gemacht durch den bleibenden Eindruck eines Teilhabens an der Ursprünglichkeit, des Moments.

Viele seiner Empfindungen jener Jahre sind auch in Verse eingegangen, und insgesamt sind diese persönlichen Berichte und Aussagen über Whitmans Leben in jenen Jahren ein reizvolles, eigenständiges literarisches Zeugnis, das in vielen Passagen sprachlich brillant und von poetischer Intensität ist.

„An dich, noch ungeboren, diese Gedichte, auf der Suche nach dir. Wenn du sie liest, bin ich, der sichtbar war, unsichtbar geworden, nun bist du es, stämmig, sichtbar, der meine Gedichte begreift und mich sucht, der sich vorstellt, wie glücklich er wäre, wenn ich bei ihm sein könnte und sein Kamerad würde; es sei, als wäre ich bei dir. (Sei nicht zu sicher, daß ich jetzt nicht bei dir bin.)" („Kalmus")

An einer Stelle dieser über einen Zeitraum von zwanzig Jahren entstandenen Aufzeichnungen erwägt Whitman mit etwas ironischem Unterton eine Reihe von Bezeichnungen für seine Selbstzeugnisse. Die schließlich verworfenen Titel geben Charakter und Absichten preis: "Echos und Eskapaden", "Notizen eines Halbgelähmten", "Funken zu Ende gehender Tage", "Echos eines Lebens im 19. Jahrhundert in der Neuen Welt", "Ebbe und Flut", "Ein Lebensmosaik", „Vor dem Wind", "Die Spur von fünfzig Jahren", "Nur Königskerzen und Hummeln" ...

Seine Erlebnisse während des inländischen Bruderkampfes zwischen den aus den Vereinigten Staaten ausgetretenen Südstaaten und den in der Union verbliebenen Nordstaaten, in dem er sich als Freiwilliger vier Jahre lang aufzehrt, die Opfer in den Spitälern Washingtons zu pflegen, sind ein kaum erträgliches Dokument jener Seiten des Krieges, die nach Whitmans Auffas-

sung niemals Eingang in die Geschichtsbücher finden: Das un-
sagbare Leid der Verstümmelten, nachvollziehbar gemacht am
Kanonenfutter- Schicksal Tausender meist sehr junger Krieger.
Whitman empfand nicht nur tiefes Mitgefühl und Ehrfurcht
vor der duldsamen Tapferkeit dieser Soldaten, sondern seine Erfahrungen in den Lazaretten verdeutlichten ihm tiefgehend den
notwendigen Neubeginn in entgegengesetzter Richtung. Whitmans Aufzeichnungen sind in den Worten des amerikanischen
Kritikers Mark van Doren „der beste Bericht, den wir über jene
Jahre haben und verdienen als Zeugnis der Geschichte bereits
unsere Aufmerksamkeit." Sie sind aber weitaus mehr - sie sind
Ausdruck der unermüdlichen tätigen Solidarität und Humanität
des Dichters, seiner tiefen Menschen- und Friedensliebe, die
diesen Teil der "Specimen Days" zu einem bewegenden Frie-
densbuch machen.

Der dritte Teil rundet das autobiographische Material mit lo-
sen Tagebucheintragungen, verstreuten Notizen, flüchtigen Im-
pressionen, philosophischen und literaturkritischen Betrachtungen, Reisebeschreibungen längerer Aufenthalte im Westen der
USA und in Kanada ab. Hier finden sich auch poetische Naturschilderungen aus den Jahren zwischen 1876 und 1882, als sich
Whitman infolge schwerer Krankheit nach Camden, New Jersey,
zurückziehen mußte. In der Abgeschiedenheit der Natur fand er
Genesung: "Ich glaube, ich könnte hingehn und mit den Tieren
leben, sie sind so ruhig und beschlossen in sich, ich stehe und
schaue sie an, lange und lange." Tiere machen Whitman auch
nicht krank mit einer penetranten Diskussion zur Pflicht einem
Gott gegenüber.

In seinem Zimmer-Chaos pflegte Whitman mit einem Stock
in Bündeln von Manuskripten, Einklebebüchern, in Briefen und
Zeitungsausschnitten eines ganzen Lebens herumzustochern und
zu bemerken: „Hier ist der Fötus der Grashalme." In seinem
„Song of Myself" ist Chaos der Gegenpol zur Ordnung der geschaffenen Welt; Unordnung dagegen ein notwendiges, weil vi-
talisierendes Ingrediens der Lebensfülle. Für Horace Traubel,
den Sohn eines Lithographen, durchstöberte Whitman die Hau-

fen von Papier und gab wertvolle Auskünfte. Während sie miteinander plauderten, stenographierte Traubel, Whitman immer wieder ermutigend, endlos von sich zu erzählen. Die mit den Augen und Ohren einer Fernsehkamera protokollierten Unterhaltungen mit dem Dichter veröffentlichte Traubel im Nachhinein in vierbändiger Buchform als "With Walt Whitman in Camden" (1883), wobei seine Frau die Verlags-Arbeit nach seinem Tod fortsetzte.

"Specimen Days" vermittelt Einblicke in eine reichhaltige Innenwelt des Dichters ebenso wie in mancherlei Seiten eines an äußeren Ereignissen platzenden Lebens in einem bewegten Wandel amerikanischer Zeitgeschichte.

„Der Unwissende lebt in dem Wahn, er besäße Dinge... Ich will nicht herabsteigen unter die Professoren und die Kapitalisten... ich schlage die Ränder meiner Hose hoch um meine Stiefel, nehme die Manschetten von meinen Handgelenken und gehe mit Kutschern und Schiffern und mit Männern, die Fische fangen oder auf den Feldern arbeiten..."

Die Notizbücher enthalten den Hinweis: „Ich verstehe das Geheimnis selber nicht, aber ich empfinde mich immer als Doppelwesen, als meine Seele und mein Ich." Das sein Unterbewußtsein reflektierende Selbst, das Whitman „Seele" nennt, ist anders als das „Ich", wie es die Außenwelt aufnimmt, oder als das „Wir" seiner Zeitungsartikel; vermittelt eine andere Haltung, eine andere Sensibilität und eine andere Art, einem Einfluß zu begegnen.

Der freundschaftliche Umgang mit den Menschen seiner Umgebung und die Begegnung mit der Natur sind, nach seinen eigenen Worten, die Quelle für das Glück und den Frieden jener Jahre, wie sie aus diesen Seiten sprechen. Glück, Glückseligkeit sind es wert, danach zu suchen, „the efflux of the soul is happiness".

Sein "Tagebuch" zeigt somit das Wachsen und Werden dieses prophetischen Messias Amerikas in lebendiger Teilhabe an der Entwicklung der Gesellschaft und der Natur seines Landes, jener

Neuen Welt, an die Whitman als Verheißung für einen freien, selbstbewußten und stolzen Menschen mit kritischer Zuversicht glaubte. Ohne die Absicht, ein Philosoph zu sein, wollte Whitman das Denken seiner Zeit in Hinblick auf die Zukunft seines Landes beeinflussen. Den besseren Menschen, den es zu erschaffen gilt, immer auch er selbst, will er unzerstörbar festigen.

„Ich bin der Dichter des Körpers
Und ich bin der Dichter der Seele,
Ich gehe mit den Sklaven der Erde wie mit ihren Herren,
Und ich werde stehen zwischen den Herren und zwischen den Sklaven,
Werde meinen Weg finden in beide, daß mich beide in gleicher Weise verstehen. ...
Ich bin der Dichter der Kraft und der Hoffnung...
Ich bin der Dichter der Wirklichkeit...
Ich bin der Dichter der Gleichheit...“

„Die Alte Welt hat Gedichte von Mythen, Fiktionen, Feudalismus, Eroberung, Kasten, dynastischen Kriegen, leuchtenden Ausnahmecharakteren und Angelegenheiten gehabt, die großartig waren; aber die Neue Welt braucht die Gedichte von Wirklichkeiten und Wissenschaft und vom demokratischen Durchschnitt und von grundlegender Gleichheit, die noch großartiger sein werden. In ihrer Mitte und als ihrer aller Ziel steht das Menschliche Wesen, nach dessen heldenhafter und geistiger Entwicklung die Gedichte und alles direkt oder indirekt streben, Alte oder Neue Welt.“

Viele Ereignisse und Jahre werden auch wie im Zeitraffer nur mit wenigen Sätzen gestreift: jene bedeutsamen Jahre beispielsweise zwischen 1848 und 1855, in denen die erste Fassung der >Grashalme< entstand. Sie werden lakonisch in wenigen Zeilen unter der Überschrift "Acht Jahre hindurch“ abgehakt:

Unermüdlich hat der Pionier-Poet des industriellen Zeitalters Whitman aber alle Gefühle und Fakten, die ihn interessieren, in seinen Gedichten vermerkt: Reaktionen auf Ereignisse mischen sich mit persönlichen Einschätzungen, Selbstinterviews stehen neben Aufzählungen bezeichnender Tätigkeiten. „So wie alle einstigen Werke der Imagination, jedes nach seiner Art, auf langen Reihen von Voraussetzungen beruhen, die von ihnen oft völlig unerwähnt bleiben und doch ihre wichtigsten Fundamente darstellen, ohne die sie keinen Existenzgrund hätten, so setzten die „Grasblätter", noch bevor eine Zeile geschrieben war, etwas voraus, das sich von allem anderen unterschied, und sind nun das Ergebnis dieser Voraussetzung. Ich möchte tatsächlich sagen, es wäre vergeblich, dieses Buch lesen zu wollen, ohne zunächst sorgfältig diesen vorbereitenden Hintergrund und Zustand im Geiste zu berechnen."

Die in Umlauf gebrachte Geschichte von einer großen Liebe Walt Whitmans zu einer schönen und reichen Kreolin in der südlichsten Großstadt des Landes, New Orleans, die ihm mehrere Kinder geboren habe, kursiert hartnäckig, wenn auch als romantische Erfindung. Manche Biographen wollen dieser Frau, die er infolge des Widerstandes ihrer stolzen Familie nicht habe heiraten können, diese "Wandlung" eines bis dahin nur durchschnittlichen Prosa- und Lyrikschriftstellers zu Amerikas größtem Dichter zuschreiben.

Andere sprechen von einer „mystischen Offenbarung", die Whitman um 1850 zuteil geworden sei und ihn „erleuchtet" hätte. All dies kann nicht belegt werden, Whitmans Aufzeichnungen geben hierüber keinen Aufschluß. Eher ist wohl der Ansicht jener zuzustimmen, die einen langwierigen Reifeprozeß, ein über viele Jahre gehendes intensives Verarbeiten unterschiedlicher persönlicher Erlebnisse, Empfindungen, eine ausgedehnte Lektüre, ein waches, politisches und soziales Interesse, ein kritisches Verhältnis zur Umwelt und ein unermüdliches künstlerisches Ringen um den angemessenen poetischen Ausdruck als wesentliche Gründe für dieses „Wunder" ansehen.

Offenkundig rhetorisch fragte Whitman Ende der 1850er Jahre in dem Gedichtentwurf „An die Zukunft": „Soll ich das idiomatische Buch meines Landes schreiben?" Dies nahm er sich wenigstens vor, als er im Juni 1857 die Mahnung an sich auf den Tisch stellte: „Schaffe die Werke": „Die Große Gestaltung der Neuen Bibel", eine breite Poesie aus 365 Gedichten, die der amerikanischen Demokratie wieder Ideale, eine lebendige Ästhetik und eine unbefangene Sicht des Äußeren wie des Inneren vermitteln sollte.

Trotz dieses hochgesteckten Ziels schwebten ihm als Leser nicht die Gebildeten und Intellektuellen, sondern die Durchschnittsmenschen vor. „Man denke an die Vereinigten Staaten heutzutage - die Gegebenheiten dieser achtundreißig oder vierzig Imperien in eines zusammengelötet - sechzig oder siebzig Millionen Ebenbürtige, mit ihrem Leben, ihren Leidenschaften, ihrer Zukunft - diese unberechenbaren, modernen, amerikanischen, brodelnden Mengen um uns herum, deren unzertrennliche Teile wir sind! Man denke im Vergleich an die belanglose Umwelt und begrenzte Gegend der Dichter im früheren oder heutigen Europa, ungeachtet dessen, wie groß ihr Genie ist.‟ Was er von seiner Bibel erwartete, war ein die Nationen, Zeiten und Widersprüche verbindendes Prinzip vom allgemeinen Ursprung der Menschen über die kosmische Brüderlichkeit zum Traum aller Hoffnung. In seiner rhythmischen Prosa trägt der Dichter zunächst sich selbst, sein Ich, Walt Whitman, vor. Dieses Ich aber ist ein Teil von Amerika, ein Teil der Menschheit, ein Teil des Alls. Als solchen fühlt er sich, und erschließt weltweite soziale und politische Perspektiven.

Seine Vermerke zum Bürgerkrieg zwischen konföderierten Südstaaten und unionistischen Nordstaaten ergänzte Whitman im Jahre1882 durch Notizen früherer Jahre: Reminiszenzen an Elternhaus und Vorfahren, an Kindheit und Jugend, an Erfahrungen und Eindrücken seines frühen Lebens auf Long Island, „dem fischförmigen Paumanok‟. Hier kam Walt Whitman her, hierhin kehrte er immer wieder zurück. Long Island blieb während seines gesamten Schaffens – auch in sozialer Verantwortung einer überlasteten Mutter und hilflosen Brüdern gegenüber - die eigentliche Heimat des Dichters.

„Ich habe Fuß gefaßt auf dem Sockel von Halbinseln und auf den hochgelagerten Felsen,
      von da zu rufen: Salut au monde!‟ („Salut au monde‟)

Abgesehen von den letzten Jahren, die er in Camden verlebte, zwei größeren Reisen in das Innere Amerikas und von den Zeiten in den Biwaks des Sezessionskrieges, die ihn auf die südlichen Schlachtfelder und nach Washington führten, war der Dichter hier zu Hause geblieben. Das Symbol des Reisens faszinierte Whitman, da er die Welt für konstant in Bewegung auf dem Weg zur Verbesserung hält. In diesem Prozeß haben alle Erscheinungen ihren Platz, das Gesetz der Transformation läßt sich nicht ausschalten.

Whitman war vier Jahre alt, als man gestörten Familienbeziehungen entfliehen wollte und nach Brooklyn umzog, auch weil sich der Vater vom dortigen Bauboom Profit versprach. Whitman sah Brooklyn, in seiner Kinderzeit eine mittlere Landstadt am Westende von Long Island, während der folgenden Jahre anschwellen und sich mit dem gegenüber, jenseits des East River liegenden New York zu einer menschenwimmelnden, brausenden Stadteinheit von nie gesehener Lebens- und Arbeitskraft zusammenschweißen. In Brooklyn und New York sammelte Walt Whitman ab 1823 erste berufliche Erfahrungen als Setzer, Journalist und Zeitungsherausgeber, wobei er bis zuletzt Tagesereignisse in seine Lieder kleidete: Er ist der Dichter der Realität, der Mensch ist greifbar, alle Dinge, die wir sehen, sind tatsächlich.
Selber macht Whitman zur Interpretation keine Vorschriften, auch die Gedanken der anderen sollen freibleiben. Ihm ist wohl eher eine unbefangene Art eigen, denn „was sie dem Kind zu sein scheinen, das sind sie auch…" Der Dichter hat seinen Zweck erfüllt, jeder Denker kann sich aufgerufen fühlen, seine Anregungen zu deuten.

„Bravo, Pariser Ausstellung!" (1889) – Die Pariser Ausstellung, dessen berühmtester Exponat der Eiffelturm war, hatte vom 6. Mai bis zum 6. November 1889 geöffnet oder „Eine Stimme des Todes", 1889: Die Überflutung von Johnstown, einem Kohle- und Stahlzentrum in Pennsylvania, geschah infolge eines Bruchs des allzu eilig konstruierten Dammes nach starken Regenfällen. Ungefähr 2.200 Menschen starben, der Sachschaden betrug für damalige Verhältnisse ungeheure Summen, bis auf wenige Gebäude war die Stadt buchstäblich vom Erdboden verschwunden. Die Tragödie ereignete sich am Abend der Feier von Whitmans 70. Geburtstag. Den Tod fürchtet der Dichter nicht, sondern begrüßt ihn als Teil des kosmischen Wechselgeschehens. Da die immaterielle Seele nicht zersetzt werden kann, bleibt der Tod „das Wort vom süßesten Lied, und aller Lieder."

„Wir verbrachten den Rest des Tages damit, auf Staten Island umherzustreifen und zu 'schlendern', wo wir Schatten und einen meilenweiten, herrlichen Strand hatten. Beim Baden wurde ich durch eine gewisse noble Würde des Mannes berührt, die mich an das Bacchusbild in seinem Zimmer denken ließ. Ich sah jetzt, daß die Sonne sein Gesicht und seinen Hals rotbraun gebrannt hatte und daß sein Körper von heller Frische war, rein und edel, die Gestalt auffällig zugleich durch ihre feinen Linien und durch jene Anmut der Bewegung, deren Träger ein wohlgebildeter und wohlgefügter Knochenbau ist. Sein Kopf war ein reines Eirund; sein (braunes) Haar, stark mit Grau gemischt, war kurz geschnitten und bildete samt dem Bart einen seltsamen Gegensatz zu der fast kindlichen Fülle und Heiterkeit seines Gesichts. Diese Heiterkeit indessen kam aus den stillen, lichtblauen Augen, und über ihnen zogen sich drei oder vier tiefe Querfurchen, die das Leben gegraben hatte. Irgendwelche Inbrunst gewahrte ich erst an ihm, als er ins Wasser kam, das er mit der Begeisterung eines Liebenden umarmte. Wenn er über Dinge sprach, die ihn tiefer interessierten, wurde seine immer milde und klare Stimme langsamer, und seine Lider hatten die Neigung, sich über seine Augen herabzusenken. Man konnte durchaus in jedem Augenblick die Wirklichkeit jedes Wortes und jeder Bewegung des Mannes fühlen, und zugleich das überraschende Zartgefühl eines, der mit seiner Feder freier war, als selbst Montaigne." (Moncure Conway)

Etwas wortkarger resümiert Walt Whitman die Zeitspanne von 1866 bis 1876 in einem „Zwischenabschnitt" von wenigen Zeilen. In diese Jahre fällt seine angestrengte Arbeit, die zu mehreren erweiterten und überarbeiteten Auflagen jener Erstfassung führte. Besonders die Gedichtfolgen „Kinder Adams" und „Calmus" waren Angriffen durch eine puritanisch-eifernde Öffentlichkeit ausgesetzt. Diese Zyklen waren erklärtermaßen als wahres Bild der Liebe von Mann und Frau gedacht, wobei „Calmus" mehr auf die Liebe, denn den eigentlichen erotischen Vorgang eingeht. „Sex umfaßt alles, Körper, Seelen, Meinungen, Beweise, Reinheiten, Sonderlichkeiten, Ergebnisse, Gesetze, Lieder, Befehle, Gesundheit, Stolz, das frauliche Mysterium, die Muttermilch, alle Hoffnungen, Wohltaten, Preisverleihungen, alle die Leidenschaften, Lieben, Schönheiten, Freuden der Erde..." („Calamus") Als Sexualpartnerin tritt die Frau bei Whitman emanzipiert auf, und in ihrer Nacktheit ist sie gleichberechtigt. Neben einem romantisch-lyrischen Ausdruck finden sich der eher philosophische Tribut an die Fortpflanzung und die rein physiologische Abhandlung der Empfindungen beim Geschlechtsakt. Konkretheit, Gehalt und Einzigartigkeit sind auch das Erotisierte betreffend das Hauptanliegen, wobei stets die übergeordnete, universelle Liebe, die sich aus den mehreren Einzelvorgängen bildet, vorschwebt.

Am 14. April 1879 hielt Whitman zum ersten Mal seinen lukrativen Vortrag über Abraham Lincoln, der ihn in weiteren Kreisen bekannt machte, da er ihn andernorts wiederholte. Gegen Ende der siebziger Jahre war Whitman auch ein Gegenstand allgemeiner Neugierde geworden, jedenfalls eine vertraute, wenn auch, nicht nur in seiner Heimat, heftig umstrittene Persönlichkeit.

1855 schon war der Vater verstorben, 1873 starb seine Mutter, der Whitman innig zugetan war, er selber blieb nach einem Schlaganfall längere Zeit teilweise gelähmt. Mit wenigen nüchternen Worten verweist Whitman auf diese gehemmten Jahre seines Lebens und seiner mühevollen Genesung, die er allein seiner Hinwendung zum ursprünglichen Leben in den unberührten Gefilden bei Camden zuschreibt. „Plätschere weiter, Bächlein, mit jener dir eigenen Ausdrucksweise! Auch ich werde zum Ausdruck bringen, was ich gesammelt habe in meinem Leben und meiner Entwicklung - Angeborenes, Unterirdisches, Vergangenes - und jetzt dich. Schlängle dich deines Weges - ich gehe mit dir, wenigstens eine kleine Weile. Da ich dich so häufig besuchte, Saison für Saison, du kanntest mich nicht, wußtest nichts von mir (doch warum sich dessen so sicher sein? wer kann es sagen?) - ich aber will lernen von dir und bei dir verweilen - von dir empfangen, dich kopieren und drucken."

Die Berichte über die Jahre nach 1876/77, in denen er in völliger Harmonie und Einheit mit Wald und Flur jene "sanft leuchtenden Tagebuchblätter" (Hans Reisiger) niederschrieb, vermitteln mit dem Feingefühl des Dichters ein Umweltbewußtsein, das dem heutigen Menschen, besonders dem Großstädter, nahegeht. Whitmans Einssein mit der Natur, die „mystische Wirklichkeit", die er in Bäumen, Pflanzen, Vögeln, dem Ozean, dem Himmel und den Sternen erblickt, sind sowohl Ergebnis seines empfindsamen Erlebens als auch Ausdruck seiner von Vorstellungen des Transzendentalismus geprägten Weltsicht. Der Mensch selbst ist seine Quelle sittlichen Gesetzes. Gottes Realität findet sich bei Whitman im Menschen, der Natur und nicht in irgendeinem –theismus oder –deismus.

Dieser von Immanuel Kant in seinem erkenntnistheoretischen Hauptwerk „Kritik der reinen Vernunft" (1781/1787) geprägte Begriff sieht die Bedingungen der Erkenntnis als vor jeder Erfahrung (a priori) im Subjekt liegend. Die Grundstrukturen des Seins werden dabei nicht durch eine Ontologie (Theorie des Seienden) sondern im Rahmen des Entstehens und Begründens über das Sein beschrieben.

Walt Whitman war Dichter und kein Philosoph, so bleiben die in seine Wortgebilde aufgenommenen Zeitströmungen in erster Linie ein gedankliches Stimulans, dies ohne jeden Fanatismus, vielmehr waren ihm stoische Züge wie Geduld und Warten eigen. Auch naturalistische, realistische, evolutionistische Ansätze umfassend lehrt uns der Autodidakt die Bedeutung des Draussen, der Masse, der Demokratie offenen Sinnes aufzunehmen. Diese Mischung bewirkt den eigenartigen Zauber, der seine Prosatexte ebenso umfließt wie seine Gedichte:

An Dich
Fremdling, wenn du mich im Vorbeigehen triffst
und hast ein Verlangen zu mir zu reden,
warum solltest du nicht zu mir reden?
Und warum sollte ich nicht reden zu dir?
Zahlreiche bedeutende Schriftsteller bekannten ihre gedankliche
und formale Verpflichtung dem monumentalen Werk Walt
Whitmans gegenüber. Daß Whitman seinem Land und seinen
Mitmenschen auf der Straße äußerst aufgeschlossen ist, davon
zeugt seine dies thematisierende Dichtung. Und wenn der Dichter nicht immer mit Erfolg zur Menschheit sprechen kann, so
kann er doch für diese eintreten, und das hat der Schriftsteller
mit glänzenden Höhepunkten getan:

ICH HÖRE AMERIKA SINGEN
Ich höre Amerika singen, die vielerlei Lieder höre ich,
Die der Werkleute, jeder das seine singend, froh und laut,
der Zimmermann das seine, während er Brett und Balken
misst - der Maurer das seine, während er zur Arbeit geht oder
von der Arbeit kommt, der Bootsmann singend von dem, was
zu ihm gehört, in seinem Boot, - der Matrose singend auf
seinem Dampfer, der Schuster auf seinem Schemel, der Hut-
macher an seinem Stand, des Holzhauers Lied, des Acker-
manns unterwegs am Morgen oder in der Mittagspause oder
bei Sonnenuntergang, das liebliche Singen der Mutter, oder
der jungen Frau bei der Arbeit, oder des Mädchens beim
Nähn oder Waschen,
Ein jedes singend von dem was zu ihm oder ihr und keinem
sonst gehört,
Tags was zum Tag gehört – nachts die Gesellschaft junger
Burschen, gutmütig, derb,
Singend aus voller Kehle ihren melodischen kraftvollen
Rundgesang.

|||||||||

PAUMANOK

„Vom fischförmigen Paumanok kommend, wo ich geboren wurde,
Wohlgezeugt, aufgezogen von einer vollkommen Mutter,
Nachdem ich viele Länder durchstreift, Freund volkreichen Pflasters,
Siedler in Manhattan, meiner Stadt, oder auf den Savannen des Südens ..."
Whitman verwies auch auf den indianischen Namen Manhattans, eigentlich Manahatin: hügelige Insel.

„Aus dieser Reihe von Personen und Schauplätzen heraus wurde ich am 31. Mai 1819 geboren", als zweites von acht überlebenden Kindern.
Walt Whitman blieb bis ins hohe Alter, trotz der deutlichen Spuren eines gelebten Lebens, Runzeln im Antlitz, grauem Haar und Vollbart der Sphäre seiner Herkunft mit einem Kinderlächeln der Zugehörigkeit verbunden. „Ein Mensch - ob Beobachter, Dichter, Nachbar oder Freund - ist für sich selbst und andere am meisten wert, wenn er am zufriedensten und zu Hause ist. Dort ist sein Leben am intensivsten, und er verliert die wenigsten Augenblicke. Die vertrauten Gegenstände seiner Umgebung sind die besten Sinnbilder und Illustrationen seines Lebens", stimmt Henry D. Thoreau, der sich als „Gottes Spion" mit Schilderungen bei der "Squaw Walden", einem See, einen Namen machte auch hier seinem Zeit- und Gesinnungsgenossen Whitman zu. Ebenso hatten Emerson und Hawthorne beispielsweise zwar Europareisen unternommen, aber Stoff für ihre Werke ausschließlich in der Heimat gefunden.

Über seine frühen Lebensjahre geben die Erinnerungen aus Whitmans Feder in einer authentischeren Sprache und präziser Auskunft, als dies ein anderer vermag. In der „Antwort an einen drängenden Freund" heißt es: „Du fragst nach Einzelheiten, Details aus meinem früheren Leben – nach Genealogie und Abstammung, besonders nach Frauen in meiner Ahnenreihe und dem weit zurückliegenden Stamm mütterlicherseits – nach der

Gegend, in der ich geboren wurde und aufwuchs, und mein Vater und meine Mutter vor mir und deren Eltern vor ihnen – mit einem Wort, nach Brooklyn und New York und den Zeiten, die ich als Junge und junger Mann dort lebte. Du sagst, in der Hauptsache möchtest du diese Dinge wegen der Vorgeschichte und Ursprünge der >Grashalme< erfahren. Also – wenigstens ein paar Proben von allem sollst du haben…"

Zwei Linien Auswanderer, mütterlicherseits Holländer, väterlicherseits Engländer, trafen sich in Walt Whitman. "Die Scheidelinie zwischen den zwei Nationalitäten verlief ein wenig westlich von Huntington, wo die Familie meines Vaters lebte, und wo ich geboren wurde."

"Ich erkenne drei Hauptquellen und formende Eindrücke für meinen Charakter - jetzt verfestigt zum Nutzen oder zum Schaden und für die folgenden literarischen und anderen Ergebnisse - erstens die Herkunft mütterlicherseits, mit ihren Wurzeln in den weit entfernten Niederlanden (zweifellos die beste Quelle); zweitens die verborgene Zähigkeit und das zentrale Knochengerüst (Hartnäckigkeit, Eigensinn), was ich von meinem väterlichen, englischen Element erhalten habe; und drittens die Kombination meines Geburtsortes Long Island, der Meeresküste, der Schauplätze meiner Kindheit, der Absorption des Gewimmels von Brooklyn und New York mit - wie ich vermute - meinen späteren Erfahrungen im Bürgerkrieg."

Long Island streckt sich von der Bucht von New York aus von Westen nach Osten 200 km lang und durchschnittlich 20 km breit in den Atlantischen Ozean. Es ähnelt der Gestalt eines Fisches; "fish-shape Paumanok", „fischförmiger Paumanok", bezeichnet es Whitman mit dem seither so bekannt gewordenen überlieferten, indianischen Namen.

Vor der europäischen Besiedlung war Paumanok von Rothäuten bewohnt, die in den Wäldern mit den Wölfen um die Wette jagten. „Vor Jahren wurde ein gebürtiger Long Islander unter den Baileuten - einem derben, ausgelassenen Menschenschlag, nun hinweggestorben oder nahezu gänzlich verändert - 'Paumanacker' oder 'Creole-Paumanacker' genannt." (John Burroughs)

Robben, Schildkröten, Schwertfische, Pelikane bevölkerten das langgestreckte, einsame Gestade, aus den atlantischen Gewässern stiegen die Fontänen der Walfische, und Wracks gestrandeter Schiffe moderten in den sumpfigen Buchten. „Zwischen den äußeren Sandbänken und dem Strand ist diese südliche Bucht vergleichsweise seicht, in kalten Wintern überall mit dickem Eis bedeckt."

Als junger Bursche stand Walt Whitman unter dem Eindruck etlicher Schiffshavarien - beinahe als Augenzeuge. Vor dem Strand von Hempstead zum Beispiel ging 1840 das Schiff "Mexico" verloren (erwähnt in "The Sleepers", integriert in >Grashalme<). „Und ein Jahr später die Zerstörung der Brigg "Elizabeth", ein schreckliches Ereignis in einem der schlimmsten Winterstürme, wo Margaret Fuller mit Mann und Kind ertranken." In „As I Ebb'd with the Ocean of Life" steht der Schiffbruch auch als Metapher für das individuelle Scheitern.

Er begab sich oft mit ein, zwei Kameraden auf diese gefrorenen Flächen, mit Schlitten, Axt und Aalgabel, um Massen von Aalen zu fangen. „Wir hackten Löcher in das Eis, stießen dabei mitunter auf eine, man könnte fast sagen, Aal-Ader und füllten unsere Körbe mit großen, fetten, prächtigen, weißfleischigen Burschen. Diese Szenen, das Eis, das Schlittenziehen, das Löcherhacken, das Aalstechen usw. waren natürlich das beste und liebste Vergnügen der Kindheit."

Die Holländer hatten die Stadt Neu-Amsterdam, das spätere New York, gegründet und waren auch auf die Insel Long Island hinübergekommen. "In der zweiten Hälfte des vorigen Jahrhunderts lebte die Familie van Velsor, die Familie meiner Mutter also, auf ihrer eigenen Farm in Cold Spring, Long Island, New York State", das etwa eine Meile vom Hafen lag.

„Denn dort mit all dieser waldigen, hügeligen, gesunden Umgebung, war meine liebste Mutter, Louisa van Velsor, aufgewachsen (ihre Mutter, Amy Williams, von der Sekte der Freunde oder Quäker – die Familie Williams, sieben Schwestern und ein Bruder – Vater und Sohn Seeleute, beide fanden den Tod auf See)." Die van Velsors waren berühmt wegen ihrer edlen, vollblütigen Pferde, die die Männer züchteten. Als junge Frau war die Mutter eine tollkühne Reiterin, die täglich ausritt. „Was das Oberhaupt der Familie selbst betrifft, so hat die alte Rasse der Niederländer, zutiefst verwurzelt auf der Halbinsel Manhattan und in Kings und Queens, niemals ein markanteres, vollständig amerikanisiertes Exemplar hervorgebracht als Major Cornelius van Velsor." Dieser Großvater bleibt dem Dichter das Abbild des sich in der „frontier", der Siedlungsgrenze zur Wildnis bewegenden „American Adam", kann aber ebenso als „Whitmanesque type" herhalten.

Der Besitz der Whitmans, früher ein Gebiet von fünfhundert Morgen mit einem zwanzig Morgen großen Obstgarten, lag an dem North Shore bei West Hills in der Landschaft Suffolk, senkte sich leicht nach Süden und Osten und befand sich drei bis vier Meilen südlich von Huntington Harbor. Die Whitmans, so äußerte sich Walt Whitman dem späteren Vertrauten Doktor Richard M. Bucke gegenüber, „neigten immer zu Demokratie und Ketzertum." Der kanadische Arzt wurde Whitmans erster wirklicher Biograph.

Demokratie in ihren Anfängen meinte dazumal, die Bedürftigen von ihrer Armut entheben, auf daß die Reichen nicht mehr an ihren Sesseln kleben: Chancengleichheit, Abschaffung der Prügelstrafe, gerechtere Güterverteilung, Pressefreiheit, akzeptable Wohnmöglichkeiten und Arbeitsbedingungen, Strafrechtsreform, Lohngerechtigkeit Frauenemanzipation. Eine politische Demokratie war zwar ansatzweise in den Köpfen vorhanden, doch fehlten der wirtschaftliche und soziale Aspekt. Whitman verdeutlicht, daß der Mensch, die Menge gleichwertiger Egos vor einer ökonomischen Maschinerie und undurchsichtigen Mechanismen rangiert.

In der Whitman-Gegend lebten die Pioniere von jenseits des Sundes oder aus Massachusetts zusammen mit den gleich zähen, aber vollblütigeren Holländern aus New York, die alles viel leichter nahmen. Quäker, die in Neuengland verfolgt oder roh behandelt wurden, siedelten sich, ersichtlich an den Versammlungshäusern, in dem toleranteren Umfeld an. New York, der kosmopolitische Seehafen, der schon bald eher als gottlos und frevelhaft galt, war der Markt für dieses Land, das vom Wasser und vom Land aus gleich leicht zugängig war.

„Die Ufer dieser Bucht, in Sommer und Winter, und meine Tätigkeiten dort in frühen Jahren sind alle in den "Grashalmen" verwoben. ... Ging gern hinunter zu den Fischern und freundete mich mit ihnen an. Begegnete auf der Halbinsel Montauk (sie ist 15 Meilen lang und gutes Weideland) mitunter den seltsamsten, zerzausten, halb barbarischen Hirten, die zu jener Zeit völlig fern jeglicher Gesellschaft oder Zivilisation lebten. Sie waren verantwortlich für riesige Herden von Pferden, Rindern und Schafen auf Weiden, die Farmern in den östlichen Städten gehörten."

Die schöpferische Kraft seines Landes sieht Whitman nie in der Elite oder den Führern, sondern im Gros des Volkes, dem er seine für die Entwicklung des Gesamt wohltuenden Verrichtungen lobend vor Augen hält. Die Demokratie stützt sich bei Whitman sowohl auf den Einzelnen wie die Masse. Amerika wird gemacht, ist aber noch nicht gemacht. Whitman bezeichnet die Gründerväter als Architekten, doch ist das Haus noch lange nicht fertig. Die Vereinigten Staaten, das „göttliche Amerika" ist dem Dichter der Kontinent der Demokratie schlechthin, Demokratie der Schlüssel zur Geschichte der Vergangenheit.

"True Love" lautete der Name des Schiffes, mit dem die Engländer über den Ozean in die neue Welt gelangten, wo sie Virginia gründeten und am Ostende auch Long Island besiedelten. „Nie war mehr Anfang als jetzt, nie mehr Jugend und Alter als jetzt". („Song of Myself")

Einer dieser Auswanderer hieß Zacharias Whitman, der Sohn des, weil zu alt, daheimgebliebenen Bauern Abijah Whitman. Ein Sohn dieses Zacharias, mit Namen Joseph, siedelte nach der kleinen Hafenstadt Huntington auf der Halb-Insel und ließ sich hier für immer nieder. Dieser war Walts erster Long Island-Vorfahr, der um das Jahr 1653 in Stratford, Connecticut, lebte und gegen 1660, als das mittlere Long Island politisch noch zu Connecticut gehörte, den Sund überquert zu haben scheint. Vorläufer hatten hier den eingeborenen Indianern ein

Gebiet für sechs Röcke, sechs Paar Schuhe, sechs Äxte, Perlen-
schnüre und dergleichen abgekauft und an einer der tiefen
Buchten Huntington, zu Deutsch Jägerstadt, gegründet.

Whitmans Urgroßvater bestellte seine fünfhundert Morgen
Land mit Sklaven, die nach seinem Tode den Befehlen seiner
Urgroßmutter Sarah White Whitman gehorchten.
Und als um 1660 die ersten der Long Island-Whitmans von
Stratford herüberkamen um sich in West Hills anzusiedeln, waren sie erste Siedler, die Neuengland und besonders Connecticut
nach Süden erweiterten. Im Jahre 1674 strafte Karl III. die steif-
nackigen, sektiererischen, republikanischen Yankees aus Connecticut wegen ihrer Sympathien für die Puritaner dadurch, daß
er Long Island New York zuteilte.

Auf den Hügeln südlich der Stadt waren Bauernhäuser angelegt worden, und eine von ihnen, die Farm West Hills, erwarb
Joseph Whitman. Am 31. Mai 1819 erblickte Walt Whitman hier
das Licht der Welt. ”Es ist ziemlich sicher, daß von diesem Aus-
gangspunkt und von Joseph die West-Hills-Whitmans und alle
anderen in Suffolk, darunter ich, hervorgegangen sind.“

Sein Vater, Walter Whitman, 1789 geboren, war der Erbe des
Gehöfts, erlernte jedoch in New York auch das Handwerk eines
Zimmermanns und baute Holzhäuser sowie Scheunen. Er war
ein Riese an Gestalt, wortkarg, ernst, verschlossen, von kindli-
cher Unbeholfenheit im Umgang und Gespräch. Trotz Tüchtig-
keit in seiner Arbeit hatte er keine glückliche Hand mit seinen
Geschäften, galt auch als eigensinnig und zuweilen jähzornig. In
Erzählungen während seiner Tätigkeit bei der ‚Democratic Review‘ geht der Redakteur Walt Whitman auf das Verhältnis des
Heranwachsenden mit der Autorität des Vaters oder auch Lehrers
ein. Die Folgen aus Streitsucht, Schlampigkeit, Trunkenheit,
Geistesschwäche machen „Gehorsam, Disziplin, Unterwürfig-
keit, Wiedergutmachung“ zu wiederkehrenden Begriffen. Die
Unbeherrschtheit des Vaters kehrt sich in „Berverance: or, Father
and Son“ in krasses Unrecht, als der Vater den eigentlich gesunden Sohn in eine Irrenanstalt einweisen läßt. Im ländlichen Mi-

lieu mit seiner paternalistischen Struktur eskaliert der Va-
ter-Sohn-Konflikt in einem tätlichen Angriff des Sohnes auf das
Familienoberhaupt.

Ebenso enthält „The Child Ghost; a Story of the Last Loya-
list" solche Temperamente im Grundmuster der Gegenüberstel-
lung von unschuldigem Kind und tyrannischer Autorität. „The
Last of the Sacred Army" (1842) aus der Zeit des Unabhängig-
keitskrieges macht den Konflikt zwischen despotischer Macht
und Auflehnung zum Beispiel: Ein demokratischer Sohn folgt
einem tyrannischen Vater.

„29. Juli 1881. (im 63. Lebensjahr) - Nach einer Abwesenheit
von mehr als vierzig Jahren (abgesehen von einem kurzen Besuch, während dessen ich meinen Vater zwei Jahre vor seinem
Tode, noch einmal dorthin brachte) machte ich einen einwöchi-
gen Ausflug nach Long Island, zu dem Ort, wo ich geboren
wurde, 30 Meilen von New York City entfernt. Ritt zu den vertrauten Plätzen; und wie ich so schaute und nachsann, wurde
alles wieder lebendig. Begab mich zu der alten, höher gelegenen
Whitman-Heimstatt und schaute ost- und südwärts über das
weite herrliche Farmland meines Großvaters (1780) und meines
Vaters. Da war das neue Haus (1810), die große Eiche, 150 oder
200 Jahre alt; da der Brunnen, der abfallende Gemüsegarten, und
ein kleines Stück entfernt stehen sogar noch die wohlerhaltenen
Überbleibsel der Wohnung meines Urgroßvaters (1750-1760)
mit ihren mächtigen Balken und niedrigen Decken. Ganz in der
Nähe ein stattliches Wäldchen hoher, kräftiger Schwarzwalnußbäume, herrlich und schön wie Apoll... Zweifellos die Söhne
oder Enkel der Schwarzwalnußbäume von 1776 oder davor."

In seinen „Notes on Walt Whitman as Poet and Person", 1867
berichtet der amerikanische Schriftsteller John Burroughs, der
spätere, lebenslange Freund: „Die Vorfahren von Walt Whitman,
sowohl väterlicher- als auch mütterlicherseits, führten eine gute
Küche, waren bekannt für ihre Gastfreundschaft und Sittsamkeit
und genossen ein ausgezeichnetes gesellschaftliches Ansehen in
der Umgebung. Und sie waren von einer ausgeprägten Individualität. ... Seine Urgroßmutter väterlicherseits zum Beispiel war

eine große dunkelhäutige Frau, die ein gesegnetes Alter erreichte. Sie rauchte Tabak, saß zu Pferde wie ein Mann, zügelte selbst das bösartigste Tier. Nachdem sie in vorgerücktem Alter Witwe geworden war, kontrollierte sie weiterhin jeden Tag, häufig im Sattel, ihr Farmland und beaufsichtigte die Arbeit ihrer Sklaven, und zwar in einer Sprache, in der es bei aufregenden Anlässen an Flüchen nicht gerade fehlte. Die beiden Großmütter waren, im besten Sinne des Wortes, hervorragende Frauen. Diejenige mütterlicherseits (Amy William mit Mädchennamen) war eine "Freundin" oder Quäkerin von angenehmem, sensiblem Charakter, hausfraulichen Neigungen vielleicht, sehr intuitiv und tief religiös. Die andere (Hannah Brush) war ein gleichermaßen nobler, etwas strengerer Charakter, wurde sehr alt, hatte eine große Anzahl Söhne. Sie war eine geborene Dame, in ihren jungen Jahren Lehrerin, und bewies einen gediegenen Intellekt. Walt Whitman selbst hält sehr große Stücke auf die Frauen unter seinen Ahnen."

Walt Whitman achtete das andere Geschlecht und hatte zu einigen Frauen eine zumindest platonische Beziehung. „Das Weibliche dem Männlichen gleich": Whitman hat sich in etlichen seiner journalistischen Arbeiten für die Rechte der Frauen eingesetzt, wie auch in „Women's Tickets for the Fulton Ferry" (14.5.1846), worin er für die Senkung der Preise für Frauen plädierte, die in Brooklyn lebten, jedoch in New York arbeiteten und sich von ihrem geringeren Lohn teure Tickets nicht leisten konnten. Gleichheit der Geschlechter geziemt der Freiheit des Individuums. Daß die Masse nicht zur gesichtlosen Unifomität gerinnt, braucht es verfassungsmäßige Garantien, die der patriot prophet unbeirrbar einklagen soll,.
„Whitman was not a marrying man", beschreibt ihn Burroughs und damit dessen zurückhaltende Art Frauen gegenüber. Weder war Whitman das „wilde Tier" noch der „Herr über sein Fleisch", sondern ein „representative man", normal veranlagter komplexer Durchschnitts-Typ, woran auch seine Betonung der Kameradschaft oder sein späteres Sonderverhältnis zu Pete Doyle nichts ändern. Das Ineinandergreifen von Biographie und Werkdeutung geschieht bisweilen - Anarchisten, Kommunisten,

Homosexuelle, Nudisten, Wandervögel...- im Sinne eigener Zielsetzungen.

Wohl noch inbrünstiger als die von alters landsässigen Whitmans hatten die Williams sich dem Quäkertum zugewandt und zu einem Teil war es wohl die gemeinsame Neigung zu dieser Lehre, die den stillen Riesen Walter Whitman mit der Tochter seines Nachbarn, der 24jährigen Louisa van Velsor, zusammenführte. Er vermählte sich mit ihr im Jahre 1816, und sie lebten zunächst sieben Jahre auf seiner Farm. Schon während der ersten Jahre errichtete er, unweit vom alten Whitmanschen Stammhaus, ein behagliches Gemäuer, das von den freundlichen braunen Scheunen und Schuppen der Farm umgeben lag.

Nach dreijähriger Ehe wurde der zweite Sohn geboren, der nach dem Vater Walter, sich erst mit Erscheinen der „Grashalme" abgekürzt Walt, nennen sollte.

John Burroughs (1837-1921), der, beeinflußt von den Transzendentalisten Ralph Waldo Emerson und Henry David Thoreau insbesondere Naturessays schrieb und in engster Zusammenarbeit mit dem Dichter Biographisches zusammenstellte, gibt in seinen "Notes" des Weiteren Beispiele zum häuslichen Leben auf Long Island: „Zu Beginn dieses Jahrhunderts lebten die Whitmans in einem langen anderthalbstöckigen, gewaltigen Fachwerkhaus, das immer noch steht. Eine große rauchgeschwärzte Küche mit riesigem Kamin bildete das eine Ende des Hauses. Damals gab es in New York Sklaverei, und der Besitz der Familie von zwölf bis fünfzehn Sklaven, Hausbediensteten und Knechten verlieh dem Ganzen ein ziemlich patriarchalisches Aussehen.
Einen ganzen Schwarm kleiner Negerkinder konnte man gegen Sonnenuntergang in der Küche in einem Kreis auf dem Boden hocken und ihr aus Maismehlpudding und Milch bestehendes Abendbrot essen sehen. In dem Haus war alles, angefangen von der Nahrung bis hin zu den Möbeln, einfach, aber kräftig. Man kannte weder Teppiche noch Öfen, auch keinen Kaffee, und Tee oder Zucker gab es nur für Frauen. An Winterabenden

spendeten Holzfeuer Wärme und Licht. Schweinefleisch, Geflügel, Rind, einfaches Gemüse und Getreide waren in Hülle und Fülle vorhanden. Das übliche Getränk der Männer war Apfelwein den man zu den Mahlzeiten trank. Die Kleidung war zumeist aus aus selbstgesponnenem Material. Reisen wurden von Männern und Frauen auf dem Rücken der Pferde unternommen. Beide Geschlechter griffen bei der Arbeit kräftig zu – die Männer auf dem Feld – die Frauen in Haus und Hof. Bücher waren rar. Das alljährliche Exemplar des Almanachs war ein Hochgenuß. Während der langen Winterabende hockte man darüber. Ich darf nicht vergessen zu erwähnen, daß diese beiden Familien dem Meer nahe genug waren, um es von höher gelegenen Plätzen aus sehen und in ruhigen Augenblicken das Brausen der Brandung die nach einem Sturm des Nachts sonderbar klang, vernehmen zu können.

Dann lief alles, Männlein und Weiblein, häufig hinunter zu Strand- und Badepartys und die Männer zu praktischen Ausflügen, um auf der Salzmarsch Heu zu machen, Muscheln zu suchen und zu fischen."

Auf dieser, seiner Insel durchlebte Walt Whitman den Prozeß des Heranwachsens der amerikanischen Großstadt aus dem Lande, er läßt seine Augen über die Brooklyner Welt und über sie hinausschweifen. Während seines 73jährigen Wirkens sah Walt Whitman die durch widerstrebende Interessen zerrissenen Staaten zu einer Nation zusammenwachsen, deren Bevölkerung bei seinem Tode fast siebenmal so groß war wie in seiner Kindheit.

Mit absonderlichem Gespür bleibt Whitman für alles, was in seinem Land vor sich ging, empfänglich. Wie anderen Dichtern ist ihm der Zweck allen Dichtens auch Erkenntnis, die er sich mittels einer feinen Beobachtungsgabe aneignet. Mitunter hat er sich auch als „loafer" bezeichnet, doch hat sein Wandern Richtung, anbetrachts der Hereinnahme seiner Beobachtungen ins Werk. Eine Quelle für die Whitmanites wurde der in England lebende Amerikaner M. D. Conway. Dieser hatte Whitman in den Vereinigten Staaten besucht und ihn als genialen "loafer" und „genre painter" dargestellt, stets das menschlich Gültige registrierend.

Der Dichter und Schriftsteller Walt Whitman entwirft keine ihm eigene Philosophie, verarbeitet indes das Gedankengut seiner Zeit zu festen Anschauungen und Begriffen, die teils erst kommende Weltsichten vorwegnehmen. In der Alltagsroutine sieht er ein Gedicht, in allem entdeckt er Hinweise, Möglichkeiten, Themen. Keinen will er aufhalten, davor zurückhalten, auch die weniger geschätzten Dinge, die im Dunkeln verborgen liegen, zu entdecken.

In „Weave In, My Hard Life" gibt Whitman diesen Glauben an das tägliche Tun des Durchschnittsbürgers zum Wohl des Universums weiter. „The average man", „the common man" ist dabei nicht der Proletarier oder Prolet und bedeutet auch nicht Mittelmäßigkeit, sondern das normale Leben einer Frau oder eines Mannes. Armut und Unwissenheit geht Whitman an, Demokratie erstreckt sich etwa auch auf die Kunst oder Literatur und meint dann auch Kultiviertheit.

Die Funktion des Dichters sieht Whitman darin, zu inspirieren, am Menschen zu arbeiten, Persönlichkeiten zu formen. In der „Persönlichkeit" liegt sein zentrales Prinzip der unterschiedlichen Normen menschlichen Verhaltens. Es gibt kein ethisches Prinzip für alle Zeiten und alle Orte, keines, das sich unveränderbar auf alle in jeder Situation übertragen läßt. In „Grand is the Seen" wird überhöht auf „aber weit großartiger ist meine ungesehene Seele". „Denn ohne mich, was wären wir alle? Was wäre Gott?" („Square Deific") Wo jede Faser an mir auch dir gehört, wird der Mensch zum Plural, zum Wir.

„40 bis 60 Gräber ziemlich eingeebnet, nochmals so viele nahezu ausgelöscht. Mein Großvater Cornelius, meine Großmutter Amy (Naomi) und zahlreiche nähere und entferntere Verwandte von meines Mutters Seite liegen hier begraben. Der Schauplatz, an dem ich stand oder saß, der köstliche und wilde Duft der Gehölze, der leichte Nieselregen, die bewegende Atmosphäre des Ortes und die abgeleiteten Reminiszenzen waren passende Begleiterscheinungen."

In den amerikanischen Agglomerationen, „wo die Wahrheit eben erst zu atmen beginnt" (Franz Werfel), pulsierte, stärker als in den europäischen Städten, die Kraft des Landes. Hier bedrückten weder Vergangenheit noch Überlieferung, alles war jung, selbstgeschaffen und für jeden. Im Gedränge dieses jugendlichen materiellen Wettstreites blitzte die eigentümliche amerikanische Idealität nur umso blanker auf.

„Hier und auf der ganzen Insel und ihren Ufern verbrachte ich, in Abständen, viele Jahre lang stets die ganze Saison. Mitunter ritt ich, mitunter fuhr ich Boot, immer aber war ich unterwegs - damals ein eifriger Spaziergänger - und nahm in mich auf: Felder, Ufer, Ereignisse auf See, Charaktere - die Männer aus der Bucht, Farmer, Lotsen, hatte immer reichlich Bekanntschaft mit den letzteren und mit Fischern. Jeden Sommer begab ich mich auf Segeltour, liebte stets den nackten Küstenstreifen an der Südseite, und verlebte dort bis auf den heutigen Tag einige meiner schönsten Stunden."

BROOKLYN

Die Familie zog in Whitmans Jugend oft um, meistens in die weniger dicht besiedelten Teile von Brooklyn, wo der Boden am billigsten war. „Als Beispiel eines Wertvergleiches mag erwähnt sein, daß 25 Morgen in der Gegend, die dann der teuerste Teil der Stadt wurde, damals von Mr. Parmentier, einem französischen Einwanderer, für 4.000 Dollar gekauft worden war." Schon im Jahre 1823, im Mai, kurz vor Walts viertem Geburtstag, gab sein Vater die Farm West Hills auf und zog mit den Seinen nach Brooklyn, das damals noch eine rechte Landstadt mit einigen Ziegel- und Holzhäusern war. „Mit Ausnahme des Verlaufs der alten Straßen erinnerte kaum noch etwas an das Brooklyn jener Zeit. Die Einwohnerzahl betrug damals zwischen 10.000 und 12.000, bei durch und durch ländlichem Charakter; eine ganze Meile lang säumten prächtige Ulmen die Fulton Street." Bereits während des ersten Jahres, das die Whitmans dort verbrachten, wuchs die Stadt um 150 Häuser, an deren Bau sich Vater Walter Whitman, als Zimmermann, beteiligte.

Die Familie lebte in zwar auskömmlichen, aber doch knappen Verhältnissen. Das Familienoberhaupt war zwar ein fleißiger Baumeister, hatte es aber nicht leicht, mit seinem Arbeitslohn die wachsende Kinderschar zu unterhalten. Drei Söhne wurden auf die Präsidenten-Namen George (Washington), Thomas (Jefferson) und Andrew (Jackson) getauft, was in Amerika allerdings nicht ungewöhnlich war. Jesse, der Älteste, war im Jahre 1818 geboren worden, erkrankte an Tuberkulose und starb in einer Nervenklinik. Auch die 1821 geborene Mary Elisabeth galt als mental instabil, ihr folgte zwei Jahre später, Hannah Louisa, Walts Lieblingsschwester. Andrew mit dem Geburtsjahr 1827 brachte es zu nichts, war Alkoholiker und bei seinem Tode mit 37 Jahren hinterließ er eine Frau zweifelhaften Charakters und hilflose Kinder. Der im kommenden Jahr geborene George, behielt ein nüchternes, offenes Wesen. Thomas (Jefferson; geboren 1833), Jeff, begleitete Walt oft und arbeitete auch mit ihm. Edward („Eddie"), als Jüngster 1835 geboren, blieb sein Leben lang geistig ein Kind und konnte nur einfache Hausarbeit verrichten. Walt mochte ihn sehr, doch bedeutete die stete Sorge eine Belastung wie auch, daß die Mutter oft krank und für gewöhnlich überarbeitet war.

Auseinanderfallende Strukturen, zerrüttende Familienverhältnisse, überstrapazierte Gefühle auf engstem Raum waren gleichfalls die Herkunft des Dichters und mögen ihn zu seinen Schilderungen inspiriert haben. In der 1814 erschienen Erzählung „Wild Frank's Return" bildet die Familie den gesellschaftlichen Rahmen. Der jugendliche Protagonist kehrt nach langem Aufenthalt auf See ins heimatliche Long Island zurück. Wegen eines Zerwürfnisses mit dem Vater, der einen brüderlichen Zwist zugunsten des Älteren entschied, hatte Frank seinerzeit das Elternhaus verlassen. Das Wiedersehen mit dem Bruder Richard in einem Gasthaus reißt alte Wunden auf, als Richard dem Jüngeren zum Heimritt das Pferd „Black Nell", welches damals den Bruderzwist ausgelöst hatte, überläßt. Unterwegs legt Frank eine Rast ein und knüpft sich den Gaul ans Handgelenk. Eingeschlafen bekommt er vom aufziehenden Unwetter nichts mit, doch gerät das Pferd in Panik und schleift ihn bis nach Hause hinter sich her. Die von der Familie erwartete Ankunft des verlorenen Sohnes gerät angesichts des zerfetzten Blutbündels zum Schockerlebnis, das die Mutter nicht überlebt.

„Von 1824 bis 1828 lebte unsere Familie in Brooklyn, in der Front der Cranberry und der Johnson Street. In der letzteren baute mein Vater ein hübsches Haus und später noch eines in der Tillary Street. Wir bezogen sie, eines nach dem anderen, aber sie wurden mit Hypotheken belastet, und wir verloren sie."
In Brooklyn ging Walt etwa sechs Jahre lang zur Elementarschule und nahm auch bis zum zwölften Lebensjahr an der Sonntagsschule teil. „In diesen Jahren besuchte ich die meiste Zeit öffentliche Schulen." Die seinerzeitigen Erziehungsmethoden, das mechanische Büffeln und die überstrenge Zucht werden Walt die Schule nicht besonders lieb gemacht haben; er blieb ein durchschnittlicher Schüler.

„Ich möchte immer so leben, daß meine Zufriedenheit und meine Inspiration von den gewöhnlichsten Ereignissen, den alltäglichen Phänomenen kommen, so daß meine Sinneswahrnehmungen zu jeder Stunde, mein täglicher Spaziergang, das Gespräch mit den Nachbarn mich inspirieren und ich von keinem andere Himmel träume als von dem, der mich umgibt", umschrieb Henry D. Thoreau die gemeinsame Daseinseinstellung.

Lieber trieb sich auch schon der heranwachsende Walt mit schaulustiger Begeisterung am Wasser herum und ließ sich inspirieren. Leben sei viel wichtiger, als seinen Lebensunterhalt verdienen. „Viele Menschen leben ein Berufsleben – andere dagegen leben wirklich", meinte Whitman viele Jahre später zu Traubel. „Ich ziehe ein wirkliches Leben vor."

Die ‚Democratic Review', bei der Whitman die ersten seiner Erzählungen unterbringen konnte, positionierte sich auf Seiten der Handwerker, Kleinbauern und der wachsenden Zahl Industriearbeiter. Entsprechend sympathisierte der Verleger O'Sullivan mit der Arbeiterbewegung und den Sozialutopisten, auch wenn die Fourieristen mit ihren genossenschaftlichen Siedlungsexperimenten teilweise im Widerspruch zur Laissez-faire-Ideologie der Democratic Party standen.

Das verbindende Element zwischen den Democrats und Arbeiterbewegung war die Abwehrhaltung gegenüber dem Großunternehmertum und Bankmonopolisten, denen man die Wirtschaftskrise von 1837 vorwarf. Einig war man sich darüber hinaus im ausgeprägten Antiklerikalismus, den O'Sullivan mit anderen Freidenkern teilte. Der aufmüpfige Publizist, Rebell und Weltveränderer Thomas Paine war auch hier das gemeinsame Idol.

Seine journalistische Beiträge wie auch die Artikelserien sind neben seinen Tagebuch-Aufzeichnungen in den „Specimen Days" und den Berichten Horace Traubels aus den späten achtziger Jahren die ursprünglichsten Quellen zum Whitmanschen Schaffen.

Weltschmerz bildet den Leitgedanken der Erzählung "The Shadow and the Light of a Young Man's Soul". Archibald ("Archie") Dean, der Protagonist der Erzählung, sieht sich durch das New Yorker Feuer von 1835 gezwungen, auf Long Island eine Stelle als Dorfschullehrer anzunehmen. Whitman charakterisiert ihn als unsteten Jungen der mit sich selbst und seinem Leben nichts anzufangen weiß und lieber in modischer Kleidung auf New Yorks Straßen flaniert, als zu arbeiten: Der eigentliche Grund für seinen Mangel an Tatkraft und Entschlußfreude sei jedoch in seiner melancholischen Veranlagung zu suchen...

Ein lebhaftes Hin und Her von Fährbooten vermittelte den Verkehr zwischen Brooklyn und dem größeren New York, mit dem es damals noch nicht durch Brücken verbunden war. Frühe Stadtreportagen Whitmans haben Fähren als Thema, zum Beispiel „Philosophy of Ferries" (13.8.1847) und üben eine besondere Anziehungskraft aus. Ein alltägliches Ereignis – die Überquerung des Wassers per Fähre – gibt Anlaß, eine vielschichtige Ordnung zu evozieren. „Ich habe in der Tat eine Leidenschaft für Fähren besessen; sie sind für mich einzigartige, fließende, niemals versagende, lebende Gedichte."

Die Fulton Ferry war wegen ihrer allgemeinen Bedeutung, ihres Umfangs, ihrer Schnelligkeit und Schönheit schon damals die größte ihrer Art. Mit den Straßen, dem Hafen, der Industrie wird hier zur modernen Großstadtlyrik übergeleitet. „Oft saß ich im Steuermannshaus, von wo aus ich einen weiten Blick hatte, alles sehen konnte, was sich in meiner Nähe oder in weiterer Ferne befand... und dazu die großen Menschenfluten mit ewig wechselnder Bewegung."

AUF DER BROOKLYN FÄHRE
Flut unter mir! Ich sehe dich von Angesicht zu Angesicht!
Wolken im Westen - Sonne dort, eine halbe Stunde hoch -
ich sehe dich auch von Angesicht zu Angesicht.
Ihr Massen, Männer und Frauen,
angetan mit den gewöhnlichen Kleidern,
wie merkwürdig seid ihr mir!
Auf den Fährbooten die Hunderte und Hunderte,
die überfahren nach Hause,
sind mir merkwürdiger, als ihr glaubt,
Und du, der du in vielen Jahren von Ufer zu Ufer

fahren wirst, bedeutest mir mehr
und bist mehr in meinen Gedanken, als du glaubst...

Einmal weilte General Lafayette in Brooklyn, wo der Grundstein
zu einer Bücherei gelegt werden sollte. „Ich erinnere mich noch
an Lafayettes Besuch." Später berichtete Whitman des Öfteren,
wie General Lafayette ihn, den im Gedränge eingepferchten
Sechsjährigen, während der Zeremonie hochgehoben und ihn an
einer sicheren Stelle niedergesetzt hatte.

Die öffentliche Meinung, die Walt umgab, war durchsetzt
und geladen mit der besonderen amerikanischen Abart des Liberalismus des achtzehnten Jahrhunderts. Die Menschenrechte,
der Wert des Individuums, die Heiligkeit der Revolution, das
Unrecht jeglicher Vorrechte und die Absurdität aller Klassenun-
terschiede, all das lebte in dieser Tradition, die Whitman in seiner Freiversform „die gute alte Sache" nannte.

„Ich sage, kein Land, kein Volk und keine Umstände, die jemals existiert haben, benötigen derart dringend ein Geschlecht
von Sängern und Gedichte, die sich von allen anderen unter-
scheiden und streng ihre eigenen sind, wie das Land, das Volk
und die Umstände der Vereinigten Staaten solche Sänger und
Gedichte heute und zukünftig brauchen." Die neue Welt, besonders die Vereinigten Staaten, waren, so auch schon die Ansicht
des patriotischen und liberalen Vaters von Walt, der Saatgrund
zukünftiger Freiheiten.

Ihr Evangelium war die Unabhängigkeitserklärung, und als
Freunde und Anhänger Thomas Paines waren die Whitmans
schon zu einer Zeit amerikanische Demokraten, als man das
Land selbst noch nicht als getreulich demokratisch bezeichnen
konnte. Als Mitherausgeber hatte sich Thomas Paine gegen die
menschenverachtende Sklaverei ausgesprochen und den Vereinigten Staaten ihre Namensgebung vorgeschlagen.

„Demokratie ist ein großes Wort, dessen Geschichte vermutlich ungeschrieben bleibt, weil diese Geschichte sich erst noch
abspielen muß." In dem jungen Land und besonders in der demokratischen Partei, zu der die Whitmans gehörten, lebte ein
naives Vertrauen, das die Grundlage der Zuversicht wurde, die

gewöhnlich den Ausblick der Whitmanschen Gesänge bildeten. Die Erinnerungen an Washington, die Prinzipien eines Jefferson wurden zur zukunftsträchtigen Formel verschmolzen.

„Mein Ruf ist der Schlachtruf, ich nähre tätigen Aufstand, wer mit mir geht, der muß gut bewaffnet sein." („Gesang von der offenen Straße") Als in einer Atmosphäre umtriebiger Aufstände geboren, nannte sich Walt Whitman ohne Zögern sein Leben lang einen Rebellen , den Poet der Rebellion.

Was hörst du, Walt Whitman?
Ich höre den Arbeiter singen und singen des Farmers Weib,
Ich höre fern die Stimmen von Kindern
und Tieren am Morgen früh,
Ich höre Geschrei von Australiern
im Eifer der wilden Pferdejagd,
Ich höre den spanischen Tanz im Kastanienschatten,
mit Kastagnetten, Gitarre und Geige,
Ich höre endloses Echo von der Themse her,
Ich höre feurige Freiheitslieder von Frankreich her,
Ich höre melodisches Rezitativ
von alten Gesängen des italienischen Schiffers,
Ich höre die Heuschrecken Syriens
wie sie Weizen und Wiesen
mit Schauern schrecklicher Wolken schlagen...
(„Salut au monde")

„Etwa 1829 oder 1830 ging ich mit Vater und Mutter in einen Tanzsaal in Brooklyn, um Elias Hicks predigen zu hören." Dieser greise Prediger der „Society of Friends", wie die offizielle Bezeichnung für die Quäker lautete, hatte der bibelstrengeren Richtung der „Menschenfreunde" weichen müssen und war aus der Glaubensgemeinschaft ausgestoßen worden, weshalb er nur in Hotels oder ähnlichen Etablissements zu hören war. Etwa drei Monate vor seinem Tode predigte er zum letzten Mal im Ballsaal von Worrisons Hotel auf der Brooklyn-Höhe vor einer ziemlichen Menge, unter der sich auch die Eltern Whitman und er selber, der neunjährige Knabe, befanden.

Der Quäkerrebell Elias Hicks war zwar ein sehr frommer, aber eben theologisch selbständiger Kopf, doch ein alter Freund der Eltern Whitman, ja sogar schon des Großvaters väterlicherseits, der vor Walts Geburt starb. Walts Eltern, obwohl der „Sekte der Freunde" nicht zugehörig, standen ihrer Lehre doch aus freier Neigung nahe und bewahrten vor allem ihrem langjährigen Oberhaupt, Elias Hicks, die Freundschaft. War Walts Großmutter mütterlicherseits auch eine Quäkerin gewesen, so galten die Eltern nicht als übereifrige Kirchgänger, bis der Vater starb und die Mutter der Baptistenkirche beitrat.

Mit Walt Whitmans Gleichheitspostulat war eine Unterscheidung zwischen Gottesland und Menschenstadt nicht vereinbar, sein Glaube bleibt wesensmäßig diesseitig.

Der passionierte Elias Hicks (1748-1830) verteidigte zu jener Zeit die überlieferte, umfassende Lehre gegen die orthodoxe Richtung des Quäkertums. Er führte den liberalen Teil der Quäker, die sich "Hicksites" nannten, gegen die strenggläubigen Quäker an. Hicks und seine Anhänger lehnten Rassismus, Sklaverei, Kriegsdienst und jeden Glaubenszwang ab und entfalteten eine rege soziale Hilfstätigkeit. Die Bibellehren und die Gestalt Christi nahmen die „Hicksites" nur als etwas Geschichtliches, das erst aus dem eigenen Innern einer jeden einzelnen Menschenseele neu geboren und verwirklicht werden müsse. In jedem Menschen, lehrte Hicks, wohnt Gott und muß von jedem ins Bewußtsein emporgehoben werden. Ein jeder hat sein "inneres Licht" zum Leuchten zu bringen.

Dieses frei von allen Dogmen entzündete Einzellicht vereint sich dann mit dem Geisteslicht aller Wesen und Dinge; denn der Geist ist ein und derselbe in allen. Das Wesen des Quäkertums liegt nicht in der Einfachheit oder der widerstandslosen Hinnahme oder im Protest gegen alles Weltliche, sondern im Seelenfrieden, dem Suchen nach einer „Idee", die das Leben leitet und ihm Bedeutung gibt.

Die Geradlinigkeit und Frömmigkeit des greisen Hicks, der seinen großen Quäkerhut vor niemandem, selbst auf der Kanzel nicht abnahm, beeindruckten Walt so sehr, daß Elias Hicks eines seiner verehrtesten Vorbilder wurde. Auch in Walt Whitmans persönlichem Verhalten offenbart sich die Verbundenheit mit der Philanthropen-Bruderschaft. Seine Schlichtheit im Auftreten, Aufrichtigkeit, Schweigsamkeit, seine Gelassenheit und Freundlichkeit gegen jedermann, seine Gleichgültigkeit gegenüber geltenden Gesellschaftsregeln, - all das waren echte Quäkereigenschaften.

„Verglichen mit vorhandenen Gedichten, besteht ein Hauptgegensatz der Ideen hinter jeder Seite meiner Verse in ihrer andersartigen jeweiligen Haltung gegenüber Gott, dem objektiven Universum und noch mehr (durch Besinnung, Selbstbekenntnis, Vermutung etc.) in der völlig veränderten Haltung des Ego, welches singt und mit sich selbst oder seiner Mitmenschlichkeit spricht.". Die zahlreichen Hinweise auf die Sitten der Quäker, die man in >Grashalme< findet, gehen gleichermaßen auf eine Verbundenheit Whitmans mit der Sekte wie auf die Erinnerung an jenen Mann der Rhetorik zurück.

Mit solchen Querdenkern und den vielfältigen nachrevolutionären Reformbewegungen im Rücken hat sich Walt Whitman in seinen Versen als Vordenker erwiesen. Was damals noch undenkbar klang, ist verinnerlichtes Allgemeingut geworden: Die Gleichheit der Geschlechter, Schulreformen, die Gerechtigkeiten im Arbeitsleben, die Freizügigkeit im Äußeren… Bei Spinoza als dem Vater des Pantheismus, dem deutschen Idealismus, dem Neoplatonismus teilt Whitman Gedankengänge und leiht sich Sichtweisen.

Am 8. Juni 1880 kommt Whitman noch einmal auf den rebellischen Prediger zurück: "Heute ein Brief von Mrs. E.S.L., Detroit, in einer kleinen Postrolle, begleitet von einem seltenen alten, eingravierten Kopfbild von Elias Hicks (von einem Porträt in Öl, gemalt von Henry Inman für J.V.S., muß vor 60 Jahren gewesen sein oder mehr, in New York). In dem Brief war unter anderem der folgende Auszug über Elias Hicks. „Als Kind habe ich so oft seinen Predigten zugehört und saß mit meiner Mutter auf geselligen Zusammenkünften, wo er der Mittelpunkt war und jedermann mit seiner Konversation so erfreute und rührte.

Wie ich höre, erwägen Sie, über ihn zu schreiben oder zu sprechen, und ich frage mich, ob Sie wohl ein Bild von ihm haben.
Da ich zwei besitze, schicke ich Ihnen eines."

Die Sonntagsschule wurde in der Episkopalkirche Sankt An-
nen abgehalten. Diese Kindheitseindrücke trugen sicherlich zum
Interesse bei, das Whitman als Erwachsener dem Christentum
bezeugte. Seit der Schülerzeit war er kein eigentlicher Kirchgänger und aus vielen Versen spricht die Abscheu vor Pfründen-
tum oder verlogenen Predigten. In „Respondez" geben die Geistlichen ein jämmerliches Bild ab, indem sie immer noch eine Un-
sterblichkeit verheißen, an die keiner mehr glaubt. Doch betonte
Walt Whitman das Quäkerische in sich; das "innere Licht"; die
Intuition der Seele blieben Leitsterne seines Tuns und Denkens.

Zum Vergleich werden hier auch Begriffe wie Bergsons élan
vital aus dessen „Die schöpferische Entwicklung" (1912) und
der hinduistische Atman oder Emersons „Über-Seele" bemüht.
Hier verlaufen auch Parallelen mit der kosmischen Evolution der
deutschen Denker wie Leibniz, Schelling und viele Aussagen
ähneln denen Goethes, will man prägnant auf den Punkt bringen:
„Wir kennen die Seele nur durch das Medium des Körpers, und
Gott nur über die Natur."

Walt Whitman wird denn auch in eine Reihe gestellt mit
Fichte: „Natur ist physisch in der Erscheinung, aber geistig in
der Wirklichkeit, so daß die einzige Realität der Gedanke ist".
Eine weltanschauliche Nähe besteht ebenso zu Schelling, der die
Außenwelt als Symbol für das Reale oder Ideale, den Gedanken
mißt. „In der Natur erkennen wir die Identität des Ideals." Der
schöpfende Barde Whitman läßt seine Menschen wie Planeten
um Merkur durchs All spulen, wie eine Wolke verblassen oder
glänzen wie die Sonne, da singen Sterne und tanzen Flüsse.

Im Jahre 1827 hatte der junge Henry Wordsworth Longfellow
(1807-1882), der etwa zehn Jahre älter war als Whitman, in
Spanien Stierkämpfe gesehen und darüber nur geäußert, daß
viele Pferde dabei ihr Leben gelassen hätten. Als Lyriker, Übersetzer und Dramatiker, im weiteren Sinne Volksdichter hat

Longfellow im Übrigen typisch amerikanische Themen wie Begeisterung für die Landschaft, Patriotismus oder Traditionen der Heimat aufgegriffen.

Sobald Walt Whitman zu schreiben beginnt, zeigt er jeder Grausamkeit, Gier oder Ungerechtigkeit gegenüber die Haltung und Einstellung eines Quäkers. Die Versklavung durch Maschinen oder Löhne galt es zu ächten. Die Selbstachtung, und durch sie bedingt die Achtung vor jedem Mitmenschen, war Whitman Lebenselement, wenn ihn die Erhöhung und schauende Einsamkeit der Individualität nicht zur Vereinsamung, sondern zu erfüllter Kameraderie, zum Gemeinschaftsgefühl, zum Begriff verwirklichter Demokratie leitete:

Ich will das Lied der Kameradschaft singen,
Ich will zeigen, was letzten Endes
allein diese Staaten einen muß,
Ich glaube, sie sind bestimmt,
ihr eigenes Ideal von männlicher Liebe zu finden
und es zu verkünden durch mich...

Vorbilder auch des Vaters waren die Sozialisten Frances Wright und Robert Dale Owen. Zudem war dieser mit Tom Paine, dem bekannten "Freidenker" befreundet und selber als ein solcher zu bezeichnen. Thomas Paine (1737-1809), der englische Publizist, wirkte seit 1774 in Amerika und hatte auch während der verzweifeltsten Stadien („Elend, brutale Feinde, Deserteure") des amerikanischen Sezessionskrieges herausragenden Anteil am Kampf um die amerikanische Unabhängigkeit. In mehreren Schriften („Rights of Man", 1791; „Common Sense", 1776) entwickelte er revolutionäre Vorstellungen und brachte die letzten Lebensjahre, wegen seiner Schrift "The Age of Reason" arm und gemieden, in Brooklyn zu, wo Walter Whitman ihn kennenlernt und freundschaftlich mit ihm verkehrte, bis dieser sich verheiratete und nach West Hills zog.

Um die Jahre 1834 und 1835 war Walt Whitman, der noch keinen festen Beruf hatte, ein für sein Alter zu groß geratener Bursche, kräftig, aber nicht athletisch, streifte am Strand umher und über die Farmen und durch die Straßen der Stadt. Besonders gerne spielte er Schleuderball, war gesund, ein guter Schwimmer und entwickelte Interesse für Menschen und Ereignisse. Ungefähr zur gleichen Zeit war er bei einem Arzt und dann in einem Rechtsanwaltsbüro - Clarke, Vater und zwei Söhne - in der Fulton Street, unweit Orange als „office boy" beschäftigt. „Ich hatte einen hübschen Schreibtisch und einen Fensterplatz für mich. Edward C. verhalf mir freundlicherweise zu einer ordentlichen Handschrift und Textgestaltung und - das bemerkenswerteste Ereignis meines Lebens bis zu diesem Zeitpunkt - bestellte für mich Bücher in einer Leihbibliothek. Eine Zeitlang ergötzte ich mich nun am Lesen von Märchen jeglicher Art, zuerst alle Bände von Tausendundeiner Nacht - ein wundervolles Vergnügen. Dann begab ich mich in viele andere Bereiche, nahm Walter Scotts Romane in mich auf, einen nach dem anderen, und seine Gedichte (und erfreue mich bis zum heutigen Tage an Romanen und Gedichten)." Den tausendseitigen Band „Sir Walter Scott's Complete Poems" hat sich Whitman seit seinem sechzehnten Lebensjahr erhalten und war mit seinem „Dschungel an Anmerkungen" ständiges Nachschlagewerk.

„Betritt man in den Vereinigten Staaten einen Buchladen und schaut man sich die amerikanischen Bücher in den Bücherständen an, so erscheint die Zahl der Werke sehr groß, wogegen die Zahl der bekannten Verfasser äußerst klein ist. Man findet zunächst eine Menge von Lehrbüchern, dazu bestimmt, die ersten Kenntnisse menschlichen Wissens zu vermitteln. Die meisten dieser Werke sind in Europa verfaßt worden. Die Amerikaner drucken sie nach, indem sie sie für ihren Gebrauch zurechtmachen. Dann gibt es eine fast zahllose Menge von Religionsschriften, Bibeln, Predigten, frommen Geschichten, Streitschriften, Berichten von wohltätigen Anstalten. Endlich kommt die lange Reihe politischer Kampfschriften: in Amerika gaben die Parteien, um sich zu bekämpfen, nicht Bücher, sondern Broschüren heraus, die unglaublich schnell herumkommen, einen Tag leben und wieder verschwinden." (A. de Tocqueville)

Obwohl sich jedermann freundlich seiner annahm, der Senior ja sogar für ihn bei einer Bibliothek abonnierte, hielt Walt es hier nicht lange aus. Doch begann damit die eigentliche Bildung des Jungen als Vorbereitung auf sein späteres Schriftstellertum. Ohne deswegen die Freude an seinen Ausflügen nach Long Island zu verlieren, wurde Walt ein großer Bücherfreund, setzte seine autodidaktischen Bestrebungen auf literarischem und künstlerischem Gebiet fort. Er ging, Blume im Knopfloch, gepflegter Bart, ins Bad,. machte in Kutschen Ausfahrten und entdeckte auch die New Yorker Theater. Hier wird Whitman der Vorhänge gewahr, die sich wie Masken über die undurchsichtigen Gesichter legen. „Für manche Spielzeit hatte ich eine Freikarte", berichtete er, denn „schon sehr früh habe ich für Zeitungen geschrieben."

Die zahllosen Produkte der modernen Massenmedien – Boulevardblätter, Magazine, Groschenromane – setzt Whitman mit „fleißigen Weberschiffchen" gleich.

Asien, Afrika verlassen mich nun,
und Europa durchbläst mich,
Zu den großen Orgeln und Kapellen höre ich,
wie ein breiter Zusammenstrom von Stimmen,
Luthers kraftvolle Hymne Eine feste Burg ist unser Gott,
Rossinis Stabat Mater dolorosa,
Oder flutend im Düster hoher Kathedralen
mit prächtigen farbigen Fenstern
Das leidenschaftliche Agnus Dei oder Gloria in Excelsis.
Komponisten! Mächtige Maestros!
Und ihr, süße Sänger der alten Lande,
Soprane, Tenöre, Bässe!
Euch sendet ein neuer Barde, jubelnd im Westen,
Voller Huld seine Liebe...

Besuche von Theater, Konzert und Oper gehörten zu Whitmans journalistischer Arbeit, wie auch seine Besuche von Gefängnissen, Krankenhäusern, Gerichtssälen und Schulen. Was Whitman aber von den Reportern seiner Zeit unterschied, war seine Leidenschaft für das Volk, für die „vollsehnigen" Arbeiter,

die Menge in den Straßen, die Viehhändler, Fährmänner, Gast-
wirte und Dirnen…

„Im Tombs-Gefängnis besuchten wir die Gefangenen, und
das Zutrauen und die Redseligkeit, mit der sie zu ihm kamen
und ihm ihre Kümmernisse ausschütteten, als ob er ein Mann in
Amt und Würde wäre, war ganz seltsam.
An einem Fall nahm Whitman besonderen Anteil. Der Mann,
gegen den ein Verfahren wegen eines geringfügigen Verbrechens
schwebte, war in eine sehr schlechte und ungesunde Zelle ge-
sperrt worden. Nachdem er ihn angehört hatte, machte Walt
kehrt und ging geradewegs zu dem Gefängnisdirektor, erstattete
ihm Bericht und schloß: 'Nach meiner Meinung ist es eine ver-
dammte Schande.' „Der Direktor war zuerst verblüfft über dieses
Auftreten eines hergelaufenen Mannes in Arbeiterkleidung, dann
betrachtete er ihn von Kopf bis zu Fuß, als überlegte er, ob er
ihn verhaften solle, wobei der Ankläger ruhig dastand und dem
Direktor mit strengem Freimut in die Augen sah." Walt siegte in
diesem Blickduell, und ohne ein weiteres Wort rief der Direktor
einen Beamten und befahl ihm, den Gefangenen in einen besseren Raum zu bringen. (Moncure Conway)

Nach etwa zwei Jahren begann Whitman bei einer Wochen-
zeitung und Druckerei als „printer's devil" zu fungieren, um
dieses Handwerk zu erlernen. Die Zeitung hieß ‚Long Island
Patriot' und war im Besitz von Samuel. E. Clements, der auch
Postmeister war.
„Ein alter Drucker, William Hartshorne, ein revolutionärer
Mensch, der noch Washington gesehen hat, war ein spezieller
Freund von mir, und ich führte mit ihm manches Gespräch über
längst vergangene Zeiten.
Die Lehrlinge, ich mitinbegriffen, wohnten bei seiner Enkelin.
Gelegentlich ritt ich mit dem Chef zusammen aus. Zu uns Jun-
gen war er sehr gut; sonntags nahm er uns alle mit in eine recht
alte, massive, an eine Burg erinnernde Kirche aus Stein in der
Joralemon Street unweit der Stelle, wo jetzt das Rathaus von
Brooklyn steht - (damals überall weite Felder und Landstra-
ßen)."

Auf alten Typenkästen stehend, damit er an die Buchstaben heranreichen konnte, den Winkelhaken ungeschickt in der linken Hand, lernte Walt buchstabieren, indem er die Wörter langsam, Buchstabe für Buchstabe, setzte. Die meisten Schriftsteller hatten eine übertriebene Zeichensetzung. Whitman konnte seine in der Druckerlehre angenommene Interpunktionsweise nie verleugnen. Das Gefühl für das Wort, den Satz, die Passage zu bekommen war ihm eine gute Schulung. Wie vor ihm schon Benjamin Franklin und nach ihm William Dean Howells und Mark Twain, erlernte auch Walt Whitman das Schreiben weniger mit Tinte und Feder als über den Setzkasten.

Dies ermöglichte ihm den Einstieg ins Zeitungs-Geschäft und abwechslungsreiche Redakteur- und Herausgeber-Erfahrungen bei etlichen Blättern seiner Gegend. Mit Erwähnung der 1846 erfundenen vierzylindrigen Dampfdruckpresse nimmt Whitman Bezug auf die Neuerungen seiner Zeit: 1839 wurde von Charles Goodyear erstmals ein Gummireifen aus vulkanisiertem Kautschuk hergestellt, das permanent betriebene transatlantische Telefonkabel stand ab 1866 funktionsbereit. „Wir fahren nicht auf der Eisenbahn, sie fährt auf uns", betrachtete Thoreau die seit 1829 fauchende Dampflokomotive mit Skepsis.

Das Cowboyzeitalter der Planwagen, das den amerikanischen Westen mit dem Osten verband, war einem Pioniergeist mechanischer Eroberungen gewichen, das den Menschen von der Natur mehr und mehr entfernte. „Mein Buch ist der erste Versuch, in Gedichtform das Wissen zur Erdkugel zu verbreiten wie auch das des Neubaugeländes, auf das uns die wissenschaftliche Entdeckung führt." Der Astronom, , Chemiker, Mathematiker oder Geologe waren dem Dichter Ermutigung und Unterstützung.

Für Whitman waren die elektrische Beleuchtung wie auch der Gold Rush soziale Phänomene, die er, vom Journalismus kommend, um Konkretheit bemüht, in seine Lieder als Grundlage für den auf ihn zugeschnittenen Vers integrierte. „Bestehende Gedichte haben, das weiß ich, den sehr großen Vorteil, daß sie singen, was bereits dargestellt ist."

„Denn die Gegenwart ist nur ein Ausfluß der Vergangenheit." Zur umfassenden Bewertung der Gegenwart sind die Vergangenheit und Zukunft wesentliche Gesichtspunkte: „Die Zeit ist nur ein Fluß, in dem ich fischen will. Ich trinke daraus, aber während ich trinke, sehe ich seinen sandigen Grund und entdecke, wie seicht er ist. Seine schwache Strömung verläuft, aber die Ewigkeit bleibt." (H. D. Thoreau)

Auch bei Whitmans Dichtungslehre spielt der Zeitbegriff eine Rolle: Vergangenheit und Zukunft sind nicht getrennt, sondern verbunden. „Der größte Dichter schafft den Zusammenhang dessen, was sein wird, mit dem, was war und ist. Er holt die Toten aus ihren Särgen hervor und richtet sie wieder auf... er spricht zur Vergangenheit: stehe auf und wandle vor mir, daß ich dich gestalte. Er zieht die Lehre daraus... er stellt sich dorthin, wo die Zukunft Gegenwart wird und sucht somit die Sphäre zu schaffen - die Sphäre einer höchst natürlichen Ekstase, einer konstanten Beschleunigung. Sie zeigt die Labilität einer stets in Bewegung, im Wandel befindlichen Gesellschaft." Man nennt Whitman so auch den "Dichter der Zukunft", weil besonders deutlich wird, daß die Entwicklungen ihr Ende nicht erreicht haben.

„So wie Amerika vollständig und billigermaßen gedeutet das rechtmäßige Ergebnis und die evolutionäre Folge der Vergangenheit ist, würde ich wagen, dies auch für meine Gedichte in Anspruch zu nehmen."

In New York strömten Menschen aller Rassen zusammen und mischten sich mit der alten englischen Einwandererklasse; es zählte damals schon 200.000 Einwohner und wuchs von Jahr zu Jahr. Den Broadway bevölkerte bereits wirres Treiben, es wimmelte von tausenderlei Gefährten, Fahrzeugen, Postwagen, Kutschen und Reitern, farbiger und gestaltenreicher vielleicht als je.

„Etwas aus jenen Tagen darf nicht unerwähnt bleiben: die Broadway-Omnibusse mit ihren Kutschern... Die Yellow-Birds, die Red-Birds, der ursprüngliche Broadway, die Fourth Avenue, der Knickerbocker und vieles andere, was vor zwanzig oder dreißig Jahren noch vorhanden war, existiert nicht mehr..." Die Kutscher „wußten nicht nur, was Kameradschaft, sondern auch was Zuneigung ist, und ich machte herrliche Studien an ihnen."

„Es wurde mir klar, als ich mit ihm durch die Straßen ging und auf der Fähre fuhr, daß er ein Fürst inkognito unter seinen Bekannten der niederen Klasse war. Alle Augenblicke kam einer auf ihn zu, ergriff begeistert seine Hand und lachte und plauderte (er selber aber lachte nicht ein einziges Mal, ja ich habe ihn in der Tat nie auch nur lächeln sehen)." Da der Whitman begleitende Conway neugierig war, ob Leute dieser Klasse irgendwie seinen Wert zu schätzen wüßten, nahm er einen Arbeiter in gerippten Hosen beiseite, den er mit ihm hatte sprechen sehen, und fragte ihn: ,Wissen Sie, wer der Mann dort ist?' – ,Das ist Walt Whitman.' – ,Kennen Sie ihn schon lange?' – ,Viele Jahre.'. – ,Was für ein Mensch ist das?' – ,Ein erstklassiger Kerl ist Walt. Keiner kennt Walt, aber alle haben ihn gern.'... Er fragte noch mehrere andere, fand aber keinen, der irgendetwas von seinem Buch wußte, obwohl alle stolz darauf waren, mit ihm bekannt zu sein. „Unvergleichlich war die Mischung von Unbekümmertheit und scharfer Beobachtung in ihm, während wir so durch die Straßen schlenderten." (Moncure Conway)

Dem jungen Lehrling wurde gestattet, einiges in Vers und Prosa für die Zeitung beizusteuern. "Als elf-, zwölfjähriger Junge begann ich damit, sentimentale Sachen für den alten 'Long Island Patriot' in Brooklyn zu schreiben." Daß Walt·die eigenen Worte gedruckt sehen durfte, gab ihm wenige Jahre später den Mut, einen anonymen Beitrag an den vielgelesenen 'Mirror' einzusenden. Nie sollte er seine Empfindungen bei Erhalt der Zeitschrift vergessen, als er mit zitternden Fingern die Blätter aufschnitt. „Bald darauf hatte ich ein, zwei Artikel in dem damals berühmten und eleganten 'Mirror' von George P. Morris in New York City. Ich erinnere mich, mit welcher nur halb unterdrückten Aufregung ich jedesmal auf den großen, korpulenten, rotgesichtigen, sich langsam bewegenden sehr alten englischen Boten lauerte, der den 'Mirror' in Brooklyn austrug.

Wenn ich eine Zeitung bekam, schlug ich mit zitternden Händen die Blätter auf und schnitt sie auseinander. Wie es mein Herz schneller schlagen ließ, meinen Artikel in gestochenem Satz auf dem schönen weißen Papier zu sehen!"

Hunger, Kampf mit Schulden, das Elend der Prostituierten und der Gefangenen, Terror als Maßnahme gegen das Verbrechen, rohe Züchtigung von Schulkindern – das sollten die Schlagzeilen werden, die Whitman in seinen Artikeln auf- und angreift.

Später arbeitete Whitman für den 'Long Island Star', der dem Chefredakteur Aiden J. Spooner, einem Bekannten der Familie, gehörte. ...„Zu dieser Zeit zog unsere Familie zurück aufs Land; meine liebe Mutter war lange krank, erholte sich aber schließlich wieder. In all diesen Jahren war Whitman mehr oder weniger jeden Sommer auf Long Island, „bald im Osten, bald im Westen, mitunter monatelang. Mit 16, 17 und so weiter liebte ich Debattierklubs und war ab und an auch in Brooklyn und ein, zwei Städten auf der Insel aktives Mitglied solcher Klubs." Auf einer Veranstaltung der Tammany Society hielt Whitman eine erste Rede. Ein omnivorer Romanleser verschlang er in diesen Jahren und auch später noch alles, was ihm in die Hände kam. „Vom Theater ebenfalls angetan besuchte ich es in New York, sooft ich konnte und erlebte manche ausgezeichnete Aufführung."

Man kann sich denken, wie die Kraft des gesprochenen Wortes ihn treffen mußte, der bis in die späten Mannesjahre hinein mit dem Gedanken spielte, zum Redner berufen zu sein, zum großen Volksredner, der "mit mächtiger Zunge Amerika führen, Amerika bezwingen" könnte. Dieses Faible für das gesprochene Wort kam Whitman bei den vielen seiner Vorträge, die er meist im Andenken an Verstorbene halten sollte, zugute.

Whitman entwarf sogar einen Buchtitel, „Walt Whitman's Lectures", und war von den ausschweifenden Zeilen, den rhythmischen Wiederholungen seinerzeit berühmter Redner wie Webster, Hale und Edward Everett oder Cash Cale ebenso beeindruckt wie von den Predigten des Henry Ward Beecher, dessen packender Wortschwall tausende Zuhörer in den Bann schlug.

Unterhalb des materiellen Aufschwungs der jungen amerikanischen Staaten begannen immer leidenschaftlicher die Gegensätze zu branden, von deren Ausgleich die Zukunft der Union abhängen sollte. Der industrialisierte Norden wuchs schneller als der vorwiegend Getreide und Baumwolle pflanzende Süden. Industrie braucht Schutz und Zusammenschluß, weshalb sich bei den Kleinbauern und Lohnarbeitern im Norden immer vehementer der Unionsgedanke äußerte, unter anderem durch das Verlangen nach Schutzzoll. Der Süden indes wünschte keinerlei Hindernisse für seine Ausfuhr billiger Rohstoffe. Er empfand das Verlangen des Nordens nach einer die ganze Union umgreifenden Zollschranke als eine föderalistische Anmaßung gegenüber dem natürlichen Recht der Einzelstaaten.

Zwei Namen, Thomas Jefferson und Alexander Hamilton, bezeichnen die Gegensätzlichkeit der beiden Grundanschauungen. Jefferson, der Vater der demokratischen Partei, vom Geist Rousseaus erfüllt, lehrte die Anwendung des Ideals völliger individueller Freiheit und Unbeschränktheit auf die staatliche Gemeinschaft. Die Einheit der Union dürfe die Rechte der Einzelstaaten auch nicht um ein Jota verkürzen, genau wie jedes einzelne Individuum unabänderlich frei und souverän sein müsse. Der Süden machte sich diese Anschauung in Kampfparolen gegen den Norden zu eigen.

Hamilton, der exemplarische Vertreter des Nordens, trat dagegen sozusagen als demokratischer Aristokrat auf. Er verachtete das Volk an sich und sah alles Heil nur in einer starken einheitlichen Bindung, in der Kräftigung und dem Ausbau des Zusammenschlusses.

Zu diesen Doktrinen gesellte sich eine andere Frage, die vermöge der ihr innewohnenden rein menschlichen Wucht ebenfalls geeignet war, zum Schlagwort zu werden: Die Sklavenfrage, „a crying sin". Das Aufblühen des Baumwollhandels hing - wenigsten nach dort landläufiger Meinung - von der Beibehaltung der Sklavenhaltung ab. Der Norden, vom demokratischen Grundsatz der Gleichheit aller Individuen ausgehend, forderte "Abolition", die Abschaffung der Sklaverei. Dies empfand der Süden wiederum als Attacke des übermütigen Nordens gegen die Grundrechte des Südens.

In einem seiner als Redakteur aufgesetzten Pamphlete legte Whitman seinen Standpunkt zu dieser grausamen Form der Ausbeutung des Menschen durch Seinesgleichen sich unmittelbar an die 305.000 Sklavenhalter wendend, unmißverständlich dar: „… Doch von heute an soll keine Quadratmeile, kein Quadratfuß des kontinentalen Gebiets mehr der Sklaverei, den Sklaven oder den Sklavenhaltern preisgegeben werden. Wenn Gesetze erlassen werden, die eine solche Preisgabe gestatten, dann sollen diese Gesetze wieder abgeschafft werden... die Gesetze, die für alle freien amerikanischen Wähler gelten, gelten auch für euch!"

Boston erlebte ab Herbst 1850 eine Serie von Schreckensszenen als Folge des Fugitive Slave Law. Whitmans politische Rede „The Eighteenth Presidency" entstand im Juni 1854 als Reaktion auf die Gefangennahme des entlaufenen Sklaven Anthony Burns. Von diesen Sklavenhäschern dürften sich die freiheitsüberzeugten Mitbürger nicht entmutigen lassen. Als sich Whitman später zwischen März und Mai 1860 in Boston aufhielt, wunderte er sich in seinen Merkheften über das erhobene Haupt der Farbigen in dieser Stadt. „Was mich betrifft, ich bin zu sehr Weltbürger, als daß ich die mindesten Bedenken deswegen hätte."

|||||||||

SETZER, DRUCKER, REDAKTEUR

Mit Abschluß seiner Lehre als Schriftsetzerlehrling arbeitete Walt Whitman in Brooklyn und Manhattan als Setzer und Drukker. Doch brannten im Dezember 1835 allein 13 Morgen alter Gebäude in drei Tagen bis auf die Grundmauern nieder und noch eine katastrophale Feuersbrunst in New York City hatte einen allgemeinen wirtschaftlichen Rückgang zur Folge. Walt Whitman kehrte daher der Stadt den Rücken und suchte sich ab dem Sommer 1836 ein Auskommen als Lehrer auf dem Land, in Dörfern wie East Norwich, Long Island; ab dem Winter 1837/38 lehrte Whitman in Hempstead, Babylon, Long Swamp und Smithtown. „Dann, mit etwas über 18, zog ich für eine Weile umher und unterrichtete in Dorfschulen in Queens und Suffolk, Long Island. Dieses Herumziehen halte ich für eine meiner besten Erfahrungen und nachhaltigsten Lektionen die menschliche Natur betreffend." Hier wird der Vogel zum gefiederten Einsiedler, der Pedell zum Streithahn, der Vogelschwarm zur Pilgerschar.

Besaß Walt Whitman auch keine übermäßige Schulbildung, hatte er doch den geringen Anforderungen, die die damaligen Schulvereine an die Kandidaten stellten, bedeutende Qualifikationen für den Lehrberuf entgegenzusetzen. Seine Stellung zu den teilweise mit ihm gleichaltrigen Schülern, denen er Unterricht im Lesen, Schreiben und Rechnen zu geben hatte, war eine ungezwungene Mischung aus Kameradschaft und natürlicher Autorität. Eine solche Verständigung soll in seinen späteren Gedankengängen zur Synthese zwischen Freiheit des Einzelnen und dem demokratischen „en masse" herstellen, die Gleichheit.

Anders als die meisten Lehrer dieser Zeit ging Whitman davon aus, daß man die Disziplin unter den Schülern nicht etwa mit der Rute, sondern durch gutes Einwirken, Zureden aufrechterhalten müsse. Mit selbsterfundenen Lehrspielen etwa war er bemüht, die Aufmerksamkeit zu gewinnen und aufrechtzuerhalten. Das im Jahre 1841 in Form einer Artikelserie als erste Erzählung in der ‚Democratic Review' veröffentlichte „Death in the School-Room" beinhaltet auch Whitmans Praxisjahre. Geschildert werden die ausartenden Bestrafungen eines Schülers durch seinen Lehrer. Die strafende Instanz ist an Rechtsprechung nicht interessiert, findet ungleich mehr Gefallen an Züchtigungen. Die Strafe wird zum Verbrechen, die Autorität zum Kriminellen.

Die Unschuldsbeteuerungen des eines Melonen-Diebstahls beschuldigten Schülers Tim wertet die despektierliche Respektsperson als Affront. Die Macht konzentriert sich ganz in den Händen des Dorfschullehrers, schon sein Läuten mit der auf seinem Pult postierten Schelle gebietet bedingungslose Unterwerfung.

Das Klassenzimmer erscheint Whitman so als eine Art Justizsaal, der Schulmann in seiner Richterfunktion hat an der Wahrheitsfindung keinerlei Interesse.

Obwohl er die Wahrheit sagt, wird Tim weiterhin der Lüge bezichtigt. Daß er mittlerweile regungslos auf seinem Platz verharrt, deutet der Schulmann als Mißachtung seiner Stellung und stachelt ihn dazu an, hemmungslos mit dem Stock auf Tim einzudreschen. Zuletzt stellt sich heraus, daß die brutale Autoritätsperson bereits eine Zeitlang auf einen Toten eingeschlagen haben muß. Der Schüler war der Streßsituation nicht gewachsen, ohnmächtig geworden und kurz darauf gestorben.

Die ausgleichende Gerechtigkeit will es, daß der Anblick des kindlichen Leichnams den zuvor übermächtigen Lehrer mit einem derartigen Grauen erfüllt, daß er zu zittern beginnt und schließlich jegliche Kontrolle über seine Glieder verliert.

Die Reformkultur lehrte den Schriftsteller, soziale Tabus zu brechen und ein ausgedehnteres psychisches Terrain zu entdekken. Die Stilisierung des Lehrers zum hemmungslosen Despoten sollten die unzeitgemäßen Erziehungsmethoden anprangern und den Liberalisierungstendenzen der ,Democratic Review' Vorschub leisten.

In einem späteren Artikel zum Thema Erziehungsreform berichtete Whitman, daß Horace Mann, der bekannte Pädagoge nach dem Bildungseinrichtungen benannt wurden, bei einem

Vortrag gesagt habe: "Wer Missetaten durch körperliche Züchtigungen ahndet, treibt den Teufel mit dem Beelzebub, dem Obersten der Teufel aus." Whitman stellte darauf die rhetorische Frage: "Gehen nicht einige unserer Schulmeister in Brooklyn mit dieser Teufelsmacht recht freigebig um?" Viele Lehrer fühlten sich angesprochen und protestierten gegen Whitmans Ansichten.

Zum „Schlendern" und Träumen blieb Muße genug, meistens wurde nur drei Monate hindurch Unterricht erteilt. Seine freie Zeit verbrachte Whitman auf der Lagune oder an der See im Tang- und Salzgeruch, vor sich die ruhelose Unendlichkeit des Ozeans. Von Jugend habe das Meer ihm die Aufforderung zugerauscht, dies nicht nur in seinen Versen nachhallen zu lassen, sondern eine Dichtungsweise zu kreieren, die dem Zischen und Stöhnen des Meeres gleichkäme. „Zwei, drei Jahre lang hatte ich in verschiedenen Orten von Suffolk County und Queens County in Dorfschulen Unterricht gegeben, hatte jedoch einen Hang zur Druckerei..."
Wenn Whitman vom Sommer 1836 bis zum Frühjahr 1841 in beinahe einem Dutzend verschiedener Schulhäuser unterrichtete, so sagt das nichts gegen seine Befähigungen, sondern zeigt lediglich wie kurz die Unterrichts-Intervalle waren und wie unsicher es damals auch um den Lehrerberuf bestellt war.

In diesen Jahren begann auch Thoreau mit einem akademischen Grad der Harvard-Universität seine Tätigkeit an der Volksschule in Concord. Einen Bachelor of Arts hätte er hierfür nicht gebraucht, denn sehr oft waren junge Leute, die sich ihre Studienmittel selbst beschaffen mußten, als Pädagogen tätig. Die Parallele zwischen diesen beiden jungen Menschen - Whitman und Thoreau - liegt in der Ähnlichkeit und für die damalige Zeit in der Originalität ihrer Methodik.
Thoreau hatte eine erste Stellung verloren, weil er Schüler-Züchtigungen verweigerte. Als Henry und John Thoreau ihre erste Akademie eröffneten, ersetzten sie die moralischen Vorträge durch interessante Details aus Natur und Wissenschaft.

Henry David Thoreau wurde am 17. Juli 1817 in Concord geboren und seine wenig vermögenden Eltern konnten ihren zweitältesten Sohn dennoch auf das berühmte Harvard College schicken, wo er in vier Jahren das übliche Studium der antiken Klassiker absolvierte. Danach kehrte er in seine Heimatstadt zurück und sollte sie bis zu seinem Tod nur noch selten verlassen. Thoreau mochte Gesellschaft und die Gesellschaft wenig und ging seinen Bekannten manchmal aus dem Weg, aber er konnte im Winter meilenweit durch den Schnee stapfen, um ein „Stelldichein mit einer Birke" einzuhalten. „Ich zog in die Wälder, weil ich bewußt leben, mich nur mit den wesentlichen Dingen des Lebens auseinandersetzen und zusehen wollte, ob ich nicht das lernen konnte, was es mich zu lehren hatte, um nicht auf dem Sterbebett einsehen zu müssen, daß ich nicht gelebt hatte."

Ein Einzelgänger unter Menschen, schloß Thoreau mit den Tieren Freundschaft, so daß auch die scheuesten nicht vor ihm flüchteten. „Wohin ein Mensch auch immer geht", schrieb er in "Walden", "er wird verfolgt und bedrängt von den Menschen und ihren widerwärtigen Institutionen, und wenn irgend möglich, werden sie ihn zwingen, ein Glied zu werden in ihrer hoffnungslosen kauzigen Gesellschaft."

Ein universeller Handwerker, der in seiner selbstgezimmerten Hütte Homer und die heiligen Schriften der alten Chinesen und Inder las. In der ihm von Emerson zur Verfügung gestellten Waldparzelle am Waldensee hat er bewußt an seinem Stil gearbeitet um ihn so schlicht und bildhaft zu gestalten wie die Dinge seines täglichen Umgangs.

Kaum daß es seine Umwelt bemerkte, reifte dieser Sondermensch und Waldläufer in ihrer Mitte zu einem der bedeutendsten Schriftsteller-Philosophen heran. „Ein ärgerlicher Mensch, ein derber Mensch, ein Exzentriker, ein Schweigsamer, einer, der sich schlecht drillen läßt - solche machen mir Hoffnung." Mit seiner Haltung hat er Ghandi, die französische Résistance, englische Gewerkschaften und die amerikanische Bürgerrechtsbewegung, Hippies und Wehrdienstverweigerer inspiriert.

Nahm Walt Whitman zuerst als Dorfschulerzieher in dem Städtchen Babylon Wohnsitz, so zog es ihn im Frühling des Jahres 1838 wieder nach Huntington, um die Wochenzeitung 'Long Islander' zu gründen, bei der Whitman Redakteur, Drucker, Verleger und Auslieferer in einer Person war: „Ich fuhr nach New York, kaufte eine Presse und Typen, stellte geringe Hilfskräfte an, tat aber die meiste Arbeit allein, ich bediente sogar die Presse. Alles ließ sich sehr gut an (allein meine eigene Rastlosigkeit hielt mich davon ab, mir hier allmählich einen dauernden Besitz zu schaffen), ich kaufte ein gutes Pferd und zog jede Woche im ganzen Land herum, um meine Zeitungen zu vertreiben, woran ich einen Tag und eine Nacht wandte.

Nie machte ich lustigere Ausflüge: es ging die Südküste hinab nach Babylon, über die südliche Landstraße hinüber nach Smithtown und Comac und zurück nach Hause. Was ich auf meinen Fahrten erlebte, die lieben, altmodischen Bauersleute das Anhalten zu einem Schwatz an der Wiese, die Gastfreundschaft, die guten Mittagessen, gelegentliche Abende, die Mädchen, die Fahrten durch die Heide kommen mir heute noch oft in den Sinn."

Der tastende Versuch einer begeistert verrichteten, selbständigen Tätigkeit, die indes ohne schnöde Profitgier betrieben wurde, so daß kein rechter Erfolg beschieden war. John Burroughs berichtet von einem alten Mann, der sich erinnerte, daß Walt der Dorfjugend Geschichten erzählte und Gedichte vorlas, die er „Yawps" (Gebrüll) nannte.

Das Erscheinen des Blattes wurde immer sporadischer, bis die Abonnenten den Selfmademan Whitman im Stich ließen. Die Redaktion mußte geschlossen werden, das Pferd Nina - was das Betrüblichste war - wurde weggegeben. Der 'Long Islander' erschien - unter anderer Leitung - erst nach einem Jahr wieder.

Als Whitman in der kontinentalen Gediegenheit eines Amerika im Augenblick seiner Expansion seine all-surrounding-Poesie zu schreiben beginnt, zeigt sich die Wirkung dieser Erfahrungen als Zeitungsmensch in seinen Einzelheiten zum wirklichen Leben. Umfassender Wortschatz, Komposition des

Ganzen, ungekannte Bahnen - das macht den Stil der späteren „Grashalme" aus, wobei jeden Ausdruck die Persönlichkeit des Dichters durchpulst. „Dies ist die Stadt, und ich bin einer der Bürger, was die anderen bewegt, bewegt auch mich, Politik, Kriege, Märkte, Zeitungen und Schulen, Bürgermeister und Räte, Banken, Tarife, Dampfschiffe, Fabriken, Aktien, Läden, Grundbesitz und bewegliche Habe." („Gesang von mir selbst")

Da er in New York nicht Fuß fassen konnte, wurde Whitman erneut für zwei weitere Jahre Schulmeister in Babylon. Er bevorzugte jetzt einfache Landleute, die Ruhe der offenen Landschaft, ein langsames Leben mit Zeit zur Meditation, wozu ihm der Dorfschul-Unterricht Gelegenheit bot.

Zu dieser Zeit praktizierte Walt Whitman auch seinen Hang zu politischer Betätigung; in mindestens zwei Debattiergesellschaften war er Mitglied. Die ländlichen Denker diskutierten zu praktischen Alltagshilfen wie auch politische oder ethische Probleme. Bei einer Wahlversammlung des Jahres 1840 trat Whitman als Redner für die Präsidentschaftskandidatur van Burens auf. Dieser war von der Demokratischen Partei nominiert worden, gehörte aber der Richtung an, die die Abschaffung der Sklaverei forderte.

Im Parteiorgan ‚Long Island Democrat' flog eine entsprechend kämpferische Feder: "Ich bin aus tiefstem Herzen bekümmert über die beklagenswerte und ekelhafte Niedertracht von Leuten wie diesem jungen Gunn, der vor kurzem die leichtsinnigsten Unwahrheiten geäußert hat, um durch gemeine und eines Gentleman unwürdige unrichtige Darstellung die Position unserer ehrenwertesten Mitbürger zu erschüttern."

Auch für den ‚Long Island Democrat' entstand die Artikelserie „Sun Down Papers from the Desk of a Schoolmaster." Wenn es im 9. "Sun-Down-Paper" heißt: „Gebt uns die Möglichkeiten des loafing und ihr seid willkommen mit eurem Tarifsystem, euren Manufaktur-Privilegien und dem Baumwollhandel", nimmt Whitman zweifellos die das Humane vergessenden Profitler ins Visier, die im Gegensatz zu den wirtschaftsliberalen Demokraten für Einfuhrzölle votierten.

Immer unwiderstehlicher zog es Walt Whitman in die bewegtere Welt zurück, und im Sommer des Jahres 1841 trat er als Mitarbeiter in die Druckerei der ‚New World' New Yorks ein. Eine erste Nummer dieses Wochenblattes war am 6. Juni 1840 erschienen, im turbulenten Auf und Ab der Printnews waren häufige Jobwechsel nicht unüblich. Auch entstanden Kurzgeschichten für die ‚Democratic Review', bei der auch Bryant, Longfellow, Whittier, Hawthorne und Poe veröffentlichten. Der um 10 Jahre ältere Edgar Allen Poe hatte mit Gedichten begonnen und war dann zu den damals beliebten Shortstories gewechselt.

Bei Whitman verlief die Entwicklung anders herum: Er hatte seine Karriere als Mitarbeiter bei mindestens zehn Zeitungen begonnen und nach Aufnahme seiner Dichtungen nur noch journalistische Gelegenheitsarbeiten verrichtet; er gehörte aber von nun an für zwanzig Jahre der New Yorker Drukker-Genossenschaft an.

Das Drucken als Gewerbe spielte in Whitmans Laufbahn eine bestimmende Rolle. Es war ein Handwerk, mit dem er, wie Thoreau, der Bleistifte verfertigte, Geld verdienen konnte. Die Zeitungs-Druckerei lag in der Nähe der Fähre, und dieser Platz an der ewig pochenden Schlagader, die die beiden Seestädte verband, war ganz nach seinem Sinne: „Wie die Strömungen des Meeres, die tiefen Strudel - so ist auch das große Wogen der Menschheit, die ewig sich ändernde Bewegung."

John L. O'Sullivan und sein Schwager Samuel D. Langtree gründeten im Oktober 1837 die ‚Democratic Review' in Washington, D.C.. Die Jeffersons Devise, wonach die beste Regierung jene ist, die am wenigsten regiert, wurde der ‚Democratic Review' als Motto programmatisch vorangestellt.

Es war dies ein Jahr, das sich in mehrfacher Hinsicht als Wendepunkt erwies. Ausgelöst durch die schwerste Wirtschaftskrise, die die Vereinigten Staaten bis dato erlebt hatten, wurden politische und gesellschaftliche Diskurse im gerade entstandenen zweiten nationalen Parteiensystem zunehmend von parteipolitischen Machenschaften der Whigs und Democrats beherrscht.

Das Jahr 1837 markierte zugleich den Beginn einer Debatte um größere kulturelle Unabhängigkeit Amerikas von England, wie auch eine sich verschärfende Rivalität zwischen den kulturellen Zentren New York City und Boston.

„Nachdem ich mit Walt verabredet hatte, ihn im Laufe der Woche wiederzutreffen und mit ihm durch die Straßen New Yorks zu schlendern, ging ich, und konnte diese Nacht fast gar nicht schlafen vor lauter Gedanken an meine neue Bekanntschaft. Er hatte mich so magnetisiert, mich so mit etwas gleichsam Undefinierbarem erfüllt, daß es mir damals schien, als bestände die einzige Lebensweisheit darin, ein blaues Hemd und eine Bluse anzuziehen und in Mannahatta und Paumanok umherzustreifen, - 'zu schlendern und meine Seele zu Gast zu laden', um die Worte meines Freundes zu gebrauchen. Die Zeit wurde mir sehr lang und der Anblick der glänzenden Stadt matt, während ich auf die nächste Zusammenkunft wartete, voll Spannung, ob er mir beim Wiedersehen noch ebenso groß erscheinen würde. Ich fand ihn an dem festgesetzten Morgen in einer Brooklyner Druckerei beim Setzen eines Aufsatzes der ‚Democratic Review', der für die Überlegenheit von Walt Whitmans Dichtung über die Tennysons eintrat und den er (da er alles Für und Wider ganz tat) als Anhang zu seiner nächsten Auflage abdrucken wollte. Er trug immer noch die Arbeiterkleidung, in der er, wie er sagte, aufgewachsen war und die beizubehalten er bequem fand." (Moncure Conway)

Der junge Mann von Long Island, vom Paumanok fühlte sich in der großen Stadt heimisch: „Außer der Fulton-Fähre kannte und besuchte ich auch jahrelang den Broadway, die berühmte Avenue New Yorker Dichter und bunt zusammengewürfelter Menschen und so vieler Persönlichkeiten." Damals war der Broadway das, was heute die Fifth Avenue ist, eine der längsten Straßen der Welt. Die Straße der Läden und Paraden, eine Verkehrsader, ein Symbol des Metropolitanismus. „In jener Zeit sah ich hier Andrew Jackson, Webster, Clay, Seward, Martin van

Buren, den Freibeuter Walker, Kossuth, Fitz Greene Halleck, Bryant, den Prince of Wales, Charles Dickens, den ersten japanischen Botschafter und viele andere Berühmtheiten jener Zeit. Stets gab es etwas Überraschendes und Belebendes; für mich jedoch meist die hastende und riesige Fülle jenes nie endenden menschlichen Gewimmels." Whitman will James Fenimore Cooper in einem Gerichtssaal in Chambers Street, hinter dem Rathaus wo er einen· Rechtsstreit auszutragen hatte, erkannt haben und vermutet, daß es um eine Verleumdungsklage ging.

„Gegen Ende hatte ich mir unter vielen andern auch Edgar Poes Gedichte angeschaut - deren Bewunderer ich nicht war, obwohl ich immer sah, daß sie über die eingeschränkte Breite der Melodie hinaus (wie fortwährendes Läuten melodischer Glocken, vom tiefen b zum g hinauf) vielleicht niemals übertroffene musikalische Äußerungen von bestimmten ausgeprägten Phasen menschlicher Morbidität waren. (Das Gebiet der Poesie ist sehr weitläufig - bietet Platz für alles - hat so viele Stätten!) Aber ich wurde in Poes Prosa durch die Idee entschädigt, daß es (jedenfalls für unsere Zwecke heute) niemals so etwas geben kann wie ein langes Gedicht. Derselbe Gedanke hatte meinen Geist schon früher heimgesucht, aber Poes Argument, wenngleich knapp, hat es auf den Punkt gebracht und mir bewiesen." „Ich entsinne mich auch, Edgar A. Poe gesehen und ein kurzes Gespräch mit ihm geführt zu haben, (es muß 1845 oder 1846 gewesen sein), in seinem Büro, zweiter Stock eines Eckhauses (Duane oder Pearl Street). Er war Herausgeber und Eigner oder Teilhaber des „Broadway Journals'. Ich suchte ihn auf, weil er etwas von mir veröffentlicht hatte. Poe war sehr herzlich, unaufdringlich eine angenehme Erscheinung in Person, Kleidung etc. Ich habe eine klare und entzückende Erinnerung an sein Aussehen, seine Stimme, Sitten und Gebräuche; sehr liebenswürdig und wohlwollend, aber beherrscht, vielleicht ein wenig erschöpft...."

Nachdem Whitman einen ersten Publikumserfolg mit seiner Novelle „Death in the Schoolroom" ("Der Tod in der Schulstube") die in der 'Tribune' erschien, errungen hatte, skizzierte er

eine Reihe ähnlicher Erzählungen. "Klingelingeling machte ei-
nes Morgens die kleine Glocke auf dem Pult des Lehrers in einer
Dorfschule, als der Unterricht des früheren Teils des Tages fast
vorbei war..." (Anfang von „Death in the Schoolroom")
Das wiederkehrende Motiv dieser Erzählungen sind die die
Demütigungen bzw. Unterdrückung eines abhängigen Opfers
durch Peiniger qua Amtes, sei es in der Gestalt eines Lehrers,
Vaters oder Vormunds. Die Opfer stellen die Rachsüchtigen
durch Tod oder dauerhaftes Verschwinden nach Flucht aus der
Anstalt bloß.

Whitmans Laufbahn als Erzähler begann mit einem Orts-
wechsel. Im Mai 1841 ließ er sein Leben als Dorfschullehrer auf
Long Island hinter sich und zog in die Wirtschafts- und Kultur-
metropole New York, wo er zunächst als Drucker für die ‚New
World' arbeitete. Kurze Zeit nach seiner Ankunft kontaktierte er
John L. O'Sullivan, den Herausgeber der Zeitschrift ‚United
States Magazine and Democratic Review', deren Redaktionssitz
gerade von Washington, D.C., nach New York City verlegt
worden war.

In keiner anderen Zeitschrift sollte Whitman so viele Erzählungen publizieren, noch dazu in einem vergleichsweise kurzen
Zeitraum: Allein zwischen August 1841 und September 1842
druckte die ‚Democratic Review' neun seiner Kurzgeschichten,
d. h. mehr als ein Drittel seines gesamten Erzählwerks.

O'Sullivan gelang es, für seine Zeitschrift die renommiertes-
ten amerikanischen Dichter und Autoren seiner Zeit zu gewinnen, darunter William Cullen Bryant, John Greenleaf Whittier
und Nathaniel Hawthorne, ab Mitte der vierziger Jahre dann
auch Edgar Allan Poe und Henry David Thoreau. Für Whitman,
der in der literarischen Szene zu Beginn der 1840er Jahre noch
weitgehend unbekannt war, bot sich dieses Blatt gewissermaßen
als Sprungbrett für seine schriftstellerische Karriere an.

Whitman hatte noch einen längeren Weg vor sich bis zu den
ersten „Grasblättern". Die frühen Erzählungen wirken eher sen-

timental und düster, ihnen fehlt der optimistische Trost der Poesie.

Gegen Ende des Jahres 1848 veröffentlichte „Walter" Whitman als Supplement für ‚The New World' seinen einzigen Roman "Franklin Evans or the Inebriate" ("Franklin Evans, der Trunkenbold") zum Fluch des Alkohols, der im Kontext der amerikanischen Abstinenzbewegung steht. Während evangelikale Reformer der Mittelklasse extensiv von einer Rhetorik des Strafens Gebrauch machten und dabei mit moralischem Überlegenheitsanspruch gegenüber Mitgliedern der unteren Mittel- und Unterschicht auftraten, formierten sich im Zuge der Wirtschaftskrise von 1837 Arbeiter und Handwerker zu Selbsthilfegruppen, die eine Reform 'von unten' anstrebten. Whitman machte sich im Abstinenz-Roman Franklin Evans die Strategien der Washingtonians zu eigen, die nicht nur Strafen für exzessiven Alkoholmißbrauch bereithielten, sondern konstruktiv Wege aus der Suchtkrise aufwiesen.

Der Redakteur Whitman schrieb den Temperanzlerroman in großer Hast in drei Tagen, um schnell zu Geld zu kommen, und im Nachhinein will Whitman es nur mit Hilfe "einer Flasche Portwein oder sonst was" geschafft haben: Als Vorschuß kassierte Whitman 75 Dollar, und nach vierzehn Tagen noch einmal 50 Dollar, weil die Geschichte so gut ankam. Im Vorwort betont Whitman schon damals „für das Volk" zu schreiben.

Ein junger Mann vom Lande kommt nach Manhattan, wird dort zum Trinker und verschuldet nach und nach den Tod dreier ihn liebender Frauen. In New York kann er sich nur als Barkeeper über Wasser halten. Eine Heirat bekehrt für einen Moment, doch stirbt seine Frau nach einer Herzattacke. Über eine Gang kommt Evans mit dem Gesetz in Konflikt, wird aber nach Bekenntnis zur Enthaltsamkeit auf freien Fuß gesetzt. In Virginia benebelt ihn der Wein und eine schöne Kreolin, wobei der Held auch Kontakt zu einer weißen Frau hält. Dies treibt die Kreolin in den Wahnsinn, sie wird zur Mörderin und bringt sich um. Evans kehrt nach New York zurück.

„Franklin Evans" wird allgemein der sogenannten "dark temperance"-Literatur zugeteilt, die mit krassen, das Sensationsbedürfnis der Leserschaft bedienenden Bildern den Horror der Trunksucht in den Vordergrund rückt. Natürlich bekehrt sich der Negativheld zum Schluß, gaben die 'Aurora'-Inhaber, bei der Whitman einige Zeit Reporter war, doch gleichzeitig den 'Washingtonian' heraus, das offizielle Organ einer Gesellschaft gegen den Alkoholismus. Im Schlußwort warnt Whitman den Leser eindringlich vor den „musical drinking shops".

Whitmans erster und einziger Roman bringt als soziales Dokument Szenen aus Whitmans Lehrlingszeit in New York („Stadt der Orgien"), Beschreibungen der „musikalischen Gasthäuser", der typischen Erscheinungen, die ihm über den Weg liefen.

In seinen Leitartikeln schilderte Whitman vor allem die New Yorker Verhältnisse wie auch seine privaten Hauptvergnügen, nämlich, „einen dunklen, schön polierten Spazierstock in der Hand, die Straßen hinunterzubummeln…" Eines der berüchtigtsten Viertel New York Citys - the Bowery - wurde abfällig auch als Loaferdom bezeichnet. Dort verkörperte der sogenannte Bowery B'hoy den Typus des großstädtischen loafers, einer amerikanischen Arbeiterversion des europäischen Flaneurs, mit dem er die Absage an die moderne Produktionsgesellschaft und Vorliebe für modisch-exzentrische Selbstkultivierung teilte. Zu seinem Hunger nach Gesichtern vermerkte Whitman um 1850 in seinem Notizbuch: „Jede Seele hat ihre eigene Sprache."

Dabei nahm Whitman alle Eindrücke in sich auf und setzte sie in Artikel um. "Wie viele Stunden, Vormittage und Nachmittage- wie viele amüsante Abende ich verbracht habe - vielleicht im Juni oder Juli, in kühlerer Luft - die ganze Länge des Broadway hinunterfahrend, mancher Geschichte lauschend (dem schillerndsten Garn, das jemals gesponnen wurde, und der ungewöhnlichsten Mimik), oder vielleicht deklamierte ich ein paar stürmische Passagen aus "Julius Cäsar" oder "Richard" (man konnte brüllen, so laut man wollte in jenem wuchtigen, dicken, niemals unterbrochenen Straßenlärm). Ja, damals kannte ich die Kutscher alle - Broadway Jack, Dressmaker, Balky Bill, George

Storms, Old Elephant, dessen Bruder Young Elephant (der nach
ihm kam), Tippy, Pop Rice, Big Frank, Yellow Joe, Pete Calla-
han, Patsy Dee und Dutzende mehr; es waren ja immerhin Hunderte." . „Loaferism" charakterisiert denn auch einen Lebensstil,
den sich die großstädtischen Verlierer der Wirtschaftskrise von
1837 aneigneten, um aus der Not der Nichtbeschäftigung die
Tugend einer Lebenskunst zu machen „Sie hatten großartige
Eigenschaften, in hohem Maße animalisch - Essen, Trinken,
Frauen - großen persönlichen Stolz auf ihre Lebensweise. Hier
und da waren vielleicht ein paar Nieten darunter, auf die große
Masse von ihnen hätte ich mich aber unter allen Umständen
verlassen können. Ich fand Studienobjekte für mich. (Ich nehme
an die Kritiker werden herzhaft lachen aber der Einfluß jener
Broadway-Omnibustouren und -kutscher, der Deklamationen
und Eskapaden waren ein Teil meiner Vorbereitungszeit auf
die "Grashalme")."

Ich höre die Oden, Symphonien, Opern,
Ich höre im Wilhelm Tell die Musik des aufgebrachten, zor-
nigen Volkes,
Ich höre Meyerbeers Hugenotten, den Propheten oder Robert,
Gounods Faust und Mozarts Don Juan...
Auch die Musik jener Zeit blieb nicht ohne Einfluß auf Whitman,
wie bei den populären Songs von Stephen Foster, den minstrel
troups und den singenden Familien wird sich um ein amerikanisches Idiom bemüht, bei dem Hoch- und Alltagssprache eine
Stilmischung eingehen. Zu seinen größten Begabungen gehört
nach einhelliger Kritikermeinung die Anreicherung der Musik
der Worte.

Dies war in der ‚Aurora' zu lesen: „In unserer Redaktion ist
einer so faul, daß zwei ihm den Mund aufsperren müssen, damit
er überhaupt etwas sagt." Wieder einmal war Whitman seine
Stellung los, auch beim 'Evening Tattler' kam es zu Kontrover-
sen. Im August 1845 kehrte Whitman, müde des Versuchs in
New York ein sicheres Dasein zu fristen, nach Brooklyn zurück.
Hier, wo er den größten Teil seines bisherigen Lebens verbracht
hatte, wollte er weiter für Zeitungen·schreiben. Auch die Eltern

waren vor kurzem hierher heimgekehrt, nachdem es ihnen nicht gelungen war, sich auf dem Lande, Long Island, zu halten.

Im „Song of Myself" werden in den Abschnitten 33-40 Hexenverfolgungen, Katastrophen und das Heroische des Leidens dargestellt. Das Motiv der Verstümmelung wird anhand des Goliad-Massakers gesteigert, als am 20, März 1836 während der texanischen Revolution mexikanische Soldaten mehrere hundert Texaner in einem Gefängnis bei Goliad abschlachteten:
„Jetzt erzähle ich, was ich in Texas erfuhr in früher Jugend,
(Ich spreche nicht von dem Fall von Alamo, Keiner entkam, zu
berichten den Fall von Alamo, Die hundertundfünfzig liegen
noch stumm in Alamo.)
Dies ist die Geschichte des kaltblütigen Mordes von vierhundertzwölf jungen Männern.
Auf dem Rückweg hatten sie ein Karree formiert, das Gepäck als Brustwehr,
Neunhundert Leben aus den umzingelnden Feinden, neunmal ihre eigene Zahl,
Das war der Preis, den sie selber vorausgenommen;
Ihr Oberst war verwundet und ihre Munition verschossen,
Sie paktierten auf ehrenvolle Kapitulation, empfingen Schrift und Siegel,
Streckten die Waffen und zogen als Kriegsgefangene ab.
Sie waren die Blüte des Jägervolks,
Unvergleichlich im Reiten, Schießen, Singen, Schmausen und Werbern,
Hochgewachsen, ungestüm, freigebig, schön, stolz, warmherzig,
Bärtig, sonnengebräunt, gekleidet in freier Jägertracht,
Kein einziger, der über dreißig alt.
Am Morgen des zweiten Sonntags wurden sie rottenweise hinausgeführt
Und zusammengeschossen, es war ein herrlicher Frühsommertag,
Das Werk begann gegen fünf und war zu Ende um acht.
Keiner gehorchte dem Befehl zu knien.
Einige machten einen verzweifelten, hilflosen Anlauf,

Einige standen aufrecht und starr,
Einige wenige fielen gleich, in Herzen oder Schläfen getroffen,
Tote und Lebendige lagen durcheinander,
Die Verwundeten und Verstümmelten wühlten im Schmutz,
Die Neuankommenden sahen sie so,
Ein paar Halbgetötete suchten beiseite zu kriechen,
Diese wurden mit Bajonetten erledigt oder mit Kolben erschlagen.
Ein junger Bursch, noch nicht siebzehn, bekam seinen
Mörder zu packen, bis zwei andere kamen, ihn zu befrein,
Allen dreien wurden die Kleider zerfetzt und befleckt mit des
Jünglings Blut.
Um elf begann die Verbrennung der Leichen;
Das ist die Geschichte des Mords der vierhundertzwölf jungen
Männer."

Die Jahre 1848/49 sahen Whitman als Mit-Herausgeber der Zeitung 'Daily Eagle' in Brooklyn, „wo ich zwei Jahre lang eine der erfreulichsten Stellungen meines Lebens hatte – einen freundlichen Zeitungsbesitzer gute Bezahlung, leichte Arbeit und angenehme Stunden." Whitman verdankte diesen besonderen Umstand, nun nicht mehr bloßer „Scherenredakteur", der für die Zeitungsausschnitte zu sorgen hatte, sein zu müssen, daß ein Redakteur des 'Eagle', William B. Marsh, verstarb und er dessen Nachfolger wurde.

Whitman ist Demokrat, Jeffersonianer im Sinne der von diesem am 4. Juli 1776 verfaßten Unabhängigkeitserklärung, ein Reformator, ein eifriger Verteidiger des Fortschritts für das Volk, ein Kämpfer für die Demokratie. Der Kündigungsgrund beim 'Daily Eagle' entbrannte vor allem um die Sklavenfrage, bei der Whitman aus seiner Meinung ja keinen Hehl machte, unter anderem auch nicht in Gedichtform:

BLUTGELD
… Blutzeuge der Qual, Bruder von Sklaven,
Mit deinem Preis ist deines Ebenbildes Preis noch nicht bezahlt,

Und immer noch schachert Ischariot.

... „In jener Zeit (1848-49) begann der Verdruß in der Demokratischen Partei, und ich spaltete mich von den Radikalen ab, was zum Krach mit „the boss" und der "Partei" führte und mich meine Stellung kostete." Whitman, der sich auf keinen Kompromiß einlassen wollte, wurde im „Zuge einer geschäftlichen Veränderung" vom Besitzer des 'Eagle', Isaac van Anden, an die Luft gesetzt.

Mitmenschen wie etwa der in seiner selbstgeschreinerten Holzhütte lebende Dichter-Schriftsteller Henry D. Thoreau waren es vor allem auch, die sich - ebenso wie Whitman - des brennenden Problems der Zeit annahmen. In Reden und Aufsätzen liefen beide gegen das 1850 erlassene, die Bürger der Nordstaaten verpflichtende Gesetz, entlaufene Negersklaven aus dem Süden·der Justiz auszuliefern, Sturm. In Thoreaus Elternhaus fand eine Reihe flüchtiger Sklaven Unterschlupf, und Thoreau scheute weder Mühe noch Risiko, ihnen zur weiteren Flucht nach Kanada zu verhelfen.

„Der entlaufene Sklave kam an mein Haus und hielt draußen an, ich hörte seine Bewegungen an dem Knacken der Zweige des Reisighaufens, durch die offene Halbtür der Küche sah ich ihn schlapp und schwach und ging hin, wo er saß auf einem Holzklotz, und führte ihn hinein und beruhigte ihn, und brachte Wasser und füllte eine Wanne für seinen schweißigen Leib und seine wundgelaufenen Füße, und gab ihm eine Stube neben der meinen und gab ihm ein paar einfache saubere Sachen zum Anziehen, und erinnere deutlich seine rollenden Augen und seine Unbeholfenheit, und wie ich die Pflaster legte auf die Blasen an seinem Hals und seinen Fußgelenken; er blieb eine Woche bei mir, bis er wiederhergestellt war und nordwärts zog, ich hatte ihn neben mir sitzen bei Tische, meine Flinte lehnte in einer Ecke." („Gesang von mir selbst")

Es waren die Jahre vitaler Entscheidungen, als man zu begreifen begannen, daß ein zur einen Hälfte aus Sklaven und zur anderen aus freien Menschen bestehender Staat keinen Bestand haben kann. Der Westen Amerikas lockte durch die Erschliessung ergiebiger Quellen, auch die amerikanische Denkweise erlebte ihren Expansionismus. Die grenzenlose Weite hat zu dem spezifisch amerikanischen Begriff der "offenen Grenze" geführt. Der Amerikaner des neunzehnten Jahrhunderts kannte keine Schranke für seine Unternehmungen; er konnte immer weiter gehen, nach Westen, konnte sich selbst "seinen Raum" schaffen, jede Hoffnung war erlaubt. Nicht nur hatte jedermann die Möglichkeit, Grund und Boden zu erwerben, eine Existenz zu begründen und zu Vermögen zu gelangen, auch fühlte und dachte man in den Dimensionen dieses Kontinents.

Nur Mut, mein Bruder oder meine Schwester!
Mach weiter – der Freiheit muß man dienen, was auch geschieht;
Nichts ist, wer überwältigt wird von ein oder zwei oder etlichen Fehlschlägen,
Oder durch Gleichgültigkeit und Undank des Volkes, oder durch Treulosigkeit,
oder durch das Zähneblecken der Macht, Soldaten, Kanonen, Strafgesetze… („An einen vereitelten europäischen Revolutionär")

Die Erhebungen im Europa des Jahres 1848 blieben nicht ohne Echo: "Plötzlich vom muffig verschlafenen Lager, dem Lager von Sklaven / Sprang wie ein Blitz empor Europa …" („Resurgemus")
Die Aufbruch der monarchistisch-dynastisch-feudalistischen Systeme hieß Walt Whitman die große Chance für neuen Ideentransfer in seinem reichen Erdteil erkennen. Die Mormonen errichteten ihr Utopia, die „Brook Farmers" machten in Veröffentlichungen wie Emersons, „Essays" und Thoreaus „Walden" von sich reden; auch sollten die „Grashalme" als ein solches expansionistisches Buch gelten, in dem sich zum speziellen Moment der Zeit religiöse Überzeugungen, politische Ansichten, ökonomische und soziale Konzepte kreuzten.

Für den ‚Long Island Star' setzte Whitman Veranstaltungsimpressionen auf: "All die Jahre hindurch besuchte ich hin und wieder das alte Park-, das Bowery-, das Broadway- und das Chatham-Square-Theater und die italienischen Opern in der Chambers Street, dem Astor Place oder in der Battery „ In einem Artikel von 1860 bekannte Whitman, seine Methode bei der Ausführung seiner Gesänge ist „strikt den Methode der italienischen Oper" nachempfunden und einem Freund gegenüber sagte er: „Ohne die Oper hätte ich die Grasblätter nicht schreiben können.„ In der italienischen Oper wird die Komposition durch den Text bestimmt, die Musik ist bloße Begleitung der Handlung, unterstreicht den Rhythmus, dessen Lyrik sich in der Emotion zu einer Poesie erhebt, die ihren Höhepunkt in reiner Deklamation findet. Wäre Whitman kein Dichter geworden, hätte er mit seinem Hang zum Rednerischen versucht, ein solch altmodischer Deklamator zu sein.

Im Foyer des alten Broadway-Theaters wurde Whitman einem Herrn aus dem Süden vorgestellt, der ihm zwischen zwei Akten von der Gründung einer neuen Zeitung, dem ‚Crescent‘, in New Orleans, sprach, die mit viel Kapital ins Leben gerufen werden sollte, und der ihn kurzerhand als Redakteur engagierte. "Nach fünfzehnminütiger Verhandlung", erinnert sich Walt Whitman, "und nach einem Drink schlossen wir einen offiziellen Vertrag; er zahlte mir als Handgeld und als Spesen für die Reise nach New Orleans zweihundert Dollar in bar aus." Zusammen mit seinem vierzehnjährigen Bruder Jeff fuhr Walt Whitman zwei Tage danach aus dem noch rauen Februar des Nordens per Eisenbahn, Postkutsche, dann mit dem Dampfer auf dem Ohio und Mississippi in den südlichen Frühling, der seine Phantasie schon immer so lebhaft beschäftigt hatte. „Zu Fuß und leichten Herzens schlag ich die offene Straße ein, Gesund, frei, vor mir die Welt, vor mir der lange, braune Weg, der mich führt, wohin ich nur will." („Gesang von der Landstraße")

Es war Whitmans erster Vorstoß auf dem offenen Weg, der aus New York und fort von Long Island, aus dem Norden und dem Osten in den Westen führte, für ihn bisher gleichbedeutend mit Rohheit und Brutalität. "Wir wollen den aufrührerischen Sauerteig des alten Despotismus, der sich uns in den Weg stellt, niederrollen!" Die Vereinigten Staaten führten 1846-1848 Krieg gegen Mexiko, um die Gebiete von Neumexiko und Kalifornien zu gewinnen und zwischen den wuchtigen katholischen Kathedralen scharte sich ein lauter Strom aus den Kämpfen heimkehrender amerikanischer Soldaten. New Orleans war die hauptsächliche amerikanische Basis für den Mexikanischen Krieg gewesen und erlebte einen boomartigen Aufstieg, als sich für eines der größten Zentren der Union neue Märkte erschlossen. Nach dem Sieg zog das Heer wieder durch die Stadt, die voller Begeisterung war und in der sich die Nachrichten überstürzten. Für einen Redakteur die passende Zeit, denn aus allen Richtungen wehte der Wind. Umherstreifend wie es seine Angewohnheit war, konnte Whitman eine ganze Menge neuer menschlicher Typen studieren: Dandies, die sich von denen New Yorks wesentlich unterschieden, Bravos, die sich nach einer Schlägerei umsahen, Flußschiffer aus Kentucky, „vor allem aber die Quarteronen und die Oktoronen, eine Mischung aus Negerblut mit dem Blut von Franzosen und Spaniern, herrliche sexuelle Kreaturen." Seinen Morgenkaffee nahm er aus dem großen Kessel einer „Mammy" im französischen Viertel und erzählte Horace Traubel noch viele Jahre später von dem Reiz der dunklen Grisetten, die in den Straßen von New Orleans nicht nur Blumen, sondern auch ihren Leib verkauften. Diese vollkommenen Körperschönheiten dünkten Whitman mit der Olivenhaut, den strahlend klaren Augen mehr als schön.

Fand Whitman zunächst Gefallen an der Zeitungsarbeit und ließ sich von der aufregenden, ausländisch wirkenden Stadt zu Genreskizzen inspirieren, so blieb der dreimonatige in New Orleans gewonnene Eindruck jedoch eher der einer Pilgerfahrt des naiven Nordlichts in das Paris des Südens. Die tropische Flora wirkte zwar beschaulich-betörend, doch war die Luft feucht und voll übler Gerüche. Der als Laufbursche in der Redaktion des "Crescent" beschäftigte, kleine Bruder Jeff schrieb bald heimwehkranke Briefe an "Muttern", zumal er oft an Dysenterie, der Ruhr, litt. Schon kam es zu Unstimmigkeiten auch mit J. E. McClure und seinem Partner A. H. Hayes den "Crescent"-Gründern, teils wegen Jeff, dem nach Walts Meinung mit den schweren Postsäcken zu viel Arbeit zugemutet wurde, teils auch wegen Geldfragen.

„Lebte eine Weile in New Orleans und arbeitete dort in der Redaktion des ‚Daily Crescent'. Plagte mich nach einer gewissen Zeit zurück in Richtung Norden, den Mississippi hinauf und dann über die großen Seen Michigan, Huron und Erie zu den Niagara-Fällen und Lower Canada, schließlich durch New York State und den Hudson hinunter; legte insgesamt wahrscheinlich 5.000 Meilen auf dieser Reise zurück, die ganze Tour." Nach noch nicht mal drei Monaten, in denen Whitman immerhin so viel von Amerika sah, wie in seinem ganzen Leben nicht mehr, ging Walt mit Jeff an Bord des Dampfers "Prairie Bird", den Mississippi aufwärts bis St. Louis.

"Es vereint vortrefflich nördliche und südliche Eigenschaften, vielleicht auch einheimische und ausländische, ist das Sammelbecken des gesamten Gebietes von Mississippi und Missouri, und seine amerikanische Spannung verträgt sich gut mit seinem deutschen Phlegma. 4th, 5th und 3rd Street sind Ladenstraßen prunkhaft, modern, großstädtisch mit eilenden Menschenmengen, Fahrzeugen, Pferdebahnen, Getöse, vielen Leuten, kostbaren Waren, Flachglasfenster, eisernen Fronten, oftmals fünf oder sechs Stockwerke hoch. Alles kann man in St. Louis kaufen (wie überhaupt in den meisten großen Städten des Westens genauso prompt und billig wie auf den Märkten am Atlantik." Dann ging es weiter auf dem Missouri und durch den Kanal nach dem jungen Chicago schließlich den Hudson hinab in Richtung heimwärts.

Die Rückfahrt hatte neunzehn Tage gedauert, rechter und linker Hand die gerade besiedelten Staaten, deren Namen Louisiana, Tennessee, Arkansas, Illinois, Indiana Whitman so mochte und hernach als urtümlich melodische Anklänge in seine Gesänge aufnahm. „Nie vorher sah ich eine so großartige und vielgestaltige Landschaft. Kamen gegen fünf Uhr in Brooklyn an. Fanden alles wohlbehalten vor."

Dieser längere Ausflug durch Gegenden seines Vaterlandes, von denen Walt bis dahin nur gehört, gelesen oder allenfalls geträumt hatte, schien schon fast Entschädigung genug für die berufliche New Orleans-Enttäuschung.

Seine Ansichten wurden bestätigt und verfestigten sich: „Wo immer in den Vereinigten Staaten man sich befindet, bedarf es lediglich der Überlegung eines Augenblicks, um deutlich genug zu erkennen daß all die weitverbreiten akademischen Poeten und Bücherschreiber, die entweder aus Großbritannien importiert oder hier nachgeahmt und gar noch übertroffen werden, unseren Staaten fremd sind, wenn sie auch in großer Zahl von uns gelesen werden. Um aber vollends zu verstehen, wie ausgesprochen sie sich im Gegensatz zu unserer Zeit und unserem Land befinden, wie klein und verkrampft sie sind und welche Anachronismen und Absurditäten sie für amerikanische Verhältnisse auf vielen ihrer Seiten darstellen, so braucht man nur eine Zeitlang in Missouri, Kansas oder Colorado zu leben oder diese Staaten zu bereisen und mit Land und Leuten bekannt zu werden."

Im Sommer des Jahres 1848 hatten die beiden großen Parteien Parteitage abgehalten und ihre Kandidaten für die im November stattfindende Präsidentschaftswahl nominiert; die Republikaner benannten General Taylor und Millar Fillmore.

„Die Demokratie ist so sehr von mächtigen Persönlichkeiten zurückgehalten und gefährdet worden, daß ihre ersten Instinkte gerne beschneiden, anpassen, Nachzügler heranholen und alles auf einen leblosen Stand reduzieren."

Anläßlich des Krieges gegen Mexiko hatte sich die demokratische Partei endgültig gespalten; die gegen Ausdehnung der Sklaverei auf die eroberten mexikanischen Gebiete stimmende Richtung war ausgeschieden. Ihre Mitglieder, zu denen auch Whitman gehörte, nannten sich "Freiland-Demokraten".

Die Gegner der Sklaverei beiderlei Provenienz unternahmen den Versuch, eine dritte Partei ins Leben zu rufen, die "Free Soil" heißen sollte. Die Anhänger dieser dritten politischen Formation sammelten Geld für ein wöchentliches "Freiland-Blatt" und engagierten Walt Whitman als Chefredakteur. Die erste Ausgabe des 'Freeman' erschien am neunten September 1848, noch am gleichen Abend wurde die Druckerei durch ein im unteren Brooklyn wütendes Großfeuer vollständig zerstört.

So konnte Walt Whitman die Grundsätze der "Freiland –Demokraten" erst nach Beendigung der Wahlen weiter publizieren, bei denen die Freilandpartei zwar schlecht abschnitt, den Demokraten aber genügend Stimmen abspenstig machen konnte, um eine Niederlage beizubringen. Es gelang Whitman noch, aus dem Wochenblatt eine Tageszeitung zu machen, doch ging diese schon nach einem Jahr wieder ein. Die."Old Hunkers" schlossen Frieden mit den "Barnburners", und die Freilandpartei war ohne Geldquellen ruiniert.

Walt Whitman beendete seine Laufbahn als politischer Redakteur mit einem bitteren Abschiedsgruß an seine Feinde „und die alten Hinterbacken im allgemeinen", womit er die konservativen Demokraten meinte, die bereit waren, den „freien Boden" zu opfern, um der Partei ihre Macht zu erhalten. „Einer dieser Konvente bot ein Schauspiel, wie man es nur in unserer Zeit und in diesen Staaten erleben konnte! Sieben Achtel seiner Mitglieder waren gemeine, schreiende und keuchende Amtsinhaber, Postenjäger, Kuppler, Halunken, Verschwörer, Mörder, Zuhälter, Zollbeamte, Lieferanten, bestechliche Redakteure, Hunde, die gut apportieren konnten, Jobber, Gottlose, Desunionisten, Terroristen, Eisenbahnräuber, Sklavenfänger, Kreaturen derer, die so gern Präsident sein möchten, Spione, Bestecher, Kompromißler, Intriganten, Schmarotzer, ruinierte Sportler, Falschspieler, Polizeispitzel, Hasardeure, Duellanten... aufgeputzt mit goldenen Ketten, die gefertigt wurden aus dem Geld des Volkes und dem Geld der Huren... Solche Menschen, das sage ich, bildeten oder beaufsichtigten die Bildung nicht nur der Beamtenschaft, sondern auch die Atmosphäre, Ernährung und den Inhalt der Därme unserer städtischen, staatlichen und nationalen Politik..."

Als erstes richtete er sich zum Neuanfang im Oberstock der Whitman-Wohnung ein Buchgeschäft mit dazugehöriger Druckerei ein. Hier druckte er von Zeit zu Zeit „Reklameblätter zum Wegwerfen".

Da sein Vater um diese Zeit zu kränkeln anfing, trat Walt in dessen Geschäft ein, das darin bestand, kleine Holzhäuser in

Brooklyn im Rohbau zu errichten oder auch auf Fertigstellung zu verkaufen. Die feste Gegenständlichkeit der Zimmermannstätigkeit, der Aufenthalt in frischer Luft, das Mitwirken an der baulichen Gestaltung der Stadt förderten den inneren Zusammenschluß des Whitmanschen Gedankengerüsts wie seine Entwicklung vom jugendlichen Dandy zum graubärtigen Arbeiter. Bei dem schnellen Wachstum der Stadt war dies außerdem ein einträgliches Geschäft, und Whitman auf dem Wege ein reicher Mann zu werden. Er verdiente jedenfalls so gut, daß er Luxusgegenstände anschaffte, wie eine große, altmodische Standuhr, ein Akkordeon, Teppiche, Porzellan und Schmuck und seine Verwandten unterstützen konnte.

Die Krankheit des Vaters wurde immer ernster, drei der Brüder, George, Jeff und Edward, halfen bei der Arbeit die Mutter und Walts Schwester Hannah walteten im Hause. Die zweite Schwester, Mary, war verheiratet, der älteste Bruder, Jesse, verdingte sich als Arbeiter auswärts.

Im Jahre 1850 textete Walt Whitman für den ‚Advertiser' eine Verteidigung der Brooklyner Wasserwerke, liefert im Jahre 1854 Beiträge für die ‚New York Evening Post', richtet im Jahre 1854 gegen das Schließen der Läden am Sonntag in Brooklyn einen von gesundem Menschenverstand getragenen Einspruch…

Doch drängte der eigentliche Lebensinhalt, höheres Interesse dieses ersprießliche Handwerk in den Folgejahren immer mehr in den Hintergrund, beanspruchte ihn, unbekümmert um Gewinn oder Verlust, auf eine sein ganzes Wesen einnehmende Art und Weise. Ab dem Jahre 1855 befiel Whitman ein Ehrgeiz, der feste Entschluß dem amerikanischen Volke den geistig-dichterischen Ausdruck zu geben, der seiner Eigenart und Jugendkraft gerecht würde: Schriftsteller zu sein, Amerikas Gesänge zu dichten und zu singen und den großen amerikanischen Traum zu gestalten.

„Ein weiteres Ziel, das alle einschließt und über und unter allen steht: Seit in meinem jugendlichen Kopf deutlich begann, was man Gedanken nennt oder das Aufknospen der Gedanken, hatte ich das Verlangen, eine würdige Aufzeichnung jenes gesamten Glaubens und jener Bejahung zu versuchen („die Wege

Gottes vor den Menschen zu rechtfertigen", lautet Miltons bekannter und ehrgeiziger Satz), welche die Grundlage des moralischen Amerika sind."

Schon mehrere Jahre hatte sich Walt Whitman in einem neu-
en dichterischen Medium versucht. Jedes Mal, wenn ein Holzbau fertig war, gönnte er sich eine oft wochenlange Auszeit, um
am Strande in der Sonne zu liegen, zu baden, zu lesen und zu
deklamieren; seine ersten Gesänge erprobte er im Freien. Sollte
der amerikanische Autor stumm sein Schicksal hinnehmen, sollte er, wie amerikanische Maler und Bildhauer, sein Glück in
Europa suchen? Gab es zu Hause wirklich nichts, über das sich
hätte schreiben lassen? Gab es tatsächlich keine echt amerikanischen Themen?

Auch bei der Arbeit unter offenem Himmel trug Whitman
immer ein Buch oder eine Zeitschrift in der Tasche. „Keinen
Bericht dieser Tage, Interessen, Erholungen sollte ich anbieten,
ohne ein gewisses altes, recht abgegriffenes Notizbuch, gefüllt
mit Lesefrüchten, mit einzuschließen. Drei Sommer hindurch
trug ich es in meiner Tasche mit mir herum und verschlang es
wieder und wieder, wenn die Stimmung dazu einlud. Ich entdek-
ke so vieles, wenn ich ein Gedicht oder eine schöne Idee auf
mich wirken lasse (ein kleines Ding hat dann eine große Wirkung), vorbereitet von diesen untätig-vernünftigen und natürlichen Einflüssen." Wie Emerson und Thoreau schrieb Whitman
Zeilen auf einzelne Blätter seiner Notizblöcke, Themen, Pläne,
vereinzelte Absätze, die nach und nach vervollständigt und zu-
sammengefügt wurden. Eine Anzahl Hefte war mittlerweile mit
Bemerkungen und Versuchen zum "Tagwerk der Sterne" angefüllt worden, gleichsam das Tagebuch auch seiner modernen,
demokratischen Menschheit.

DUFTENDES GRAS MEINER BRUST
Ich sammle deine Halme, schreibe sie nieder,
daß man sie einst benütze,
Grabhalme, Leibeshalme, emporwachsend über mir, über
dem Tod,

Unvergängliche Wurzeln, hohe Halme,
O der Winter soll euch nicht töten, zarte Halme,
Jedes Jahr sollt ihr aufs neue blühen,
    emporwachsen sollt ihr immer wieder aus eurer Tiefe,
O ich weiß nicht, ob viele Vorübergehende euch finden
Oder euren schwachen Geruch einatmen werden,
aber ich weiß, einige werden es tun ...

„1855 - verlor in diesem Jahr meinen lieben Vater. Begann
die >Grashalme< endgültig in Druck zu geben, in einer Akzi-
denzdruckerei meiner Freunde, der Brüder Rome in Brooklyn;
und zwar nach vielen Manuskriptveränderungen. (Ich hatte große Schwierigkeiten beim Weglassen des üblichen ” poetischen“ Anstrichs, schließlich aber hatte ich Erfolg.)“

||||||||||

GRASHALME

Funken vom Rad
Wo das unablässige Stadtvolk
den lieben langen Tag vorbeiläuft,
Geselle ich mich abseits
zu einer Gruppe schauernder Kinder
Und halte bei ihnen inne.
Am Bordstein vorm Rad des Plattenwegs
Arbeitet ein Messerschleifer an seinem Rad,
er schärft ein großes Messer,
Hält es vorgebeugt
behutsam mit Fuß und Knie gegen den Stein,
Und dreht rasch mit rhythmischem Tritt,
Wenn er mit leichter, doch fester Hand andrückt;
Dann stieben in üppigen goldenen Strahlen
Funken vom Rad.

„Ich fühlte alles ebenso unumstößlich in meinen jungen Tagen wie ich es jetzt in meinen alten tue; ein Gedicht zu formulieren, dessen einzelne Gedanken oder Tatsachen direkt oder indirekt oder stillschweigend ein unbedingter Glaube sein sollten an Weisheit, Gesundheit, Geheimnis, Schönheit jedes Vorgangs, jedes konkreten Gegenstands, jeder menschlichen oder anderweitigen Existenz, nicht bloß vom Standpunkt aller, sondern jedes einzelnen betrachtet."

Mit der Fertigstellung des Gedicht-Manuskripts im Frühjahr 1855 stand die Arbeit Whitmans erst am Beginn. Er entwarf das Buch, unterteilte die verschiedenen Natur-Ordnungen in mechanische, die dem kreativen Impuls verpflichteten in organische und die den Menschen betreffende in moralische. Whitman entwarf sein Frontispiz-Design und arrangierte für die tausend Exemplare alle Druckformalitäten. Einige Typen setzte er eigenhändig, nicht ohne dabei Fehler zu machen. Die selber gesetzten Seiten schätzte Whitman einmal auf zehn. Whitman tat dann sein Bestes zum Vertrieb des Buches, wobei ihm die Gebrüder Fowler behilflich waren, deren Spezialität nicht eigent-

lich im Verlagswesen, sondern in Wasserkuren und der Phreno-
logie lag. Diese Mode-Wissenschaft zur engen Wechselbezie-
hung zwischen Körper und Geist wollte von der Schädelform
auf die geistigen Anlagen schließen. Im Rahmen dieser um 1850
ähnlich verbreiteten Erscheinung wie später die Psychoanalyse
wurden auch esoterische Zeitschriften editiert.

Die erste Ausgabe der >Grashalme<, wie sie am 4. Juli 1855
erschien, unterschied sich inhaltlich wie auch äußerlich von den
Folgeeditionen, die immer umfangreicher wurden, da Whitman
neue Zyklen einfügte. Zwar bleibt erkennbar, was früher oder
später entstanden ist, aber eine regelrechte Einteilung in geschlossene Entwicklungsstufen fand nicht statt. Die Maschen
seines Bandes blieben jeweils so weit gewebt, daß er die vielen
noch folgenden Gesänge in sie hineinflechten konnte. Ab der
zweiten Ausgabe geschah die Herausgabe in einem handlicheren
Kleinformat, auch gab es ein Inhaltsverzeichnis und Titel.

Grashalme (Auswahl der Erstausgabe, 1855):
Europe: The 72d and 73d Years of These States, 1850 / Song of
Myself, 1855 / A Song for Occupations / To Think of Time / The
Sleepers / I Sing the Body Electric / There Was a Child Went
Forth / Song of the Broad-Axe, 1856 / This Compost / Crossing
Brooklyn Ferry / Song of the Open Road / A Woman Waits for
Me / On the Beach at Night Alone / To a Foil'd European Revo-
lutionaire / Out of the Cradle Endlessly Rocking, 1859 / As I
Ebb'd with the Ocean of Life, 1860 / Me Imperturbe / I Hear
America Singing / Poets to Come / From Pent-up Aching Rivers
/ Native Moments / Once I Pass'd through a Populous City / Fa-
cing West from California's Shores / As Adam Early in the Mor-
ning, 1861 -

Mit der Veröffentlichung erster Gedichtbände einher gehen
die Posen des photogenen Dichters auf entsprechenden Photo-
graphien: Die Hemdsärmel und das flanellene Unterhemd ohne
Schlips werden bezeichnend wie der breitkrempige Hut oder
die Aufnahmen in Arbeiterkleidung. Das Gesicht nimmt stets
einen würdevollen Blick ein, das Haar, in der Jugend pech-

schwarz, wird im Alter grauer. Die eindrucksvolle Strähne weißen Haares auf früheren Daguerreotypien ist nun unter das Haar
gebürstet, durch das sie kaum durchschimmert. Spätere Bilder
werden zu einem Wald aus Kopfhaar und Bart, wobei die Ver-
längerungen der breiten Augenlider in wellenförmigen Bogen
liegen, was den Eindruck einer „person somewhat unbalanced in
mind" verstärkt.
„…Wir alle waren der Meinung, daß seine Kleidung gut zu
ihm paßte. Alles an ihr hatte unseren Beifall, nur nicht sein Hut.
Er trug einen weichen französischen Kastorhut mit ziemlich
breitem Rand und hohem Kopf, den er niemals einkniff. Bevor
er unser Haus verließ, nahm meine Schwester bisweilen den Hut,
drückte den Kopf ein und versuchte, ihm so eine Form zu geben,
wie die Hüte der anderen Männer sie hatten. Aber alles vergebens: ehe er den Hut aufsetzte, stieß er die Faust in dessen Kopf,
und so hatte er bald wieder seine alte Form." (R. W. Emerson)

Die Familie kümmerte sich um das Editions-Ereignis nicht
sonderlich, der Tod des Vaters beherrschte alle Gedanken und
Gefühle. Als tagträumender Mensch, der sich als "dock loafer"
lieber am Hafen umtreibt, als sich zum Broterwerb tagtäglich in
eine Fabrik oder Werkstatt zu begeben, steht der „loafer" im
Gegensatz zum aufstrebenden Bürgertum, den „upstarts" der
Gesellschaft und wird von Whitman aufgewertet. Man kann sich
die Gemütsverfassung der ansonsten liebevollen Mutter gegen
dieses „Werk" vorstellen, dem zuliebe ihr Walt während der
letzten Monate zu einem regelrechten Faulenzer geworden zu
sein schien, der aufstand, wann es ihm paßte, zum Essen zu spät
kam und oft tagelang kaum zu sehen war.

Die 1855er-Originalausgabe der acht Folgeeditionen (1860,
1867, 1871, 1872, 1876, 1881, 1889, 1891) ist ein noch dünnes
Bändchen von der Stärke eines hundert Seiten-Schreibmaschi-
nenpapier-Stapels. In dunkelgrünes Leder gebunden, ist der Titel
in Großbuchstaben gesetzt, die sich in Wurzeln und Blätter
entranken; 95, IV-XII und 14-95, nummerierte Seiten machen
den Inhalt aus. Auf den römisch paginierten Seiten erscheint eine Prosaeinführung, und der verbleibende Text besteht aus zwölf

Gedichten (zu 383 der letzten oder „Deathbead"-Edition), wobei das erste Gedicht „Song of Myself" länger ist als die anderen elf zusammen: „Ich will nach dem Hügel in der Nähe des Waldes, will mich entkleiden und nackt sein, ich sehne mich danach, mich selbst zu fühlen." Es gibt kein Inhaltsverzeichnis und keines der Gedichte ist überschriftet.

„Hier habt ihr die Rowdys und die bärtigen Farmer und den Raum und die Rauheit und die Unbekümmertheit wie sie die Seele liebt." Statt Namen des Verfassers oder Herausgebers – ja ein und dieselbe Person zeigt sich auf der Titelseite der Stahlstich eines bärtigen, um die 30 Jahre alten Mannes mit christusähnlichen Zügen in Gürtel, Hemd, „verwegen in Schräglage wie der Mast eines Schoners", so der Graveur. Die rechte Hand ruht gelassen auf der Hüfte, die linke steckt in der Tasche einer groben Wollhose. Das Porträt trägt zwar breiten Schlapphut, aber keinerlei Mantel, das Hemd steht am Kragen weit offen und läßt ein rotes, so erkannte wiederum der Graveur, T-Shirt erkennen; eine Aufmachung, Pose, der Ausdruck amerikanischer Unmittelbarkeit und Resolutheit. Also nicht mehr der flanierende Dandy mit gelacktem Spazierstock, sondern ein ganz umgänglicher Mann des Volkes im praktischen Outfit, das „Rowdy Porträt", wie es bisweilen genannt wird. „Der Duft aus meinen Achselhöhlen ist köstlicher als jegliches Gebet... Wenn ich etwas mehr verehre als alles andere, dann ist es die Gesamtheit meines Körpers oder auch ein Teil von ihm, ich bin vernarrt in mich, das ist mein Los, das mich erfüllt mit köstlicher Zufriedenheit. Kein Fett will süßer mir erscheinen als das, das sich um meine Knochen schmiegt."

Walt Whitmans, ja auf dem Titelblatt fehlender, Name erscheint zweimal innerhalb der Erstausgabe, aber in unterschiedlicher Form und Schreibweise. Auf der Copyright-Seite ist zu lesen, „Entered according to Act of Congress in the year 1855, by Walter Whitman..." Auf der Seite 29, fast in der Mitte des ersten langen Gedichtes, wird der Leser mit „Walt Whitman, an American, one of the roughs, a kosmos" bekannt gemacht. Als sollte diese geringfügige – Walter/Walt – Namensänderung andeuten, daß Walter Whitman, der Zeitungsdrucker, Journalist und auch Herausgeber, nun Walt Whitman, der Autor, der Held, das Rauhbein dieses ungewöhnlichen Bandes ist. Der Bezug auf sich als „Rauhbein" wurde nach der dritten Auflage als unangebracht zeitbezogen gestrichen, außerdem wurde damit zu sehr ungelenk, ungeschlacht, schwerfällig, unfein und ungebildet verbunden.

Kein anderes Buch in der Geschichte der amerikanischen Literatur war ein so völliges Do-it-yourself-Projekt. Nicht nur, daß Whitman sein idealisiertes oder dramatisiertes Selbst zum Thema genommen hat, nicht nur, daß er einen ungewöhnlichen Stil kreierte, den er in bedachter Arbeit über einen vieljährigen Zeitraum perfektionierte, sondern er schuf auch die neuartige Persönlichkeit des hinter dem schriftlichen Gedankengut stehenden proletarischen Barden. „Für die große Idee vom perfekten und freien Individuum schreitet der Barde voraus, der Führer der Führer." Mit einer umfassenden Gebärde umfaßt Whitman seine Alltags-Bilder und die Hoffnungen einer Welt im Werden und löst sich ganz bewußt von den „Fäden einstiger Poesie", der Dichtung der Alten Welt. Man könnte an den spannungsvollen Moment unmittelbar vor einem Konzertbeginn denken: Das Stimmen der Musiker-Instrumente erzeugt eine kurzzeitige Kakophonie, wobei aber dies Durcheinander der schrägen Töne dem harmonischen Zusammenklang im Konzert dient.

„Von der Zeit an, wo mein Unternehmen und meine Befragungen endgültig Form annahmen (wie kann ich meine eigene charakteristische Epoche und Umgebung am besten ausdrücken, Amerika, die Demokratie), sah ich, daß Stamm und Mittelpunkt, aus denen die Antwort erstrahlen und zu denen alles zurückkehren sollte, ungeachtet der Weite der Entfernung, ein identischer Körper und eine Seele sein müssen, eine Persönlichkeit - welche, nach vielen Erwägungen und Überlegungen, die ich besonnen anstellte, ich selbst war - welche tatsächlich keine andere sein könnte."

Der Dichter im Werden vollzieht den Übergang von der Konsonanz zur Harmonie, vom Formlosen zur Form. Der

Whitman, der als Redakteur und freier Schriftsteller tätig war, der zu Fowler und Wells ging, um sich seine Schädeldecke messen zu lassen, der über den Broadway bummelte, sich wegen der Union Sorgen machte, ist natürlich die Hauptquelle für die poetische Persönlichkeit, wie sie in den „Grashalmen" als erstrebenswerte Erscheinung zutage tritt.

Mit herrlichem Mut zum Übermut vereinte der Drukker-Dichter seine Fragmente und begann gleich mit dem ersten Gedicht, sein symbolisches Selbst zu verherrlichen.

„Nie gab es mehr Beginnen als es heute gibt
Und nie mehr Himmel,
nie mehr Hölle als es heute gibt...
Ich bin alt und jung, bin töricht und weise,
Unbekümmert um andre, voller Sorgen um andre,
Mütterlich, väterlich auch,
ein Kind zugleich und ein Mann,
Voll von all dem, das rauh, voll von all dem, das fein...
Ich singe das Lied von Weite und Stolz,
Wir sind es leid, uns zu ducken, zu betteln.
Ich zeige, daß Größe nur ist Entwicklung...
Irgendwo bin ich und warte auf dich."
(„Lied zu Mir")

Ab der 1860er Ausgabe ordnet Whitman seine „Grashalme" in der Hoffnung, ihnen eine symphonische Einheit, eine Doktrin angedeihen zu lassen Doch blieb das Einigende er selbst, es findet sich keine durchgängige Komposition als Ganzes wie in einem Epos; eher gleichen die sorgfältig zusammengestellten Themenbereiche einer jener Ausstellungen, die den Autor als Ausdruck des pulsierenden Lebens in einem dynamischen Zeitalter begeisterten.

Anfügungen, Umstellungen, Revisionen... seine jeweils letzte Bearbeitung dünkte Whitman immer die beste: „Da es jetzt verschiedene Ausgaben der „Grasblätter" gibt, abweichende Texte und Daten, möchte ich sagen, daß ich die vorliegende vollständige Ausgabe vorziehe und für den künftigen Druck empfehle..." (W. Whitman zur 1889er Ausgabe)

Mitunter wird von einer Spaltung innerhalb der amerikanischen Literatur gesprochen – von zwei Lagern, in deren einem die aus Europa bezogene Auffassung einer gepflegten Literatur vorherrscht, während sich das andere um die Förderung nationaler Originalität bemüht. Eine weitere, beliebte Aufteilung unterscheidet zwischen Autoren wie Emerson und Whitman, die einen Jahrtausend-Optimismus teilten, und anderen - Hawthorne, Melville, Henry James -, die dem Vertrauen ihrer Landsleute auf moralischen Fortschritt mit Skepsis begegnen. Ein Kritiker taufte die Anhänger dieser beiden Lager Bleichgesichter und Rothäute und nannte Henry James und Walt Whitman als ihre typischen Vertreter – die Feder in der Hand, statt auf dem Kopf.

Am 4. Juli 1855 wurde das Buch in Swaynes Buchhandlung in Brooklyn und auch bei Fowler & Wells, mit dem phrenologischen Magazin ‚Life Illustrated' ausgelegt; einen Monat lang erschien eine kleine Ankündigung in der ‚Tribune'. Die Verkaufsanzeige, wie üblich auf der ersten Seite der „New York Tribune" vom 6. Juli 1855, war zu entnehmen: >>WALT WHITMAN'S POEMS <LEAVES OF GRASS>, 1 vol. small quarto, $ 2, for sale by SWAYNE, No. 20 Fulton St., Brooklyn, and by FOWLER & WELLS, No. 308 Broadway, N.Y.<< Vier Tage darauf verschwand der Name Swayne ohne weitere Erklärung aus der Anzeige; Fowler & Wells annoncierten einen Monat lang.

Whitman war auch im Weiteren sein eigener Presseagent und vor allem auch Kritiker seines Werkes, der die Mehrheit der günstigen Rezensionen, die es erhielt, verfaßte, ein damals nicht einmal seltenes Vorgehen. Wenn er ahnt, daß man ihn nicht verstehen wird, fügt Whitman auch selbstgeschriebene Verteidigungen und Erklärungen bei, dem Verständnis des Autors durch sein Werk durchaus förderlich. „Whitman ist in der Tat in höchstem Maße verwirrend für die Kritik. Über ihn reden ist wie über das Universum reden... Er gleicht dem Universum nicht nur, weil er so weit und umfassend ist, sondern weil er ungreifbar, entweichend, auf den ersten Blick widerspruchsvoll und in gewissem Sinne formlos ist." (John A. Symonds)

Trotz dieser beschwerlichen und bestmöglichen Anstrengungen blieb der Erfolg für das „rätselhafte Kind" der amerikanischen Literatur aus. „Nach irdischer Größe nur trachtet die falsche Gesellschaft der Menschen / Und hat so in Dunst uns gelöset die herrlichsten, himmlischen Güter." (George Chapman) Nicht ein einziges Exemplar soll verkauft worden sein, behauptete Whitman einmal in einem Moment der Verbitterung.

„Als mein Buch", erzählte er im Nachhinein einem Freund, „allenthalben einen solchen Sturm von Wut und Schmähungen wachrief, machte ich mich davon, an das Ost-Ende von Long Island, und verbrachte den Spätsommer und den ganzen Herbst - den glücklichsten meines Lebens - in der Nähe von Shelter Island und Peconic Bay. Dann ging ich wieder nach New York zurück mit dem verstärkten Entschluß, in dem ich auch nie wieder wankend wurde, mit meinem dichterischen Unternehmen auf meine Weise fortzufahren und es, so gut ich könnte, zu Ende zu führen."

Das englische Magazin 'Blackwood`s' hatte 1819 zum Zustand der amerikanischen Literatur vermerkt: "Es gibt in diesem Land langweiliger Realitäten nichts, das die Phantasie anregen könnte. Keine Gegenstände, die den Geist zur Besinnung auf ein fernes Altertum führen würden. Keine verfallenden Ruinen erwecken Interesse für die Geschichte der Vergangenheit. Keine Denkmäler gemahnen an große Taten oder entfachen Begeisterung und Verehrung. Keine Traditionen, Legenden oder Fabeln bieten Stoff für Poesie oder Romantik."

„Das Leichenschauhaus der Stadt,
Am Tor beim Leichenschauhaus der Stadt,
Als ich müßig schlendernd
meinen Weg fort vom Gelärm nehme,
Halte ich neugierig inne,
denn sieh, eine ausgestoßene Gestalt,

eine arme tote Dirne bringen sie,
Ihren Leichnam, den niemand verlangt,
setzen sie nieder,
er liegt auf dem feuchten Ziegelpflaster…

„Mit nur ein wenig Scharfsinn kann man aus größerem oder kleinerem Abstand hinter allen Dichtern und jedem Dichter die materiellen Fakten ihres Landes und Radius sehen, mit den Stimmungsfärbungen der Menschen zu jener Zeit und ihren düsteren oder hoffnungsvollen Aussichten, die ihre Geburtsmale bilden… dennoch zu sagen bleibt, daß es sogar gegenüber alldem eine subjektive und zeitgemäße Sicht gibt, die nur für uns selbst dienlich ist und für unser neues Genie und Umfeld, die anders sind als alles bisherige; und daß eine derartige Auffassung derzeitigen oder vergangenen Lebens oder der Kunst für uns das einzige Mittel ihrer Einverleibung in Übereinstimmung mit der westlichen Welt ist…"

Whitman hatte zumindest hoffen dürfen, sein originelles Unterfangen würde als Erfüllung oder wenigstens als verheißungsvoller Versuch zur Erfüllung der zweifellos damals vorhandenen Sehnsucht nach einem uramerikanischen Dichter begrüßt werden. Außer etwa in gewissem Grade die Schriften und Gedichte Emersons, der aber selbst einmal, als man ihn als neuen amerikanischen Dichter ansprach, mit den Worten abgewehrt hatte: "Der neue amerikanische Dichter wird ganz anders aussehen!" hatte man am Beginn einer Loslösung von europäischer Literatur nichts Eigenartiges entgegenzustellen.

Zu einem harschen Urteil gelangte etwa Knut Hamsun: „Walt Whitman ist eher ein reicher Mensch als ein talentvoller Dichter. Er kann nicht schreiben. Aber fühlen kann er. Er hat ein Gemütsleben. Hätte er nicht diesen Brief von Emerson bekommen, so wäre sein Buch lautlos zu Boden gefallen - was es verdient hätte."

Gerade das breite Volk, an das Whitman seine Dichtung vor allem richtete, gehörte wohl am wenigsten zur Leserschaft, außer wenigen literarischen Gelehrten zeigte niemand Interesse und man hätte den freien Autor vergessen, wäre nicht eine glückliche Fügung. eingetreten. Ein Exemplar, nicht im kieseligen grünen Leinen, sondern in Pappe, war Ralph Waldo Emerson zugesandt worden, dem bewundertsten und respektiertesten Literaten der USA.

Seine Art war frostiger, intellektueller, und Emerson war angetan von der sinnlichen Wärme, der forschen Jovialität, der Kraft persönlicher Verwirklichung. Die in Whitmans Gedichten angedeutete philosophische Haltung schien sich mit seiner sog. Transzendentalphilosophie zu decken, so daß Emerson noch am besten verstehen konnte, was der neue Dichter sagen wollte. Von seinem Heim in Concord bei Boston richtete Emerson ein Schreiben an Whitman, das als berühmtester Brief der amerikanischen Literaturgeschichte bezeichnet wurde:

„Concord , Mass., 21. Juli 1855

Werter Herr,

ich bin nicht blind für den Wert der wunderbaren Gabe Ihrer "Grashalme". Ich halte sie für die außerordentlichste Probe von Geist und Weisheit, die Amerika noch je beigebracht hat. Sie zu lesen, macht mich sehr glücklich denn Kraft macht uns glücklich. Das Buch begegnet sich mit der Forderung, die ich seit jeher gegen unsere anscheinend so unfruchtbare und karge Natur erhebe, in dem Sinne, daß zuviel Handarbeit oder ein allzu wässriges Temperament unseren westlichen Geist gedunsen und gemein macht. Ich beglückwünsche Sie zu Ihren freien und tapferen Gedanken. Ich habe große Freude daran. Ich finde unvergleichliche Dinge unvergleichlich gut gesagt genau so wie es richtig ist. Ich finde jene Kühnheit der Behandlung darin, die uns so entzückt und die nur eine tiefe Empfindung einflößen kann.

Ich grüße Sie zum Beginn einer großen Laufbahn, die für einen solchen Start einen weiten Vordergrund gehabt haben muß. Ich rieb meine Augen ein wenig um zu sehen, ob dieser Sonnenstrahl nicht doch eine Täuschung sei; aber der solide Geist des Buches ist nüchterne Gewißheit. Es hat das Beste, was ein Buch haben kann, nämlich es stärkt und ermutigt.

Erst als ich am vergangenen Abend das Buch in einer Zeitung angekündigt sah, erkannte ich, daß der Name wirklich war und

für eine Adresse verwandt werden konnte.
Ich habe den Wunsch, die Bekanntschaft meines Wohltäters zu machen und halte es für meine Pflicht, nach New York zu fahren, um Ihnen meine Wertschätzung auszusprechen.
R. W. Emerson"

Ist es weiter überraschend, daß Whitman diesen Brief dauernd bei sich trug und ihn all seinen Freunden zeigte oder daß er ihn, nachdem er ihn Charles A. Dana, dem ersten Redakteur der ‚New York Tribune' gezeigt hatte, dort abdrucken ließ? Als dieses Schreiben in der ‚Tribune'- ohne Wissen des Verfassers – erschien, erstaunte dies die kleine amerikanische Literatur-Welt. Wenige, einige Transzendentalisten, besonders Thoreau und Alcott, stimmten mit Emerson überein. ‚Putnam`s Magazine' bezeichnete das Buch in einer anonymen Rezension als „eine Mischung aus Yankee-Transzendentalphilosophie und New Yorker Rowdytum", wobei Charles Eliot Norton, der tatsächliche Autor dieser Kritik, es im Bekanntenkreise lobte.
Whitman war wie elektrisiert, nun konnten selbst ungünstige Besprechungen seine Begeisterung nicht mehr dämpfen und druckte manches der Reaktionen in einem Anhang zu seiner zweiten Auflage ab.
Edward Everett Haie von der wohlanständigen ‚North American Review' pries die Gedichte und erklärte, "auch nicht ein Wort ist in der Absicht geschrieben, durch seine Roheit die Leser anzuziehen." Das konservative Neu-England nahm die Whitman-Verse wesentlich freundlicher auf als das kultiviertere und raffiniertere New York. Einige Bände waren auch in die Hände eines englischen Buchhändlers gelangt, der sie an einen Hausierer loswurde. Es ist erstaunlich, wie viele davon noch in privaten und anderen Bibliotheken existieren.

Die Umgebung Bostons oder das Hinterland irgendeines anderen neuenglischen Hafens waren noch immer unverdorbene Provinz; hier konnte ein junger Schriftsteller fast kostenlos leben, sein Gemüse selbst anbauen (wie es Emerson, Thoreau und Hawthorne, dieser auch ein halbes Jahr auf der „Brook Farm", taten) und hin und wieder nach Boston reisen, um Bücher zu leihen oder einen Verleger zu treffen. In dieser Welt geschlossener, kultivierter Gemeinschaften am Rande Bostons tauchte inmitten der Gedanken, die von Deutschland nach England gedrungen waren, ein philosophischer Oberbegriff auf, der Transzendentalismus.

Die Wortprägung „Transzendentalismus" stammt ursprünglich von Immanuel Kant, der unter transzendental die Art von Erkenntnis verstand, die vor aller Erfahrung liegt und über sie hinausgeht und die Erkenntnis der objektiven Wirklichkeit erst ermögliche.

Ralph Waldo Emersons erstes Buch „Nature" (1836) enthält eine Sammlung pantheistischer Essays mit dem Bekenntnis, daß Menschen auf einfache Art und Weise im Einklang mit der Natur leben sollten. Einsamkeit und Abseitsstehen kennzeichnen den amerikanischen Schriftsteller seit Poes Tagen, ein optimistischer, das Selbstvertrauen und den Glauben an das Gute in der menschlichen Natur betonender Individualismus. Da der Begriff „Individualismus" auch Uneinigkeit, Mißverständnis oder Ignoranz beinhaltet, tendiert Whitman zur von ihm geschaffenen Bezeichnung „Personalismus", die aber inhaltlich deckungsgleich sein soll. In Solidarität oder Kameradschaft übergehend ist dies der Grundbegriff seiner demokratischen Vorstellungen.

Emerson trat der falschen Vorstellung entgegen, „eine doktrinäre Gruppe versuche, „für gewisse Meinungen allgemeine Anerkennung zu fordern und in Literatur, Philosophie und Religion eine neue Bewegung zu begründen." Wie er sagte, „gab es nur hier und da zwei, drei Männer oder Frauen, die, jeder für sich, mit ungewöhnlicher Begeisterung lasen und schrieben. Vielleicht war ihnen nur gemeinsam, daß sie Coleridge, Wordsworth, Goethe und dann Carlyle mit Vergnügen und warmem Verständnis entdeckten und lasen. Sonst war ihre Erziehung oder Bildung nicht bemerkenswert, sondern von amerikanischer Oberflächlichkeit, und ihre Studien trieben sie in der Einsamkeit." Der Philosoph und Schriftsteller R. W. Emerson hatte recht, die Isolation dieser Leute zu betonen, für die kein Sammelname wie ”Gruppe" oder ”Bewegung" zuzutreffen schien.

Neben den wenigen Schriftstellern wie Hawthorne, Melville, Longfellow und Whittier war auch Whitman vom Gedankengut der Transzendentalisten stark beeinflußt. Der Dichter hatte bisher mit ganz wenigen Menschen seiner Denkungsart auf der Basis der Gleichheit und Achtung verkehrt. Die „Grashalme", als seine „carte de visite" begannen eine Reihe von Besuchern ins Haus zu bringen. Ralph Waldo Emerson (1803-1862), damals 52 Jahre alt, hatte seinen Zustimmungs-Brief nicht in einem ersten Impuls, sondern nach reiflicher Überlegung mehrerer Tage geschrieben. Auch schickte Emerson, der „Freund und Meister", ähnlich Denkende, die ihn in Concord besuchten, nach Brooklyn, um Whitman kennenzulernen, mit den Worten: „Unter uns ist ein Mann entstanden." Ein Wort, das ein späterer Ausdruck Abraham Lincolns aufnimmt, als ihm Whitman vorgestellt wurde: „Well, er ist ein Mann."

Einzigartig unter den frühen Mittlerpersönlichkeiten ist der deutsch-japanisch-amerikanische Allroundkünstler Sadakichi Hartmann (1867-1944). Sohn eines deutschen Vaters und einer japanischen Mutter, wanderte er schon früh in die USA aus. In den achtziger Jahren lernte er Whitman kennen, den er hin und wieder in seinem Haus in Camden bei Philadelphia besuchte. Noch vor Traubel schlug er die Gründung einer internationalen Whitman-Gesellschaft unter seiner Leitung vor; die Durchführung scheiterte allerdings an den fehlenden organisatorischen Fähigkeiten des quirligen Hartmann.

Auf Emersons Empfehlung schauten auch andere bei Whitman vorbei: Bronson Alcott, der ideal gesonnene Erzieher und Philosoph und Nachbar Emersons; Frank Sanborn, der andere Nachbar, ein ebenfalls erklärter Gegner der Sklaverei; der ehemalige Lehrer und Landvermesser Henry D. Thoreau, dessen "Walden oder Leben in den Wäldern" mit geringem Erfolg ein Jahr vor "Grashalme" erschienen war.

Wie zu erwarten war, stand Walts Urteil über Thoreau fest, als er erst einmal erkannt hatte, daß er kein Bostoner, sondern ein netter Kerl war, der in der Küche Kuchen aß und ungehemmt auftrat. Über die Begegnung äußerte sich Whitman Traubel gegenüber: „Thoreau hat so seine eigene Art. Als er eines Tages zu uns kam und ich nicht zu Hause war, ging er einfach in die Küche, in der meine Mutter Kuchen backte, und nahm die heißen Kuchen vom Ofen. Er tat alles ganz schlicht und einfach, ohne jedes Getue. Das gefiel mir sehr an ihm." Aber: „Er konnte sein Leben nicht in ein anderes hineindenken, konnte nicht erkennen, weshalb ein Mensch so und ein anderer wieder so war, war voller Ungeduld anderen Menschen auf der Straße gegenüber und so weiter. Hierüber hatten wir eine scharfe Auseinandersetzung - es war eine bittere Meinungsverschiedenheit..."

Einer anderer dieser Sendlinge Emersons, Moncur D. Conway, ein früherer methodistischer Prediger und in England wie Amerika geachteter Autor, der Whitman im September 1855 aufsuchte, hat auch darüber Bericht gegeben: "Es war eines Sonntags im Hochsommer, als ich durch die nahezu endlosen, eintönigen Straßen pilgerte, die in das 'fischförmige' Paumanok hinausführten, und der Weg, den man mir gewiesen hatte, führte zu dem allerletzten Hause vor der großen Stadt - einem kleinen zweistöckigen Holzbau. Auf mein dreimaliges Klopfen öffnete eine stattliche alte Dame die Tür, eben weit genug, um mich sorgfältig betrachten zu können, und fragte nach meinem Begehren. Ich hatte sogleich den Eindruck, daß seine Mutter - denn als diese gab sie sich zu erkennen - besorgt war, es handle sich um einen Polizeiagenten, der nach ihrem Sohn suchte wegen seines verwegenen Buches.

Schließlich jedoch deutete sie nach einer öffentlichen Anlage hin, in deren Mitte ein Hügel lag, und sagte mir, ich würde ihren Sohn dort finden. Es war ein außerordentlich heißer Tag, das Thermometer zeigte fast 100° (Fahrenheit), die Sonne glühte herab wie sie nur auf dem sandigen Long Island glühen kann. Die Anlage hatte keinen einzigen Baum oder Schutz, und ich dachte bei mir, daß wahrlich nur ein leidenschaftlicher Sonnenanbeter an einem solchen Tag hier zu finden sein könne. Zuerst konnte ich nirgends ein menschliches Wesen gewahren; aber als ich mich eben wieder zum Weggehen wenden wollte, sah ich, auf den Rücken gestreckt und gerade in die furchtbarste Sonne hineinschauend, den Mann, den ich suchte. Mit seiner grauen Kleidung, seinem graublauen Hemd, seinem eisengrauen Haar, seinem dunkeln, sonnenverbrannten Gesicht und bloßen Hals lag er auf dem braunweißen Gras - denn die Sonne hatte das Grün ausgebrannt - und glich so der Erde, auf der er ruhte, daß er wie ein Teil von ihr aussah und von einem Vorübergehenden leicht übersehen werden konnte. Ich näherte mich ihm, nannte meinen Namen und den Grund, weshalb ich ihn hier aufsuchte, und fragte ihn, ob er die Sonne nicht einigermaßen heiß fände? - „Durchaus nicht zu heiß", war seine Antwort; und er gestand mir, daß dies einer seiner Lieblingsplätze und seine Lieblingsanlage sei, um „Gedichte zu machen". Er ging darauf mit mir in sein Haus und führte mich durch die engen Flure in sein Zimmer. Ein kleines Zimmer, ungefähr 15 Fuß im Quadrat, mit einem einzigen Fenster, das auf die öde Einsamkeit der Insel blickte; ein schmales Bett, ein Waschtisch mit einem kleinen Spiegel darüber, ein Tisch aus Fichtenholz mit Feder, Tinte und Papier darauf; ein alter Stich, Bacchus darstellend, hing an der Wand, und gegenüber ein ähnlicher von Silen: dies bildete die sichtbare Umgebung Watt Whitmans; soviel ich sah, war nicht ein einzige Buch in dem Zimmer..."

Der Naturforscher John Burroughs war von den „Grashalmen" besonders tief beeindruckt. Als junger Schreiber in Washington hatte er Whitmans Bekanntschaft gemacht, war bald mit ihm befreundet und begleitete ihn auf seinen Spaziergängen. „Als ich dann den Dichter selbst kennenlernte, es war im Herbst des Jahres 1863, machte ich mir kaum Gedanken über seinen Egoismus und seine Haltung dem Bösen gegenüber…, er war so gesund und so gütig, so freundlich und anziehend und vor allem so weise und duldsam, daß ich schon sehr bald dem Dichter selbst das gleiche Vertrauen entgegenbrachte wie seinem Buch…"

Bereits im Jahre 1856 hatte Emerson sein Exemplar der ersten Ausgabe Henry Thoreau geliehen. Thoreau, der eine geistige Witterung für radikales Denken besaß, war im Herbst des Jahres 1856 aufgefordert worden, Marcus Springers geplante Kolonie ernsthafter Denker in New Jersey, in der Nähe von Perth Amboy, zu besichtigen. Auf dem Wege dorthin führte er auf das Drängen von Alcott, der ebenfalls die „Grashalme" gelesen hatte, eine Begegnung in New York herbei, um sich ein Bild von Whitman zu machen. Beide wußten, wie sich Emerson für das „Amerikanische Gedicht" eingesetzt hatte.

Die Wiederholung derselben Eindrücke in ihren Berichten spricht dafür, daß sie alle spürten, es mit einem ergreifenden Menschen zu tun zu haben, der davon beseelt war, seine Wesenheit in ein großes Kunstwerk zu integrieren.

Song of the Open Road
Zu Fuß und leichten Herzens
mach ich mich auf die Wanderschaft
Gesund und frei, die ganze Welt vor mir,
Der braune Pfad vor mir führt mich,
wohin ich immer will.
Was frage ich nach Glück,
ich selbst bin mir mein Glück,
Ich klage nun nicht mehr, verschiebe nichts
Und brauche nichts, vorbei ist alles Klagen,
vergessen sind die Bücher und alle gallige Kritik.
Stark und zufrieden geh ich jetzt auf Wanderschaft.

||||||||||

ICH SINGE DAS SELBST

„Die Wahrheit aller Wahrheiten: „Ich bin Ich." Das personale
Selbst, auch Individuum, Identität oder Person, entsteht bei
Whitman in fundamentaler Übergröße: „Allem zugrunde liegt
mein Selbst und dein Selbst", wird es langzeilig, wortreich in
avantgardistischer Manier umschrieben. „Sei ein Mann für dich
selbst und ein Kamerad für deine Mitmenschen." (Hans Reisinger, 1884-1968)
„Die „Grasblätter" waren tatsächlich (ich kann es nicht oft
genug wiederholen) in erster Linie das Zutagetreten meiner eigenen emotionalen und anderweitigen Natur - ein Versuch, von
hinten bis vorne, eine Person, ein menschliches Wesen (mich
selbst, in der zweiten Hälfte des neunzehnten Jahrhunderts in
Amerika) freimütig, im Ganzen und wahrhaftig aufzuzeichnen.
Ich konnte keine ähnlich persönliche Aufzeichnung in der gegenwärtigen Literatur finden, die mich zufriedenstellte." Für den
Leser des Jahres 1868 war eine solche narzißtische Egomanie
zumindest neuartig, doch auch seltsam ungewohnt.

„Es liegt in unserer Natur, an große Menschen zu glauben",
beginnt Ralph Waldo Emerson seine Anmerkungen zu "Repräsentanten der Menschheit", wo einiges zu erfahren ist über die
mit Whitman verbindende Gedankenwelt. "Die Schöpfung
scheint für die Bedeutenden da zu sein. Die Welt wird getragen
durch die Wahrhaftigkeit guter Menschen: Sie machen die Erde
sinnvoll. Wer mit ihnen lebte, fand das Dasein heiter und loh-
nend. Nur dadurch, daß wir an eine solche Gemeinschaft glauben, wird das Leben angenehm und erträglich", fährt Emerson in
Worten fort, die auf seinen Freund Walt Whitman gemünzt sein
könnten.

In seiner kulturellen Unabhängigkeitserklärung, dem Vorwort
zu >Grashalme< von 1855 erklärte Whitman: "Von der ganzen
Menschheit ist der große Dichter der gleichmütigste
Mensch." Der gleiche Satz taucht in „By Blue Ontario's
Shore" wieder auf. Gleichmütig (equable) - das ist das Whit-

mans denkwürdigen Charakter treffend bezeichnende Wort, eine
demütige Haltung legt sich über alle seine Aussagen, aus denen
Überheblichkeit und Anmaßung verbannt sind.

Der Dichter dieser Staaten ist der gleichmütige Mann,
Nicht in ihm, aber fern von ihm sind die Dinge
grotesk, exzentrisch, scheitern beim vollen Umlauf,
Nichts ist außerhalb seines Ortes gut,
nichts ist an seinem Ort schlecht,
Er verleiht jedem Gegenstand
und jeder Eigenschaft das entsprechende Maß,
nicht mehr, nicht weniger...

Es ist nicht alleine Emersons ermutigender Epistel zuzuschrei-
ben, wenn Whitman sich dazu aufgerufen fühlte, eine zweite
Auflage vorzubereiten, die nach ‚Life Illustrated' am 1. September 1856 fertig vorliegen sollte. Um die längere Vorrede gekürzt,
um zwanzig neue Gedichte vermehrt, unterstützten die phrenologischen Verleger Fowles & Wells das Projekt auch finanziell,
ohne aber die Nennung ihres Firmennamens zu riskieren. Auf
der Rückseite pranken in Goldbuchstaben Emersons Worte: "Ich
grüße Sie am Beginn einer großen Laufbahn". In einem Anhang
druckt Whitman jenen Brief Emersons ab, und zwar auf Drängen
von C. A. Dana, dem Herausgeber der ‚New York Sun', einem
guten Freund Emersons. Die Behauptung, Emerson sei dadurch
oder weil Whitman auch sein Antwortschreiben beifügte, ver-
stimmt worden, erwies sich als unrichtig, besuchte dieser doch
Whitman wiederholt, wobei er sich aber freimütig über diejenigen neuen Gedichte aussprach, mit denen er nicht so einver-
standen war.

Whitmans Überzeugung gab ihm Ruhe genug, um die Kritik
mit Gleichmut über sich ergehen zu lassen. "Im ganzen bekannten Universum", weiß er in der gelobten Erstausgabe-Einleitung,
„lebt ein wahrhaft Liebender, und das ist der größte Dichter. Er
brennt in ewiger Leidenschaft, ist unbekümmert darum, was ihm
das Schicksal bringt: Zufall, Glück oder Unglück, und empfängt
täglich und stündlich einen köstlichen Lohn."

Wie ein mächtiger, doch in der Vielheit seines Laubwerks zarter Baum entblättern sich seine Gesänge. „Song of the Brood-Axe" präsentiert die Entstehung der Vereinigten Staaten als Aufbauprozeß, wobei Whitman die Axt zum Hauptwerkzeug macht. Neben den Showpieces „Crossing Brooklyn Ferry", „Song of the Open Road", die auch Versuche sind, die Dinge der Erscheinungswelt zur Stabilisierung innerer Zerwürfnis zu nutzen, ertönt das gewaltige Begrüßungsgedicht aller Völker der Erde:

SALUT AU MONDE
Was hörst du, Walt Whitman?
Ich höre den Arbeiter singen
und singen des Farmers Weib,
Ich höre fern die Stimmen von Kindern
und Tieren am Morgen früh,
Ich höre Geschrei von Australiern
im Eifer der wilden Pferdejagd,
Ich höre den spanischen Tanz im Kastanienschatten,
Mit Kastagnetten, Gitarre und Geige,
Ich höre endloses Echo von der Themse,
Ich höre feurige Freiheitslieder von Frankreich her,
Ich höre melodisches Rezitativ
von alten Gesängen des italienischen Schiffers,
Ich höre die Heuschrecken Syriens,
wie sie Weizen und Wiesen
mit Schauern schrecklicher Wolken schlagen...

Das "Lied von der rollenden Erde", der "Gesang vom Beil" und zwei weitere Gesänge sollten den Kern der in den nächsten Jahren ausgestalteten Folge "Kinder Adams" bilden. Der deutsch-französische Expressionist Yvan Goll (1891-1950) nennt Whitman in seiner Weltanthropologie „Les cinq continents" den „Père des Poètes".

„Was Melville und Twain für den amerikanischen Roman taten, gelang Whitman für die Lyrik der Neuen Welt: die Emanzipation von Europa, der Triumph der Vitalität, eine autochtho-

ne Sprache, ein nationaler Kosmos." (Rolf Geisler) Schon jahr-
zehntelang war in Amerika der Ruf nach einer einheimischen
Kunst und Literatur erschollen, zum einen aus einer patriotischen Abneigung gegen England, zum anderen aus dem wachsenden nationalen Selbstbewußtsein heraus.

Die stärksten Anregungen zu Inhalt und Form findet auch die
deutsche Lyrik im Ausland, in Belgien bei Emile Verhaeren
(1855-1916) wie in Amerika bei Walt Whitman. Bei den Franzosen sind es die Symbolisten, die mit Whitman ihre Groß-
stadtthematik teilen. Zu den thematischen Einflüssen trat der
symbolistische vers libre, der sich mit Whitmans „freirhythmi-
schen Langzeilen" überlagerte. Mit den „Italienern" sind besonders die Futuristen wie Filippo Tommaso Marinetti
(1876-1944) angesprochen. Bei ihnen kommt die Modernität
des Amerikaners, seine Aufgeschlossenheit für Industrialisierung, Verkehr und Technik als lyrisches Sujet zum Tragen.

Die Kleinstadt Concord mit ihren zweitausend Einwohnern
war zu Lebzeiten Thoreaus ein geistiges Zentrum Neuenglands,
dessen Straßenzüge Namen der damaligen Bewohner bekommen
sollten. Der Dichter-Philosoph Ralph Waldo Emerson
(1803-1862) siedelte sich hier an, bald zog auch der Romancier
und "Vater der amerikanischen Kurzgeschichte" Nathaniel
Hawthorne (1804-1864) nach Concord. Die gelehrte Margaret
Fuller, die erste Feministin der USA, gründete hier mit George
Ripley, Arnos Bronson Alcott, Ralph Waldo Emerson die Out-
sider-Zeitschrift ‚Dial', an der auch Thoreau zeitweilig mitarbei-
tete. ‚Dial' war als Medium für neue Kunst und anderes Denken,
die progressive Köpfe in jeder Gesellschaft interessieren, gedacht und auch als Sprachrohr des nicht weit von Concord entstanden kollektivistischen "Brook Farm"-Experiments.

Hier wollte eine Gruppe prominenter Intellektueller in einer
Wohn- und Wirkungsgemeinschaft geistigen Austausch mit
spartanischer Lebensführung und praktischer Landarbeit ver-
binden. Das Echo der deutschen Romantik mit dem von ihr pos-
tulierten Primat des Individuums vor Staat und Gesellschaft, die
Tranzendentalphilosophie Kants sind in diesem Daseinsversuch
ebenso enthalten wie die reformerischen Forderungen nach Her-

stellung und Einhaltung der Menschenrechte, Gleichstellung von Mann und Frau, Rückbesinnung auf die Natur, paritätische Würdigung von Hand- und Kopfarbeit, Chancengleichheit in Schule und Beruf sowie die Ablehnung von Dogmen jeder Art, kurzum - die Gedanken zum Umbruch für die Neue Welt.

Die Landkommune machte Horace Greeley durch Veröffentlichungen in seiner liberalen Zeitung ‚New York Tribune' bekannt und sorgte so für ein stetes Besucherinteresse und bescheidenes Spendenaufkommen. Doch hatte man von Anfang an auf schwacher finanzieller Grundlage gestanden, auch Verkäufe aus der Bibliothek Ripleys konnten daran wenig ändern. Ein Feuer auf der Farm bedeutete dann das endgültige Aus. George Ripley (1802-1880), der 1841 aus Gewissensgründen vom geistlichen Amt zurückgetreten war, mußte sich wieder dem Journalismus widmen, um die aufgelaufenen Schulden begleichen zu können. „Sein" Experiment in „plain living and high thinking", auch wegen seines überragenden persönlichen Einsatzes „Ripley's Farm" genannt, scheiterte 1847, blieb aber als Idee bezeichnend für das geistige Klima im Nordamerika der Zeit. „Es ist wahrlich an der Zeit für Amerika, zuvorderst mit der Neueinstellung der Bandbreite und der grundsätzlichen Standpunkte der Dichtung zu beginnen, da alles andere sich verändert hat."

„Und in unserer Philosophie gibt es nur eine Grundsubstanz auf deren Konzentration oder Verteilung alles beruht. Wir dürfen nicht gegen die Liebe eifern oder die körperliche Existenz des anderen außer Acht lassen. Da würde zu nichts führen. Wir besitzen soziale Veranlagungen. Unsere Zuneigung zum Mitmenschen ist ein unschätzbarer Vorteil. Ich kann zusammen mit einem anderen etwas zustande bringen was ich alleine nicht vermag. Einem anderen gegenüber kann ich aussprechen, wofür ich zuvor im Selbstgespräch nicht die richtigen Worte fand. Andere Menschen sind wie Linsen, die es uns ermöglichen, unsere eigenen Gedanken zu lesen. Jeder sucht sich dazu Menschen, die anders als er selbst, in ihrer Art aber gut sind; das heißt, er sucht nicht einfach nur einen anderen, sondern gerade den am meisten anderen." (Ralph W. Emerson)

"And that all the men ever born are also my brothers. and the women my sisters and lovers." ("Song of Myself") Die Vision, der klare Blick als literarische Intention: In der Gemeinschaftlichkeit der Vielzahl Individuen erblickt Whitman das Hauptbestreben der Demokratie. „Wer sich auf seine fundamentalen Aussagen konzentriert, wird Gefallen finden an Whitman", empfiehlt Ezra Pound.

An Unbekannt
Unbekannt Vorbeigehender! Du weißt nicht
wie sehnsüchtig ich Dich ansehe,
Du musst er sein, den ich suchte,
oder sie, die ich suchte,
(wie im Traum überkommt es mich,)
Mit Dir habe ich irgendwo
sicherlich ein Leben der Freude gelebt,
Alles ist wieder rufbar,
wie wir aneinander vorbeihuschen,
flüssig, anhänglich, unbefleckt, gereift…

Wo sich das amerikanische Volk räumlich ausdehnt, er dieses "Gefühl des weiten Raums" vergegenwärtigen möchte, zählt Whitman auf, streift durch die Flora und Fauna und alle menschlichen Betätigungen hindurch. „Wie die Pflanzen Minerale in tierische Nahrung verwandeln, so verwandelt jeder Mensch irgendein in der Natur vorhandenes Rohmaterial zu menschlichem Nutzen." (R. W. Emerson) Mit seiner Aneinanderreihung biologischer Begriffe und konkreter Details in Substantivform erzielt Walt Whitman eine dichterische Montage, errichtet er eine großflächige, aus mannigfaltigen Teilen zusammengesetzte Skulptur. „Jetzt examiniere ich die Philosophien und Religionen neu, sie mögen sich in Hörsälen als richtig erweisen, keinesfalls jedoch unter weiten Wolken und in der Landschaft und entlang reißenden Strömen." („Gesang von der offenen Straße") Das ist Whitman die wahre Religion, die die Augen öffnet für die Wunder und Schönheiten einer Welt, in der sich jeder zu Hause fühlen soll.

Da sich Whitman an den aktiven Menschen, an kräftige Arbeiter und gesunde Leiber wandte, überwand er die Barrieren, die hier das so genannte „feine Zeitalter" errichtete, und führte das Geschlecht als gleichwertigen Partner in die Literatur ein. Whitmans Denken und Dichten hatte den Charakter einer allumfassenden und sein eigenes Leben beherrschenden Eingebung, der ihm von Kind an vertrauten Quäkerhaltung und überhaupt religiös gearteter Erleuchtung verwandt.

„Der Schwur der Zeugung, den Ich geschworen,
Das Verlangen, das mich frißt bei Tag und Nacht mit hungrigem Nagen..."

Die „verzehrende Lust", die ihn "rasend" macht, ist neben dem Hinwirken auf einen philosophischen Gedankenaufbau das Wollen mit einer ganz neuen Eindringlichkeit und Unmittelbarkeit, die Wirklichkeit, das Wunder des "Jetzt und Hier" inmitten der Unendlichkeit fühlbar zu machen.

Whitman will den Amerikanern ihre angeborenen Vorzüge, die Größe, deren sie fähig sind, begeisternd vor Augen führen. Nur wenn jeder Mann oder Frau, die angeborenen, naturgegebenen Fähigkeiten ausbildet, wird der Mensch seines Volkes und wird sein Volk seiner wert sein. „Ein Individuum ist ebenso herrlich wie eine Nation, wenn es die Eigenschaften besitzt, die eine Nation herrlich machen. Die Seele der größten und reichsten und stolzesten Nation kann der Seele ihrer Dichter sehr wohl entgegenkommen. Ist die eine echt und wahr, so ist auch der andere echt und wahr."

Der amerikanische Dichter John Greenleaf Whittier (1807-1892) nahm in seinen „Songs of Labor and Reform" Fragen zur Arbeiterklasse vorweg. Whitman schätzte ihn, schränkte jedoch ein, er habe „wenige – sehr wenige – Saiten auf seiner Harfe." „Wir kennen den Sinn des Lebens nicht, wissen aber um die Arbeit. Wir wissen nicht warum und wozu, aber wir weben und hören nicht auf zu weben." Whitman sieht in der Stadt keine Monumente für Helden, außer denen in Worten und Taten.

„Ohne auch nur einen Zoll nachzugeben, sollten der Arbeiter und die Arbeiterin von Anfang bis Ende in meinen Seiten sein. Mit den Spannweiten des Heldentums und der Erhabenheit, mit denen die griechischen und die feudalistischen Dichter ihre gottähnlichen oder hochgeborenen Charaktere ausstatteten, versah ich die demokratischen Durchschnitte Amerikas, tatsächlich stolzer und besser gegründet und mit größeren Spannweiten als jene. Ich muß zeigen, daß wir, hier und heute, ein Anrecht haben auf das Größte und Beste - mehr Anrecht als irgendeine alte Zeit. Ich möchte auch (sagte ich zu mir selbst, bevor ich begann), daß meine Äußerungen im Geiste die Gedichte des Morgens werden. (Sie wurden hauptsächlich am sonnigen Vormittag und frühen Mittag meines Lebens begründet und geschrieben.)"

„Ich kann mir kein größeres Glück vorstellen, das diese Staaten hätten haben können, als den Beginn ihrer Dichtung anzusetzen mit Emerson, Longfellow, Bryant und Whittier. Emerson steht für mich unmißverständlich an der Spitze, was aber die anderen betrifft, so weiß ich nicht, wem ich den Vorrang geben sollte. Jeder erhaben, jeder vollendet, jeder charakteristisch. Emerson durch seine nach Lebenskraft schmeckende Melodie gereimter Philosophie und Gedichte, so bernsteinklar wie der Honig der wilden Biene, die er gern besingt. Longfellow durch Farbenpracht, anmutige Formen und Episoden - all das macht das Leben schön.... Bryant, der die ersten innerlichen Poesiepulsschläge einer mächtigen Welt hämmerte; Barde des Flusses und des Waldes, der stets einen Geschmack von freier Luft vermittelt, mit Düften wie von Heufeldern, Weintrauben, Birkenwäldchen - immer heimlich Klageliedern zugetan - begann und endete seine lange Karriere mit Totengesängen; berührte hier und da, quer durch alles - Gedichte und Passagen von Gedichten, die höchsten, allumfassenden Wahrheiten, Begeisterungen, Pflichten - Moral ebenso grimmig und ewig, wenn nicht ebenso ungestüm und schicksalsschwer wie irgendetwas von Äschylus. Währenddessen lebte in Whittier mit seinen speziellen Themen seine deutliche Liebe von Heroismus und Krieg, ungeachtet seines Quäkertums, seine Verse bisweilen wie der gleichmäßige Schritt von Cromwells alten Veteranen. In Whittier lebte der Eifer, die moralische Energie, die Neuengland gründeten...."

Anders als bei den Liedern und Mythen der Vergangenheit fordern neue Erkenntnisse und Demokratie die Dichtung heraus, sie in ihre Aussagen einzubeziehen. Wissenschaft oder Philosophie empfand Whitman nicht als Gegensatz zur Poesie, vielmehr als für sie nährend. Die Naturwissenschaft machte ihm die erschaute Welt nur noch reicher und vielfältiger, die Philosophie bedeutete ihm Vereinheitlichung des Vielfältigen. Die Zweiheit von Selbst und Nichtselbst, von Subjekt und Objekt, wurde ihm lebendig gehalten durch das wahre "Ich", durch den Weltgeist, der Subjekt und Objekt gleicherweise durchflutet.

„Während die Beiträge, die die Deutschen Kant und Fichte, Schelling und Hegel der Menschheit hinterlassen haben - und die auch der Engländer Darwin auf seinem Gebiet hatte - unentbehrlich für die Gelehrsamkeit von Amerikas Zukunft sind, sollte ich sagen, daß in ihnen allen und den besten davon, wenn sie verglichen werden mit den Geistesblitzen und Gedankenflügen der alten Propheten und Exaltés, den geistlichen Dichtern und der Poesie aller Länder (wie in der hebräischen Bibel), da scheint es, nein vielmehr, da fehlt ganz sicher etwas - da ist etwas Kaltes, ein Versagen. die tiefsten Emotionen der Seele zu befriedigen - ein Mangel an lebendigem Glanz Zärtlichkeit, Wärme, die die alten Exaltés und Poeten bieten und die eifrigsten modernen Philosophen bis jetzt nicht." Der Evolutionstheoretiker Charles Darwin sollte in wenigen Jahren, allerdings rein historisch und genetisch, den Gang der Naturentwicklung nachvollziehen. Walt Whitman gilt so auch als prophetischer Sprecher seines Landes, weil er dessen Ideale vorausschauend zum Ausdruck gebracht hat.

In den Tieren erkennt Whitman Spuren seiner selbst, die er zurückgelassen haben muß, als er "vor unnennbaren Zeiten dieses Weges kam". Zwei Jahre vor Darwins "Ursprung der Arten" vergegenwärtigt sich Whitman den langwierig andauernden Entwicklungsweg der Lebensformen vom ersten schwachen Keim in der "stinkenden Kohle" durch die "gebündelten Zeitalter", bis er mit seiner Seele in der Gegenwart anlangt.

„Der Ausstrom der Seele ist Glückseligkeit, hier ist Glückseligkeit, ich glaube, sie durchdringt den freien Himmel, wartet allezeit, jetzt flutet sie auf uns, wir sind regelrecht den." („Gesang von der offenen Straße") Die Schönheit, Fruchtbarkeit und Fülle der Natur sind für Whitman, wie "Gesandte an die Seele", die dann ihre Eindrücke in Form von Fragen reflektiert: Der Wellenschlag des Meeres am Strand und das eigene Innere - hier ist das Strömen der Seele. „Das Strömen der Seele kommt von innen her durch umlaubte Pforten, immerdar Fragen erweckend."

„Der reichste Mann ist der, der aller Pracht, die er sieht, Gleichartiges aus dem größeren Vorrat seines eigenen Selbst entgegenstellt." Auf etwas hindeuten, den Eindruck von etwas erwecken, „suggestiveness" war nach des Dichters eigenen Worten die Stimmung seiner Gedichte, in denen „jeder Satz, jede Passage von einem nicht immer sichtbaren Innern erzählt".

In seiner Verteidigung der Ichform seines „Walden" bemerkt Thoreau: „Ich hätte nicht so viel von mir selbst geredet, wenn es einen anderen Menschen gäbe, den ich ebenso gut kenne." So geht auch Whitman vom eigenen Ich aus, betrachtet es als eine Brücke zu den anderen Ichs. Sein Ziel war, nach seinen wohlbekannten. Worten, "vor allem eine Person, ein menschliches Wesen, mich selbst im Amerika des 19. Jahrhunderts, frei, ganz und treulich zu dokumentieren. Walt Whitman wird so dieser „Barde der Persönlichkeit", der für alle Amerikaner und die gesamte Menschheit sprach.

Die Beschaffenheit des Ich oder Selbst, seine Daseinsfreude, die Lust am Leben überhaupt zieht als bewegendes Moment durch alle Gesänge. Schon die erste Ausgabe der >Grashalme< hatte zwölf unbetitelte Gedichte enthalten, von denen das letzte schließlich „Song of Myself" betitelt wurde, das Herzstück der ersten wie auch zweiten Ausgabe:

GESANG VON MIR SELBST
Ich feiere mich selbst und singe mich selbst,
Und was ich mir anmaße, sollst du dir anmaßen,
Denn jedes Atom, das mir gehört, gehört auch dir.
Ich schlendre und lade meine Seele zu Gaste,
Ich lehne und schlendre nach meinem Behagen,

Einen Halm des Sommergrases betrachtend.
Meine Zunge, jedes Atom meines Bluts
Geformt aus diesem Boden, dieser Luft;
Geboren hier von Eltern die hier geboren wurden
Von gleichen Eltern, und diese von gleichen Eltern,
Ich, siebenunddreißig Jahre alt,
in vollkommener Gesundheit, beginne
Und hoffe nicht aufzuhören bis zum Tod.
Glauben und Schulen im Hintergrund,
Sie weichen für eine Weile zurück mit dem, was sie sind,
doch nie vergessen;
Ich beherbergte Gut und Böse, ich lasse reden auf jede Ge-
fahr,
Natur ohne Zwang mit ursprünglicher Kraft.

Für diese aus seinem lebendigen Sein geborenen Anschauungen
fand Whitman die Bestätigung vor allem auch in der Philosophie
Hegels sowie der deutschen Idealisten (J.G. Fichte, F.W. Schelling, F.D. Schleiermacher) oder der griechischen Denker mit
dem innersten Prinzip der Versöhnung der Gegensätze. Dadurch,
daß jedes endliche Ding in Beziehung steht zu dem was es be-
grenzt, trägt es das Element seiner Auflösung in sich. Nur die
Seele kann nicht durch die Materie vernichtet werden, denn die
Materie ist nur eine Objektivation der Seele. Da die Seele un-
teilbar ist, ist·das was unseren Körper und Geist beseelt, zugleich Allseele. Dies meint Whitman mit der mystischen Identi-
fikation seines „Ich" mit dem Absoluten und hierin liegt der
Grund zu der Gleichstellung von Seele und Leib. „Und daß der
Leib vollauf so viel gilt wie die Seele? Und wäre der Leib nicht
die Seele, was ist die Seele?" („Ich singe den Leib, den elektrischen")
    Begriffe wie Seele, Unsterblichkeit sind für den Freidenker
humanistische Entwürfe, Whitmans Glauben an die natürlichen
Kreisläufe des Lebens versinnbildlicht das vierte Gedicht schon
der Erstausgabe, seit 1871 „The Sleepers" genannt: Auch werden die Zeilen mit ihren Bildern und Zuständen als visualisierter
Traum gedeutet. Der Verstorbene schwebt gleichsam über der
Szenerie, bevor er in höhere Sphären eingeht. Die Verse gelten

mit ihrer Dynamik vermittels surrealer Traumbilder auch als die ersten surrealistischen Zeilen Amerikas.

DIE SCHLÄFER

Nur ein Weilchen will ich bei der Nacht sein, und früh wieder aufstehen
Ich will den Tag pünktlich durchlaufen, o meine Mutter,
und rechtzeitig, wieder bei dir sein;
Du wirst die Morgendämmerung nicht gewisser wieder hervorbringen
als du mich wieder hervorbringen wirst,
Der Mutterschoß stößt das Kind gewisser nicht aus zu seiner Zeit,
als ich aus dir hervorgehen will zu meiner Zeit.

Es fließt ein indisches Element in die Gesänge, obwohl Walt Whitman die dortigen Philosophen nicht gelesen hatte, jedenfalls finden sie keinerlei Erwähnung in seinen Notizen, wo er ansonsten seine gesamte Lektüre auflistete.

Ein "homo religiosus" holte sich Thoreau seine Überzeugungen dort, wo er sie fand, in den Veden, in der Bhagavadigta („Der Gesang des Erhabenen", nämlich des Gottes Krishna; berühmtes religionsphilosophisches Lehrgedicht, ein Teil des indischen Heldenepos „Mahabharata"), bei Zarathustra, in der christlichen Bibel und nicht zuletzt in der Naturbetrachtung. Bei Whitman auf Besuch meinte er, daß >Grashalme< „wunderbar wie die Orientalen" sei und fragte ihn, ob er sie gelesen habe.

Whitman antwortete: „Nein: erzähl mir von ihnen." Dann hat er sich wohl der Leseliste Thoreaus bedient, Worte aus dem Sanskrit („Maya" und „Sudra") finden in einigen Gedichten nach 1858 zwar Verwendung, werden aber etwa wegen Kastensystems nicht direkt in die demokratischen Gesänge umgesetzt. Doch blieb Whitman für Thoreau eine „Mischung aus Bhagvat Geeta und dem New York Herald".

Walt Whitman anerkennt keine sozialen Trennungen, verabscheut falsche Prüderie und hält sich bei Gleichheit der Geschlechter nicht an Unantastbarkeiten zur „free companionship between them". „Mann und Frau sind Gott ebenbürtig. Kein Gott ist göttlicher als du selbst." Den Meinungsführern im Kulturbetrieb wirft Whitman vor, daß sie mit ihren verkrusteten Haltungen und ihrer verschleiernden Lebensweise die Sexualität zur Tabuzone erklären.

„Von einem weiteren Standpunkt aus sind die »Grasblätter« zugestandenermaßen der Gesang von Sex und Freundschaft und sogar des Animalischen - obwohl Bedeutungen, die gewöhnlich mit diesen Worten nicht einhergehen, hinter alldem stecken und entsprechend auftauchen werden; und sie alle wurden in ein anderes Licht und eine andere Atmosphäre zu überführen versucht. Zu diesem, in wenigen Zeilen offenkundigen Punkt werde ich nur sagen, daß das vermählende Prinzip jener Zeilen meinem gesamten Plan derartigen Lebensatem einhaucht, daß die Masse der Stücke ebenso hätte ungeschrieben bleiben können, wären jene Zeilen ausgelassen worden. So schwierig es auch sein wird, meiner Ansicht nach ist es unumgänglich, eine veränderte Haltung zu erreichen, von erhabenen Männern und Frauen hin zum Gedanken und zu der Tatsache der Sexualität als Element des Charakters, der Persönlichkeit, der Gefühle und als Thema für die Literatur."

Sympathie oder Liebe sind das alles bestimmende Gesetz, denn nur hier findet die Seele ungetrübte Glückseligkeit, den angestrebten Endzustand. „Und daß der Richtkiel der Schöpfung Liebe ist..." Whitman weiß auch um die unerwiderte, die unbefriedigte Zuneigung, die Liebe als eheliche: „O, Frau, ich kann dir nicht sagen, wie mich der Gedanke an dich überwältigt", als weltumspannende: „Ich denke mal, irgendeine göttliche Beziehung hat sie mit mir gleichgestellt." Die nachbarliche Liebe: „Bei den Leuten ganz nahe bei dir findest du die dir allerliebsten" steht neben der familiären: „Sie opferten ihm jeden ihrer Tage, wie wurden ein Teil von ihm"... Das in der 1856er Ausgabe besonders herausgestellte Motiv - die Liebe als Wirkmittel gegen Überheblichkeit, Selbstsucht, Haß. Das zur Demokratie fähige Individuum muß in seinen Gefühlen frei sein, muß wissen, wie man liebt und wie man geliebt werden kann. Traubel gegenüber äußert Whitman: „Das wahre Kapital ist die Liebe: einfach nur Liebe. Liebe täuscht sich nicht." „Poem of Women" hat den Naturvorgang des Wachsens, die Mutterschaft und Selbstwerdung zum Inhalt. "Zuerst wird der Mann geformt in der Frau, dann kann er sich selbst formen." Mit wechselndem Ausdruck erscheinen sich gleichende Vorgänge, wie ja etwa auch in „Starting from Paumanok" der zuckende Schmerz als Beginn des Lebens beschrieben ist.

Man sprach von einem "sex program", verkündete Whitman doch in einem Brief an Emerson: "Der Körper des Mannes und der der Frau ist bisher überhaupt noch nicht im Gedicht gestaltet worden", und er beabsichtige, „die ewige Reinheit von Sinnlichkeit und Mutterschaft zu feiern." Die ungezwungene Beziehung zu einer körperfreundlichen Moral gehörte für Whitman ganz selbstverständlich zur modernen Zeit wie die sonstigen Fortschritte etwa auf den Gebieten von Wirtschaft oder Technik:

„Ich besinge die Körperelektrik":
Handgelenk und Gelenkbänder, Hand, Innenfläche, Knöchel, Daumen, Zeigefinger, Fingergelenke, Fingernägel, Breite Brustfront, sich lockendes Brusthaar, Brustbein, Brustseite, Rippen, Bauch, Rückgrat, Rückenwirbel, Hüften, Hüftgelenke, Beckenstärke, einwärts und auswärts kreisen, Männerklöten und Männerschwanz, starkes Schenkelpaar, den Rumpf bequem tragend, Bein eben, Knie, Kniescheibe, Oberschenkel, Unterschenkel, Fesseln, Spann, Fußballen, Zehen, Zehengelenke, Ferse; jegliche Haltung, all die Formschönheit, die Habe meines oder deines Körpers oder irgendeines Körpers, männlich wie weiblich, Lungenlappen, Bauchbeutel, die Eingeweide süß und rein, das Hirn in einer Furche innerhalb des Schädelgerüsts, Sympathikus, Herzklappen, Gaumensegel, Geschlechtstrieb und Mutterschaft, Weiblichkeit und alles, was eine Frau ist, und der Mann, der von Frauen abstammt, der Schoß, die Brüste, Brustwarzen, Muttermilch, Tränen, Gelächter, Weinen, Liebäugeln, der Liebe Verwirrungen und Erregungen, die Stimme, Aussprache, Sprache, Geflüster, lautes Geschrei... Essen, Trinken, Pulsschlag, Verdauung, Schweiß, Schlaf, Gehen, Schwimmen, Hüftbewegung,

Sprünge, Lage, Umarmung, Armbeugung und Streckung, das fortwährende Wechselspiel des Mundes und rund um die Augen, die Haut, sonnengebräunte Schattierung, Sommersprossen, Haare, die seltsame Sympathie, die man beim Befühlen des nackten Körperfleisches mit der Hand fühlt...

Ein in abgeänderter Form aus der Erstauflage übernommenes Thema heißt: "Poem of Procreation", "Gedicht von der Zeugung". Keineswegs anstößig-schlüpfrige Verse, dennoch blieb es unvermeidlich, daß sich manch ein Rezipient durch die bedeutungsvolle Hervorhebung des Geschlechtlichen beleidigt fühlte. Das Erstmalige, Neugeborene, das seltsam Erregende des Wortes „Liebe", die doch nichts anderes ist und meint als eben das Zugehörigkeitsgefühl zu der durchgeistigten Leibhaftigkeit, das sich im schon beschriebenen Gefühl der Verbundenheit zu seiner feurigsten Intensität steigert.

„Die Liebe zum Leib eines Mannes oder Weibes spottet jeglicher Rechenschaft,
der Leib selber spottet jeglicher Rechenschaft.
Der männliche ist vollkommen und der weibliche ist vollkommen."

In "Bunch Poem" nannte der Dichter den Phallus ein Gedicht und sprach von der ganzen Natur als etwas Sexuellem, angefangen bei dem pelzigen Insekt, das sich auf „der „vollerschlossenen Mädchenblume" niederläßt bis zur „Feuchte der Wälder". Whitman verspricht, sich zu hüten vor der eigenen Niedrigkeit, „sollte ich heucheln und mich für unanständig halten, wo doch die Vögel und die Tiere niemals heucheln und sich für unanständig halten?"

Die Aufregung, die Whitman bei seinen Zeitgenossen verursachte, lag einerseits in dieser schonungslosen Direktheit begründet, mit der er Schönheit und Häßlichkeit in ein Gedicht zwang, andererseits in dem Eindringen in sexuelle Tabus. Sex ist bei ihm mit der Individualität verbunden, wohingegen die Liebe das soziale Empfinden umspannt. „Ich werde die Frage selbst nicht erörtern; sie steht nicht für sich allein. Ihre Lebhaftigkeit liegt ganz und gar in ihren Beziehungen, ihren Zusammenhängen, ihrer Bedeutsamkeit - wie der Notenschlüssel einer Symphonie. In letzter Analogie durchdringen die Zeilen, auf die ich anspiele, und der Geist, in welchem sie gesagt wurden, sämtliche »Grasblätter«, und das Werk muß mit ihnen stehen oder fallen, so wie Körper und Seele des Menschen eine Ganzheit bleiben müssen." Sogar ein symbolisches, einen ganz natürlichen Vorgang wirklichkeitsgetreu beschreibendes Gedicht wie „Das Liebesspiel der Adler" landete 1882 wegen des Vorwurfs der Obszönität auf der Indexliste des Bostoner Bezirksstaatsanwalts; eine 7. Edition der „Grashalme" konnte daher in dieser Stadt nicht erscheinen.

Hatte die Debütausgabe nur zwölf Gedichte enthalten, war die zweite auf zweiunddreißig angereichert, die gesteigertes Aufsehen und einen noch wilderen Sturm der Entrüstung erregten, die besonders jene Keimgesängen der „Kinder Adams" hervorriefen. War ursprünglich alles für einen höheren Absatz des Buches vorgesehen, zogen sich die New Yorker Buchhändler vor der öffentlichen Meinung zurück, und so blieb dieser Band bald schon liegen - doch: „Ich fahre fort, bis ich hundert gemacht habe, und dann mehrere, vielleicht tausend. Der Weg liegt deutlich vor mir. Noch ein paar Jahre, dann wird der durchschnittliche Jahresbedarf an meinen Gedichten zehn-, zwanzigtausend Exemplare betragen, wahrscheinlich mehr."
Verkaufsziffern, die Whitman in seinem ganzen Leben nicht erreichte, aber er hörte bis an sein Ende nicht auf, Verse zu schmieden und erweiterte Auflagen seiner > Grashalme< zu editieren. Die vervollständigende Anreicherung dieses einen Buches blieb seine künftige Lebensarbeit , bestimmte von nun an den Kern seines Denkens und Strebens.

||||||||||

LEBEN, FREIHEIT, POESIE

Der amerikanische Bildhauer Horatio Greenough (1805-1852) hatte in Italien die Kunst des Altertums und die der Renaissance studiert. Als intellektueller Kopf des „Funktionalismus" formulierte er nun in der ‚Democratic Review' Forderungen nach einer organischen und funktionalen Kunst und teilte mit Whitman das Anliegen, die heimische Kunst aus den Gegebenheiten vor Ort abzuleiten. Beide Autoren suchen zunächst nach Antworten in der Natur mit ihren allgemeingültigen Funktionsprinzipien. Diese Reflexionen zur Ästhetik und Notwendigkeit der Naturanschauung - alles Natürliche ist schön - kursierten auch als Ansatz zur Kulturkritik in den von Whitman frequentierten Brooklyn-Künstlerkreisen.

Sein ungewohntes Gedankengefüge bleibt unlösbar mit der gesellschaftlichen Entwicklung seines Landes verbunden. Die zu erstrebenden Freiheiten im Sozialen dürfen nicht halt machen vor den Befreiung des Individuums von Zwängen und falscher Scham. Die Sympathie bzw. Liebe wird so zum Herzstück seiner demokratischen Konzeption, die über das Politische hinausgeht. Der Staatstheoretiker Thomas Jefferson oder auch der 16. Präsident Abraham Lincoln standen in der Tradition der Aufklärung und sind Stellvertreter einer Regierung des Volkes durch das Volk und für das Volk. Die Demokratie in einem weiteren Sinne, die auch alle Lebensbereiche einschließen muß, ist Whitman die einzige Formel der Zukunft.

Als junger Redakteur hatte Whitman vehement unter der Voraussetzung an die Republik geglaubt, daß die Vorstellungen Jeffersons und Jacksons den Sieg davontrügen. Seine erste herbe Enttäuschung erlebte er mit den wechselmütigen Parteien und eine weitere mit den Präsidentschaften Fillmore, Pierce und Buchanan, denen er Feigheit und Kompromiß zum Vorwurf machte. „Die Regierung wird zum Übel, wenn sie allein im Regen stehen läßt; und, oft schon gesagt, wird der Regierte gerade in Zeiten der Not nur allzugerne im Stich gelassen." (Thoreau, „Pflicht zum Ungehorsam")

Whitman ereifert sich zu den Stagnationen und ist der Ansicht, daß sich jemand erheben muß gegen ein parteipolitisches Gerangel, eine Regierung, die das Volk nicht mehr repräsentiert. Er äußert Zweifel an der von ihm bis dahin so überschwänglich gepriesenen Demokratie. Die ehemals so fruchtigen Glasblätter drohen zu „dead leaves" zu verwelken. Die heranwachsende Hyäne des Monopolismus und Imperialismus läßt kaum noch etwas von den Idealen durchschimmern. Als Wanderprediger will er sich aufmachen – „the greatest champion America could ever know" – und dem Volk viel mitzuteilen haben, „die besten Gedanken sind noch unausgesprochen."

Durch den Mund eines Ausländers läßt Whitman seine Meinung hören: „Ganz Amerika ist eine einzige Untreue bis hinein in sein eigenes Programm. Herausfordernd schauen aus jedem Fenster die frechen Höllenfratzen der Sezession und Sklaverei. Diebe und Räuber regeln die Besetzung der Staatsämter. Der Norden ist genauso verderbt wie der Süden. Millionen von anständigen Demokraten sind die Hampelmänner von verhältnismäßig wenigen Politikern. Schamlos reißen sich die Parteien für ihre eigenen Parteiinteressen die Regierung an sich."

Seit dem Jahre 1856 war Abraham Lincoln (1809-1865), zuvor Rechtsanwalt im Staat Illinois, dann Kandidat für die Senatorenwahl dieses Staates, als Vorkämpfer der neugegründeten Freilandpartei in den Gesichtskreis Amerikas gerückt. Gerade auch durch sein leidenschaftliches Eintreten zugunsten der Föderation verkörperte die Persönlichkeit Lincolns für die Südstaaten aufschwellend die anmaßenden Ansprüche des Nordens. Obwohl er die Sklaverei für den gefährlichsten Feind einer Union hielt, war Lincoln doch der Ansicht, daß, gerade um der Einheit des Staates willen, die Stimmung zugunsten ihrer Abschaffung in den Südstaaten gemächlich geweckt und gewaltsames Vorgehen vermieden werden müsse. Als John Brown 1859 durch einen fingierten Überfall auf ein Heeres-Depot in Harpers Ferry, Virginia einen Sklavenaufstand auslösen wollte, verurteilte der zukünftige Präsident Lincoln diesen hinterlistigen Akt und billigte die Hinrichtung Browns. Whitman wohnte der Gerichtsverhandlung gegen F. B. Sanborn in Boston bei, der beschuldigt wurde, mit John Brown gemeinsame Sache wider die Freiheiten des Individuums gemacht zu haben.

Früher schon hatte sich Whitman in einer seiner Kolumnen gewünscht: „Ich sähe es gern, wenn da so ein heldenhafter, scharfsichtiger, gutberatener, gesunder, bärtiger amerikanischer Schmied oder Schiffer in mittleren Jahren aus dem Westen herkäme und ins Präsidentenpalais einzöge, in einen sauberen Arbeitsanzug gekleidet, Gesicht, Brust und Arme braungebrannt. Einem solchen Mann, wenn er die notwendigen Voraussetzungen mitbrächte, gäbe ich meine Stimme gern vor jedem anderen Kandidaten." Wie Lincoln war auch Whitman der Ansicht, daß die Union wichtiger sei als alles andere. Mit dieser Prämisse schlug das Land den Weg zum modernen Industriestaat ein.

Als Abraham Lincoln nach mancherlei Redeschlacht 1860 zum Präsidenten gewählt wurde, bedeutete das dem Süden die faktische Oberhoheit der Union über die Einzelstaaten. Unter der Führung des Staates Carolina konnte dies für den Süden nur das Signal zur Erklärung der Abspaltung bedeuten.

Der Herausgeber der Brooklyner ‚Daily Times', George C. Bennett, hegte ähnliche politische Absichten wie Walt Whitman, weshalb er ihn im Jahre 1857 als Redakteur einstellte. Whitman konnte seine Fähigkeiten erweitern und vervollkommnete als Journalist seine Neigung zum intelligenten Liberalismus und einer freizügigen Menschlichkeit. „Wer einen anderen erniedrigt, erniedrigt mich." Whitman sympathisiert mit den Verlierern, hofft für sie auf eine Änderung, denn in jeder Seele steckt ein unsterblicher Rest, der nicht kapitulieren darf. Seine Tugenden in „Excelsior" lauten: Gerechtigkeit, Umsicht, Glück, Freigebigkeit, Größe, Stolz, Kühnheit, Güte, Liebe, offenes Denken und poetisches Gefühl.

Whitmans demokratischer Humanismus unterscheidet sich unwesentlich vom christlichen Humanismus oder der orientalischen Version, der romantischen Menschlichkeit eines Rousseau oder dem Transzendentalismus Kants oder Emersons, ist eher mehr als diese Teile. „Wo ich bin oder du gerade bist, da ist das

Zentrum aller Tage." Die Person wird zum vollständigen Wesen, weil sie Besonderheit hat, aus tausenderlei Teilstücken formt sich eine Identität. Nur ein großes Volk kann große Dichter haben, und der Poesie fällt die gestaltende Aufgabe zu, künstlerischen Charakter, adäquate Geistigkeit zu verleihen.

Der Demokratie muß eine neue Kultur geschaffen werden, wofür er, Walt Whitman, den passenden Ausdruck finden wollte - ein neuer Wortschatz, eine neue Sprache für eine neue Botschaft. Die typisch amerikanische Lyrik auch gewollt im Gegensatz zur historischen.

„Ist nicht die Zeit gekommen, wo es unabdingbar eine Neuregelung der ganzen Theorie und der Natur der Dichtung geben muß? Die Frage ist wichtig, und ich darf das Argument noch einmal von anderer Seite betrachten und wiederholen: Ersinnt nicht der beste Gedanke unseres Tages und der Republik die Geburt und den Geist von Liedern, die allen derzeitigen oder vergangenen überlegen sind? Zur wirksamen und moralischen Vereinigung unserer Länder (bereits materiell fundiert die größten Faktoren der bekannten Geschichte und viel, viel größer durch das, was sie einleiten und erfordern und in der Zukunft tun werden) - um sich den konkreten Realitäten und Theorien des Universums, ausgerüstet von der Wissenschaft und künftig die einzige unwiderlegbare Basis für alles, Lyrik eingeschlossen, anzupassen und darauf aufzubauen - um beide Einflüsse im emotionalen und ideenreichen Handeln der modernen Zeit zu verwurzeln, und alles, was ihnen vorangeht oder sich ihnen entgegenstellt, zu beherrschen."

Seine neue Rolle als Bohemien und Journalist nahm Whitman nicht weniger ernst wie die des Zimmermann-Dichters. „Jahrelang haben Tausende von Menschen in New York, Boston, New Orleans und später in Washington einen Mann von auffallender männlicher Schönheit - einen Dichter - von machtvoller und ehrwürdiger Erscheinung - gesehen, wie ich selber ihn vor zwei Stunden erst gesehen habe: im Einklang, sozusagen, mit den Straßen unserer amerikanischen Städte und wie geschaffen für diesen Hintergrund und diese Umgebung ihrer flutenden Bevölkerung und ihrer weiten und reichen Fassaden; einen

Mann, groß, gelassen, herrlich gebaut; meist in die lässige, grobe und immer malerische Tracht des Volkes gekleidet... und mit unbekümmertem, stolzem Schritt über das Pflaster schreitend, Sonnenlicht und Schatten um sich her. Den dunklen Schlapphut, den er meistens trägt, hielt er, als ich ihn sah, in der Hand, da es sehr heiß war; reiches Licht, wie ein Maler es gewählt haben würde, lag auf seinem bloßen, majestätischen, homerisch großen Haupt und auf seinen starken Schultern und gab ihm etwas von dem Adel antiker Skulpturen. Ich sah sein Gesicht, klar, stolz, fröhlich, blühend und zugleich ernst; die Brauen von edlen Furchen überschrieben; die Züge kräftig und wohlgeformt, mit festblickenden, blauen Augen; die Brauen und Lider von jener reinen Bogenform, die man selten sieht, außer an den antiken Büsten..." (R. M. Bucke)

Der Philosoph Amos Bronson Alcott (1799-1888), seines Zeichen bedeutender Transzendentalist, der sich auch um Schulreform bekümmerte, 1859 mit der Leitung der Schulen in Concord betraut wurde und welcher 1879 die "Summer School of Philosophy and Literature" ins Leben rief, schrieb: "Er ist der leibhaftige Gott Pan."

Whitman verkehrte um diese Zeit unter anderem in einem Künstler-Kreis, deren hang-out Pfaffs Deutsches Restaurant am Broadway war, „Pfaff's privy" genannt. Die Stammkunden des Pfaff'schen Restaurants hatten teilweise in Paris gelebt und Gebräuche der Rive Gauche-Künstler nach New York gebracht. "Pfaff ist ein großmütiger deutscher Gastwirt, still, wacker, lustig und hat, würde ich sagen, das beste Champagnersortiment in Amerika." Illustre Gäste trafen Whitman hier, lernten sich kennen. Fitz James O'Brien, Thomas Bailey Aldrich, E. C. Stedman, George Arnold, R. E. Stoddard und William Winter gehörten zu dieser classe pensante wie auch Ada Isaacs Menken, die bekannte Schauspielerin und, wenn man dem Gerücht Glauben schenken will, spätere Geliebte Swinburnes. Besondere Freundschaft schloß Whitman mit der geistvollen und schönen "Königin" in „Pfaff's cellar", der „queen of bohemia" Jane McElheney, bekannter unter dem Pseudonym Ada Clare. Um das illegitime Kind Louis Moreau Gottschalks, des berühmtesten amerikanischen Klaviervirtuosen und Komponisten dieser Jahre, zur Welt zu bringen, war sie nach Paris gezogen. Durch den Biß eines tollwütigen Hundes bei ihrem amerikanischen Theateragenten kam sie tragisch ums Leben.

CALAMUS (Auswahl): Auf unbegangenen Pfaden, 1869 / Duftendes Gras meiner Brust / Wer du auch seist, der mich jetzt in Händen hält / Die schreckliche Ungewißheit der Erscheinung /Für Dich, o Demokratie / Dies hier pflücke ich, singend im Frühling / Die schreckliche Ungewißheit der Erscheinungen / Ihr, die ihr Kunde gebt von mir dereinst / Als ich am Schluß des Tages hörte / Bist du der Neuling / Wurzeln und Halme sind dies nur / Wie ich hier sitze gedanken- und sehnsuchtsvoll / Ich höre, daß man mich anklagt / Hier meine zartesten Halme / Ich träumte in einem Traum / Voll Leben jetzt, 1856 / Ich sitze und schaue aus / An eine Straßenhure / Aus der ewig schaukelnden Wiege, 1859 / Pioniere! Pioniere!, 1865 -

Henry Clapp, Herausgeber einer lebendigen, wenn auch wenig lukrativen literarischen Zeitschrift der "Saturday Press", förderte Whitman und druckte in der Weihnachts- Sonderausgabe "A Child's Reminiscence", später "Out of the Cradle Endlessly Rocking" ab, das bekannteste neue Gedicht der dritten >Grashalme<-Auflage:
„Out of the cradle endlessly rocking, out of the mocking-bird's throat, the musical shuttle, out of the Ninth-month midnight, over the sterile sands and the fields beyond, where the child leaving his bed wander'd alone, bareheaded, barefoot, Down from the shower'd halo, Up from the mystic play of shadows twining and twisting as if they were alive…"
Diese Verse nehmen als solche narrativen Charakters eine Sonderstellung ein, rekapitulieren seine dichterische Berufung und enthalten – "aria", "singer" Anklänge an die italienische Oper. „Wir waren daher angenehm überrascht, als er ein paar Tage später zu uns kam und das Manuskript von "Out of the Cradle Endlessly Rocking" aus der Tasche zog. Zuerst wollte er, daß es einer von uns vorläse. Herr A. las es dann mit viel anerkennendem Verständnis. Dann bat er meine Mutter, es zu lesen,

was sie auch tat. Auf allgemeinen Wunsch las er es dann selbst.
Dieser Abend steht noch heute als einer der genußreichsten vor
mir. Bei jedem Lesen offenbarten sich mir neue Schönheiten..." (R. W. Emerson)

Der, kleine, scheue Thoreau dessen Streben im Grunde Welt-
flucht war, wie er es in seinem gerade erschienen "Walden oder
Leben in den Wäldern" beschrieben hatte, empfand die Größe
Whitmans und seine alles Leben umfassende Wirklichkeitsfreu-
de, seine Liebe zur Masse, zum gewöhnlichen Volk und dem
Gewühl der Städte. Thoreau fand Whitman "ganz außer dem
Bereich meiner Erfahrung", "verwirrend, seltsam, überraschend,
irgendetwas Großes und Kolossales" und sagte von ihm: „Er ist
Demokratie."
Da war Trennendes, vor allem aber viel Einendes zwischen
diesen beiden Schreibern. Bei beiden ist die Übereinstimmung
von Charakter, Leben und Werk auffällig. „Der ehrgeizige Gedanke meines Liedes ist, dabei zu helfen, eine großartige ver-
mengte Nation zu formen, vielleicht gänzlich durch die Gestaltung von Myriaden voll entwickelter und umfassender Individuen." „Regierungen geben aber auch Zeugnis davon ab, mit
welchen sich Menschen ihren Willen aufzwingen, mitunter sich
geradezu, um des eigenen Vorteils willen, aufdrängen." (Thoreau,
„Pflicht zum Ungehorsam")
Nach seinem eigenen Bekunden war Henry D. Thoreau zudem einer, der viel über Land ging, zu Fuß, versteht sich und
vorwiegend in seiner engeren Heimat. Thoreaus genau beobachtete und zugleich poetische, in einfangende Bilder und klingende
Sprachmusik gefaßte Naturschilderungen sind von seiner Liebe
zum heimatlichen Boden, von seiner aufrechten, unbestechli-
chen Humanität und seiner tiefen, die Enge des puritanisch geprägten Protestantismus seiner Herkunft sprengenden Frömmigkeit nicht zu trennen. "Ich bin zufrieden", schrieb Thoreau
am 2. Mai 1848, "mit einem bescheidenen, fast tierischen Glück.
Es ist so ähnlich wie das der Murmeltiere."
In Thoreaus Werken alle autobiographisch, spiegelt sich ein
Leben ohne Banalität. Die Regentropfen, die aufs Zeltdach
trommeln; zwei Ameisenheere, die sich bekriegen; die Schild-

kröte, die unendlich langsam und präzis ihre Eier in ein Erdloch legt, die auf Heller und Pfennig vermerkten Ausgaben und Einnahmen, sein Werkzeug, nichts ist gleichgültig oder unwichtig, alles hat Bedeutung, einfach deshalb, weil es ist.

Thoreau war beständig auf Erlebnisse aus, und er fand sie in kleinen und kleinsten Dingen. Um solche Erfahrung mit dem Seienden, wenn man nur tief genug in die Dinge eindringt, geht es diesem Privatgelehrten, Landvermesser, Gärtner, Maler, Anstreicher, Tischler, Schulmeister, Tagelöhner, Bleistiftfabrikant, Glaspapiererzeuger, Schriftsteller und mitunter Versemacher.

„Als ich eines Nachmittags gegen das Ende des ersten Sommers zum Dorfe ging, um beim Schuster einen Schuh zu holen wurde ich verhaftet und ins Gefängnis geführt, weil ich, wie ich an anderer Stelle (1849 in einem Aufsatz über "Die Pflicht zum Ungehorsam gegen den Staat") berichtete, dem Staate eine Steuer nicht bezahlte oder dessen Autorität nicht anerkannte, der Männer, Frauen und Kinder wie das liebe Vieh an den Türen seines Senatshauses kauft und verkauft... Am nächsten Tage wurde ich jedoch wieder in Freiheit gesetzt, erhielt meinen geflickten Schuh und kam noch rechtzeitig in den Wald, um mein aus Heidelbeeren bestehendes Mittagessen auf dem Fair-Haven-Hügel einnehmen zu können." ("Walden")

1849 kam sein erstes Buch („A Week on. the Concord and Merrimack Rivers") in einer Auflage von tausend Stück heraus und setzte - sich so schlecht ab, daß der Verleger ihm vier Jahre später siebenhundert Stück wieder zurückschickte. "Walden", schon 1849 fertig, wurde erst im Jahre 1854 gedruckt und erwies sich ebenfalls als Fehlinvestition des Verlegers. Nach dem Mißerfolg dieser größeren Arbeiten schrieb Thoreau, mit Ausnahme einiger Aufsätze, fast nur noch für die Schublade. Er hinterließ ein Tagebuch, sein eigentliches Lebenswerk, das erst 1906 in vierzehn Bänden veröffentlicht wurde. Am 6. Mai 1862 starb Thoreau an Schwindsucht.

So mancher Verzweifelte, der täglich im Büro sitzt oder am Fließband steht, zum Produkt seiner· Arbeit. kein Beziehung mehr hat, leidet an der Diskrepanz zwischen seinem Leben und der Einsicht, was das Leben sein sollte; im Sinne des 19. Jahrhunderts ausgedrückt: zwischen Ideal und Wirklichkeit. Thoreau lebte allen Zeitströmungen zum Trotz, genau das, was er sagte und schrieb und statuierte das Exempel eines äußerlich frugalen, innerlich desto reicheren Lebens, in dem jede Tätigkeit, auch die am Rande liegende oder alltägliche, auf den Sinn des Lebens zielt und diesen Sinn verwirklicht. „Setz dir ein Ziel über der Moral. Sei nicht einfach gut - sei für etwas gut."

Es ist diese Einheit des in sich ruhenden, aus den Wurzeln lebenden Menschen, die so wohltuend, man möchte sagen, heilend, auf den Leser wirkt. „Ich vermache mich dem Staub, damit ich aus dem Gras wachse, das ich liebe, willst du mich zurückhaben, suche nach mir unter deinen Schuhsohlen.

Du wirst kaum wissen, wer ich bin und was ich bedeute, ich werde dir trotzdem zur Gesundheit dienen und dein Blut filtern und fasern…" („Gesang meiner selbst")

Die «Grasblätter» umspannen beinahe vier Jahrzehnte dichterischen Lebens, sie reichen von den geradeheraus, unverblümten, gegen Übereinkünfte aufbegehrenden Äußerungen des Siebenunddreißigjährigen bis hin zu den von Krankheit überschatteten knappen Zeilen des Zweiundsiebzigjährigen. Was auf den ersten Blick widersprüchlich anmutet, stellt sich als komplementäre Beziehung heraus. Whitman beschreibt die Schönheit des menschlichen Körpers und sieht mit demselben Blick dessen Bedrohung und Verfall; er preist die Einsamkeit der Landschaften und erkennt zugleich die Notwendigkeit von technischem Fortschritt; er beschwört eine ideale Gesellschaft und weiß doch, daß sie immer künftig, immer utopisch sein wird. Er hegt einen Abscheu vor kriegerischen Greueln, erkennt aber auch rechtfertigende Gründe. In der Fortsetzung des Krieges gegen Mexiko untestützt Whitman den Präsidenten James K. Polk, ist aber gegen eine Erweiterung der Sklaverei in neuen Territorien.

„Wenn ich an Walt denke, muß ich an sein fröhliches Gesicht denken", schrieb seine unglückliche Schwester Hannah an die alte Mutter. Als einziger in der Familie mochte Hannah die „Grashalme", die sie „fesselnd" fand.

Auch war Whitman liebenswerter Freund einfacher und unverfälschter Menschen, der Prices etwa, Mutter und zwei Töchter, die in Brooklyn ein besseres Boardinghouse hatten. Whitman besuchte sie in den späten fünfziger Jahren oft. Von Helen Price stammt ein Bericht, der in Doktor Buckes Biographie übernommen wurde: „Meine Bekanntschaft mit Whitman begann im Jahre 1856 oder etwa ein Jahr nach Veröffentlichung seiner ersten Ausgabe der „Grashalme". Er wohnte damals bei meinen Eltern in Brooklyn, und wenn ich zu jener Zeit auch noch ein Kind war, so wird doch der Eindruck, den er durch seine Größe, seine lose und freie Kleidung und seine musikalische Stimme auf mich machte, nie in mir verblassen. Von damals bis zum Tode seiner Mutter im Jahre 1873 war er oft bei uns zu Besuch, wie ich ihn auch oft besuchte, denn seine Mutter war mir kaum weniger lieb als die eigene."

In seinen Zeitungs-Artikeln machte sich Walt Whitman nun zum Fürsprecher volkstümlicher und demokratischer Anliegen; so trat er dafür ein, daß die Pferdebahnen zum Wohl der arbeitenden Bevölkerung auch am Sonntag, ihrem einzigen Ruhetag, verkehren sollten, verlangte eine ausreichende Versorgung Brooklyns mit Frischwasser und stellte die politische Korruption auf beiden Ufern des East River bloß. „Ein Hauptmotiv für die Genese der »Blätter« war meine Überzeugung (noch heute so stark wie immer), daß das krönende Wachstum der Vereinigten Staaten spirituell und heroisch sein wird. Diesem Wachstum zum Anfang zu verhelfen und es zu begünstigen - oder auch nur die Aufmerksamkeit darauf zu lenken oder die Notwendigkeit - ist das Ziel am Beginn, in der Mitte und am Schluß der Gedichte."
Typisch war auch der Leitartikel vom 20. Juni 1857: „Jeder Mann, der nach Einbruch der Dunkelheit in der großen Stadt New York zwischen Houston Street und Fulton Street den Broadway hinuntergeht, sieht den westlichen Bürgersteig voller Prostituierter, die allein oder zu zweit und dritt auf und ab promenieren und nach Kundschaft Ausschau halten. Manche der Mädchen sind recht hübsch, sehen gutherzig aus und wären wohl, wenn die Umstände ihnen günstiger wären, ehrbare, glückliche Frauen." Der Beitrag schildert dann, wie und wo die

Mädchen wohnen (Canal, Greenwich, Cherry, Water und Walnut Street, Five Points), wen sie empfangen (Seeleute, Binnenschiffer, Bauernburschen), das übliche Trinken, Zanken und die Schlägereien und fährt in der Behandlung des pikanten Themas fort: "Es wird natürlich in "ehrbarer" Gesellschaft weder zugegeben noch besprochen oder auch nur darauf angespielt; trotzdem ist es die reine Wahrheit, daß neunzehn von zwanzig der jungen Amerikaner, die in oder nahe bei Großstädten leben, die Freudenhäuser mehr oder weniger gut kennen und frequentieren... Gerade in den besten Klassen der unter vierzigjährigen Männer in New York und Brooklyn, bei Mechanikern, Lehrlingen, Seeleuten, Fuhrleuten, Schlächtern, Maschinisten etc. etc. ist es üblich und Sitte, zu Prostituierten zu gehen. Man findet nichts dabei, oder vielmehr, man wüßte gar nicht, wie man sich ohne sie "amüsieren" sollte. Die Folge ist all die böse Unordnung, Schande, Heimlichkeit und Erniedrigung, von der fromme, ordentliche, väterliche Leute so gar nichts wissen: Unterdessen gehen all diese Dinge weiter, denn niemand bringt sie ans Licht. In Kammern und Nebenräumen sind auch am heutigen Tage Hunderte von Quacksalbern dabei, Tausende der besten Leiber Amerikas mit starken Drogen zu behandeln, deren Spuren nie auszulöschen sind. Sie verabreichen Quecksilber, bittere Extrakte, starke Salze und Präzipitate und plündern die Opfer bis auf den letzten Pfennig aus..." Whitman fühlte sich diesen „Sträflingen und Prostituierten" zugehörig, sein Glaube an die Menschheit gerät durch keinen Fehler oder Mangel ins Wanken „Ich bin der Dichter der Sünde, denn ich glaube nicht an die Sünde". Die Schlechtigkeit ist ein natürlicher Teil des Menschlichen, indes nur ein vorübergehender Zustand, denn alles strebt dem Guten zu. In ausnahmslos allen seinen Mitmenschen erblickt sich der Dichter selber „und nicht ein Gerstenkorn weniger". Whitman bleibt sich der menschlichen Natur bewuß, steigt auch in die Abgründe hinunter: „Ich bin nicht nur der Dichter des Guten, ich leugne nicht, auch der Dichter der Boshaftigkeit zu sein." Doch das Ziel bleibt der ideale Mensch, denn „schaffe den idealen Menschen, und alles andere ergibt sich von selbst."

Whitmans Zeitungsartikel sind der Ausdruck des journalistisch gebundenen „wir" und noch nicht des „ich", das die „Grashalme" beherrschen sollte. Die Themen seiner täglichen Beiträge bekommen ihre nachrangige, weitreichendere Bedeutung erst durch den dichterischen Ausdruck. „... die dreitausend unterschiedlichen Zeitungen, die Erzählhefte, so verschiedenartig, so überbordend von stark aromatisierten Liebschaften, so weitschweifend, die Ein-Cent und die Zwei-Cent Blättchen, die politischen, wie auch immer ausgerichteten, die Erzählungen voller Gefühl, die unzähligen Arten – die preiswerten Leuchtfeuer, Abenteuer, Schicksale – alle durchströmt ein köstlich zukunftsweisender Geruch. Ich sehe ein reges Pendeln, ein Auf und Ab, jede Menge Bücher auch, im Glauben an eine Generation Männer und eine Generation Frauen entstanden, die sie noch gar nicht kennen."

Auch aus dem Alltagsgeschäft der Tageszeitungen entlehnt Whitman Begriffe, vom Schimpf- bis zum seltenen Fremdwort, oder Vorgänge für seine anregenden Formulierungen. Zu den Ereignissen, die Whitman während seiner Tätigkeit als ‚Daily Times'-Redakteur am meisten beeindruckten gehört die Legung des atlantischen Überseekabels im Jahre 1858. Als am 17. August die erste Nachricht, ein Gruß der Queen Victoria an den amerikanischen Präsidenten gesendet wurde, feierte Whitman mit ganz Brooklyn. Die gelegentlichen Kabelbrüche und sonstigen Katastrophen konnten die allgemeine Euphorie des Projektes nicht dämpfen, das auch als Motiv herhält in Whitmans

DURCHFAHRT NACH INDIEN
Ich singe den heutigen Tag,
Singe die großen Werke der Gegenwart,
Singe die kühnen, leuchtenden Taten der Ingenieure,
Unsere modernen Wunder (hoch über den sieben Weltwundern der Alten)...

Als Whitman seine Stellung bei der ‚Daily Times' verloren hatte, notierte er am 26. Juni 1859 in sein Tagebuch: „Es wird Zeit daß ich mich darum kümmere, daß erst einmal genügend Geld eingeht damit ich davon leben und M. (für Mutter) versorgen kann. Dafür sorgen! Erst einmal schreiben und aus diesem Morast herauskommen!" Whitmans Dichtung drückt nun des öfteren Verlorenheit, Einsamkeit, Sehnsucht nach Hinwendung aus. "Ich bin der Schmerzen leidet an sehnsüchtiger Liebe ..." Das Gedicht "Bardic Symbols", später "As I Ebb'd With the Ocean of Life" bezeugt die seelische und geistige Krise, das lyrische Ich ist bloßes Treibgut.

„Und du nicht allein bist es, der weiß,
was es heißt, schlecht zu sein,
Ich bin es, der wußte, was schlecht sein hieß,
Auch ich knüpfte den alten Knoten des Widerspruchs,
Schwatzte, schämte mich, schmollte, log, stahl, haßte,
Hatte Arglist, Zorn, Wollust, heiße Wünsche,
die ich nicht laut zu sagen wagte,
War launisch, eitel, gierig, hohl, verschlagen, feig, boshaft..." („Auf der Brooklyn-Fähre")

Ohne Stellung, die zweite Auflage seines Lyrikbandes ging nicht annähernd so gut wie erhofft, die Zukunft sah trostlos aus. Whitman verfaßte damals keine Erzählungen oder Romane, trug sich ins Adreßbuch als "Kopist" ein und machte mit seinen redaktionellen Beiträgen ein paar Dollar.

Der jüngere Bruder Jeff hatte mittlerweile geheiratet, so daß die Kümmernis um die Mutter und Eddie fast ausschließlich Walt überlassen blieb, da die älteren Söhne Jesse und Andrew hierin keine Verpflichtung erblickten. Hannah Louisa hatte vor kurzem einen armen Landschaftsmaler namens Charles Heyde geehelicht und war nach Neu-England gezogen, von wo sie bald unglückliche Briefe nach Hause schickte. Sie soll zu einer Schlampe und Prahlerin geworden sein, die sich zum Verdruß ihrer Nachbarn mit ihrem ebenfalls pathologischen Mann, dem Maler, penetrant zankte.

Die zweite Auflage der >Grashalme< war nun schon einige Zeit vergriffen, und inzwischen hatte Whitman wesentliche neue

Gesänge geschaffen. „Im Gegensatz zu der Ansicht, die als Reaktion auf die unkritische Kanonisierung des „Sehers" zur Zeit Verbreitung gefunden hat, kann man mit gutem Grund behaupten, Walt Whitman habe seine Arbeit immer mit klarem kritischen Bewußtsein verfolgt. Aber das ist nur natürlich. Denn sonst müßte man sich Whitman, diesen mit beiden Füßen auf der Erde stehenden Menschen, der an seinem Werk so verbissen feilte wie keiner, als unsympathischen, exaltierten Faulpelz vorstellen, dem ein Dämon von Zeit zu Zeit Gesänge ins Ohr flüstert." (Cesare Pavese)

I Sit and Look out ...
Ich sehe, wie Anmaßung und Verachtung voll Hochmut
Niederschaun auf den, der schwer sich müht,
auf den, der arm, auf Neger und dergleichen.
Ich sitze da und schau auf all die Niedrigkeit
und allen Todeskampf, der endlos scheint.
Das alles sehe ich und höre ich ... und schweige.

„Brooklyn, den 120. Juli 1857
„... Fowler & Wells behandeln mich scheußlich. – Sie tun nichts für mein Buch. Und das wird immer schlimmer. Ich möchte jetzt gerne eine dritte Auflage herausbringen – hundert Gedichte sind druckfertig... Ich weiß ganz genau, daß das die wahren „Grashalme" werden und habe das Gefühl, daß sie vollkommen wirken..."
Anfang des Jahres 1860 erhielt der Dichter das Schreiben eines jungen, tatkräftigen Bostoner Verlages Thayer & Eldridge, der sich zu einer weiteren Auflage bereit erklärte: "Als das Buch zum erstenmal herauskam, waren wir Angestellte derselben Firma, die jetzt uns gehört. Wir lasen das Buch mit Gewinn und Genuß. Es ist eine echte Dichtung, der Verfasser ein echter Mann." Der Verfasser des Briefes war der jüngere Teilhaber Charles W. Eldridge, bald Whitmans lebenslänglicher Gefährte.

„Die Hauptmerkmal jeden Dichters ist immer der Geist, mit dem er Menschheit und Natur beobachtet - die Stimmung, aus welcher er über seine Themen nachsinnt. Welches Naturell und welches Maß an Glauben stellen diese Dinge dar? Bis zu welchem neueren Zeitpunkt führt man dies Lied? Welches ist das Werkzeug und das spezielle Feuer des Sängers - welches ist seine farbige Tönung? Der endgültige Wert künstlerischer Formulierer, einst und gegenwärtig - die griechischen Ästheten, Shakespeare - oder in unsern eigenen Tagen Tennyson, Victor Hugo, Carlyle, Emerson - ist sicher in solche Fragen einbezogen." Immer wieder gibt Whitman auch seine geistigen Hintergründe preis, stellt Bekanntes in einen neuen Zusammenhang.

Ab der dritten Auflage von 1860 steht als Band-Abschluß stets LEB WOHL!
... Ich verkünde ein Leben, das völlig sein wird, leidenschaftlich, geistig, kühn
Ich verkünde ein Ende, das leicht und freudig seine Wandlung hinnehmen wird...
nicht der Abschied eines sterbenden Greises, Whitman schrieb es als Vierzigjähriger.

Um die Korrekturen zu besorgen, fuhr Whitman am 15. März persönlich nach Boston, quartierte sich in einer preiswerten Pension ein und traf während dieses Aufenthaltes häufig mit Ralph W. Emerson zusammen. Sie wandelten im Stadtpark von Boston, unter den alten herrlichen Ulmen, auf und ab und sprachen über die Gedichte, die in der zweiten Auflage so viel Unwillen erregt hatten, den Gesängen zur Geschlechtsliebe, "Aus meiner eigenen Stimme Klang, den Phallus singend", "Vom elektrischen Leib" ("I Sing the Body Electric"), die nun in der neuen Ausgabe, zu einem Zyklus, "Kinder Adams" erweitert, wieder zum Druck bereitlagen und die für viele das Buch unlesbar machen würden.

„Ich singe den Leib, den elektrischen" ist ein heftiger Protest gegen asketische Haltungen dem Körper gegenüber, der kein Geheimnis sein und keines in sich bergen sollte, weshalb alle Körperteile ohne falsche Scham ans Licht gezerrt werden. Der populäre Spiritist John Murray Spears hatte 1854 eine Maschine konstruiert, die mittels elektromagnetischer Wellen zum Leben erweckt werden sollte. Die Spiritisten griffen ihrerseits auf Vorstellungen Emanuel Swedenborgs zurück, dessen Konzeption von „currents" auch bei Emerson eine Rolle spielt. Wie bei einer Séance saßen Spears' Anhänger im Kreis und berührten den Automaten mit ihren Händen. Der sogenannte „new motor" war äußerlich dem menschlichen Körper nachempfunden und wurde allein durch menschliche Berührungen in Bewegung gesetzt, für Enthusiasten der Anbruch einer neuen Ära.

„Dies ist die weibliche Form, ein göttlicher Nimbus haucht ihr von Kopf bis Fuß aus, sie zieht mit ungestümer unleugbarer Anziehung an, ich werde eingesogen von ihrem Atem als wäre ich nichts als ein hilfloser Dunst, alles außer ihr und mir sinkt dahin, Bücher, Kunst, Religion, Zeit, die sichtbare feste Erde, und was vom Himmel erhofft oder von der Hölle gefürchtet wurde, ist nun verzehrt, irre Filamente, unbeherrschbare Sprosse schießen hervor, die Entgegnung ebenfalls unbeherrschbar, Haar, Busen, Hüften, Biegung der Beine, lässig sinkende Hände ganz ausgebreitet, auch meine ausgebreitet, Ebbe, gestachelt von Flut, und Flut, gestachelt von Ebbe, Liebesfleisch, anschwellend und köstlich schmerzend, grenzenlos klare Strahlen der Liebe, heiß und gewaltig, bebender Gallert der Liebe, milchiger Stoß und rasender Saft, Bräutigam Liebesnacht arbeitet sich sicher und sanft in die hingestreckte Morgendämmerung vor, wellt hinein in den willigen, gefügigen Tag, verloren im Spalt des umklammernden, süßfleischigen Tags." („Kinder Adams")

Die verwirrenden, vollblütigen Gedichte sexueller Liebe werden unterteilt in „Children of Adam" mit den sich leidenschaftlich auf Frauen beziehenden, heterosexuellen Liedern und „Calamus" mit den Versen zur Liebe zwischen Männern.

„So universell gewisse Fakten und Symptome von Gemeinschaften und Individuen zu allen Zeiten sind, so ist doch nichts dermaßen rar in den modernen Konventionen und in der Dichtung wie deren normale Anerkennung. Literatur ruft stets nach dem Arzt wegen Beratung und Bekenntnis und bringt stets Ausflüchte und verhüllende Verheimlichungen vor anstelle jener „heroischen Nacktheit", auf die allein eine richtige Diagnose ernsthafter Fälle aufbauen kann."

Zu Whitmans Verdiensten gehört, daß er der Sexualität wieder einen Platz in der Literatur verschafft hat. „Bloß wenige be-

grüßen die moralischen Umstürze unseres Zeitalters, welche
weit gründlicher waren als materielle oder schöpferische oder
vom Krieg bewirkte..." In den vierziger und fünfziger Jahren
war Whitman voll persönlicher Leidenschaften, die ihren poetischen Niederschlag fanden: „Wir sind zwei Wolken, die vormit-
tags und nachmittags über die Köpfe ziehn, wir sind Meere, die
sich mischen, wir sind zwei jener fröhlichen Wellen, die überei-
nander rollen und sich gegenseitig durchnässen, wir sind, was
die Atmosphäre ist, transparent, empfänglich, durchlässig, un-
durchlässig, wir sind Schnee, Regen, Kälte, Dunkelheit, wir sind
jegliches Erzeugnis, jeglicher Wirkung des Erdballs, wir sind
gekreist und gekreist, bis wir abermals daheim angelangt sind,
wir beide, wir haben alles außer Freiheit, alles außer unserer
Freude für nichtig erklärt." („Kinder Adams")
„Joy!joy! in freedom, worhip, love! Joy in the ecstacy of life!
Enough to merely be! Enough to breathe! Joy! Joy! all over
joy!" (Robert Browning, 1812-1889)

Diese Neuausgabe sollte die erste, von einem großen Verlag
herausgebrachte und gewissermaßen das endgültige Bekenntnis
Whitmans für einen weit größeren Leserkreis und auf Jahre hinaus werden. Das bestimmte wahrscheinlich Emerson, noch einmal alle Gründe der Besonnenheit aufzuführen, um ihn von der
Veröffentlichung der anstößigen Gesänge abzubringen. Er meinte „A Woman Waits for Me" und „To a Common Prostitute", die
nach den Begriffen der damaligen Zeit besonders frei waren. Als
Emerson nach zwei Stunden mit der Frage schloß: "Was haben
Sie zu alledem zu sagen?" antwortete Whitman: "Nur, daß ich
zwar nichts dagegen erwidern kann, aber mich doch entschlos-
sener fühle als je, an meiner eigenen Theorie festzuhalten und
sie zu verwirklichen... worauf wir gingen und ein gutes Mittagessen im American House einnahmen."
An eine gewöhnliche Prostituierte
Bleib gelassen – fühl dich wohl bei mir – ich bin Walt Whitman,
liberal und lustvoll wie die Natur,
Nicht bevor die Sonne dich ausschließt, schließe ich dich aus,
Nicht bevor die Wasser sich weigern, für dich zu gitzern

und die Blätter für dich zu rauschen, weigern sich meine Worte,
für dich zu glitzern und zu rauschen.
Mein Mädchen, ich treffe eine Vereinbarung mit   dir,
und ich trage dir auf, daß du dich bereitmachst, mich in Würde zu treffen,
Und ich trage dir auf, daß du geduldig und vollendet bist, bis ich komme.
Bis dahin grüße ich dich mit einem bedeutungsvollen Blick, damit du mich nicht vergißt.

Seine dritte Ausgabe hatte Erfolg, wenn sie von der Kritik auch ebenso zwiespältig aufgenommen wurde wie die beiden ersten. Schon aufgrund der Vorgänger-Editionen hatte sich bei den "anständigen" Leuten ein Vorurteil gegenüber diesem tabulosen Dichter festgesetzt. Als Emerson seinen Freund in den gediegenen Samstagklub mitnehmen wollte, blieben Longfellow, Lowell und Holmes zurückhaltend, an einer Bekanntschaft ohne Interesse und die übrigen Freunde Whitmans in Concord, Alcott und Thoreau, wurden durch den Einspruch ihrer Damen gleichfalls daran gehindert, ihn als Logiergast in ihre Häuser einzuladen.

Danach führte Emerson Whitman in die große Bibliothek des Athenaeums, wo er dafür Sorge trug daß sein Begleiter bevorzugt abgefertigt würde.

Doch konnte Whitman in Boston neue Freundschaften schließen, so traf der Journalist und Romancier John Townsend Trowbridge "einen graubärtigen, unauffällig gekleideten Mann an einem Pult in einem kleinen, schmuddeligen Büro bei der Lektüre von Korrekturbogen." Mit William Douglas O'Connor, dem Verfasser eines Romans gegen die Sklaverei wurde Whitman bekannt, dem Bildhauer T. H. Bartlett und mit Frank Sanborn, gegen den gerade ein Verfahren wegen Unterstützung eines entlaufenen Sklaven anhängig war.

Der fünfhundertsechsundvierzig Seiten umfassende Duodezband der dritten Auflage mit 154 Gedichten, als Bostoner Ausgabe bekannt, war die bis dato am würdigsten ausgestattete, in dicken Karton gebunden und mit aufgeprägten symbolischen Ornamenten geschmückt. Da sich Walt Whitman ja als „Kosmos" umschreibt, womit er meint, daß er in seiner Vielfalt alles akzeptiert und an der Fülle nichts verdammt, ziert den Vorderdeckel ein im Weltraum schwimmender Globus, die Rückseite eine auf- oder untergehende Sonne über dem Meer. Auf dem Streifband tummelt sich ein Papier-Schmetterling auf seinem gereckten Zeigefinger. Das Titelbild des Autors bestand diesmal aus einem Stich nach einem Ölporträt von Whitmans New Yorker Freund Charles Hine: Whitman erschien nun in einer gezierten Victor Hugo-Pose mit lockigem Haar, gestutztem Bart, Byron-Kragen und lose geschlungener, dunkler Seidenkrawatte, die in einer riesigen Schleife endete.

Den Schwerpunkt der Neuherausgabe bildeten vaterländische und erotische Themen, ein Zyklus wird erstmal "Chants Democratic" bezeichnet. "Unsere Staaten sind das vollkommenste Gedicht. Durch große Barden nur können viele Menschen und Staaten verschmolzen werden in den festen Organismus einer Nation." Gerade auch als Nationaler bleibt Whitman der Welt-Föderation verbunden, aus einem Land will er alle Länder machen, wobei ihm das System USA vorbildlich dünkt.

„Ich höre, daß man mich beschuldigt, ich wolle Institutionen zerstören. Doch in Wahrheit bin ich weder für noch gegen Institutionen, (Was habe ich tatsächlich mit ihnen gemein? Oder was mit ihrer Zerstörung?) Einzig will ich in Mannahatta und in jeder Stadt dieser Staaten, Binnenland oder Meeressaum, auf Feldern und in Wäldern, und über jedem Kiel, groß oder klein, der Wasser kerbt, ohne Bauwerke oder Regeln oder Sachwalter oder Beweisgründe die Institutionen treuer Kameradenliebe errichten." („Kalmus")

Whitmans Ansporn entstammt nicht bloß einer gewöhnlichen Unzufriedenheit oder geläufiger Bangigkeit vor dem Kommenden, sondern ist eine Reaktion auf das Abweichen von den amerikanischen Grundidealen, deren Sänger Walt Whitman war. Ausufernder Materialismus, ungehemmte Erniedrigungen, die sexuell gierende Unmoral der Trapper, die Auffassung des Spie-

lers in Geldsachen, das draufgängerische Treiben im Heereslager
oder der Grenzstadt waren über das ganze Land geflutet. Millionen von Menschen, die vier Jahre Sumpf, Todesgefahr und
Auszehrung hinter sich hatten, waren nach dem Westen gezogen,
um ein neues Leben zu beginnen. Sitten, soziale Begriffe, hehre
Ideale, dies alles war sowohl im Norden als auch im Süden zersetzt. Whitman sorgte sich um den Ausgleich zum materialistischen und vulgären Amerika. Gegen Ende der sechziger Jahre
zeigte man sich in den Kneipen in St. Louis Skalpe aus den Ge-
schlechtsteilen indianischer Frauen.

In seinen Calamus-Liedern schöpft Whitman aus der pani-
schen Stille des Waldes, dem Lebensnerv des Gemeinschaftsle-
bens der Zukunft aller Staaten und Städte. Der Herzschlag wahrer Demokratie soll jeden Einzelnen aus dem Krampfzustand der
Eigensucht, Parteilichkeit, Gehässigkeit und Stumpfheit lösen.
„… mal für eine gesamte Woche, aufs Land oder an Long Islands Küsten - dort ging ich, in Gegenwart der Einflüsse des
freien Landes, das Alte und Neue Testament gründlich durch und
nahm (vermutlich zu meinem größeren Nutzen als in einer Bücherei oder einem geschlossenen Raum - es macht einen enor-
men Unterschied, wo man liest) Shakespeare, Ossian, die besten
Übersetzungen von Homer, Aischylos, Sophokles, die alten
deutschen Nibelungen, die uralten Hindugedichte in mich auf,
und ein oder zwei andere Meisterwerke, darunter Dante. Zufällig
las ich letzteren zumeist in einem alten Wald." Shakespeares
schätzt Whitman zwar, wenn ihm dessen Verse auch zu roya-
listisch beladen und feudalistisch verschnörkelt und sind.
Der Grund für den Whitman ganz eigenen Stil lag nicht in
einer Unkenntnis oder Unbelesenheit, sondern in der bewußten
Findung des den Zeitströmungen angepaßten Ausdrucks, einer
modernen Kreation,. Hier begriff sich Whitman auch als Vorläufer für „die Dichter, die da kommen! Die Beredten, die Sänger, die Musiker. Nicht das Heute kann mich rechtfertigen und
beantworten, was ich bedeuten werde."

Sein Interesse galt zunehmend den einfachen Leuten, den
Farmern, Fischern, Arbeitern und Pionieren, die einer neuen

Freiheit teilhaftig werden und mit einem neuen Kontinent und nie gesehenem Reichtum ihren Aufstieg erleben konnten. In diesem Sinne äußert sich Whitman auch in seinen nach Ende des Krieges entstandenen >Demokratische Ausblicke<: Die neu hinzugekommenen Gesänge waren vor allem "Von Paumanok kommend, Aus der ewig schaukelnden Wiege, Kinder Adams, Calamus" und ab damals stets am Buchschluß das "Leb wohl".

"Von Paumanok kommend" faßt in einer Strophe die Whitman bedeutsame Drei-Einheit (Liebe, Demokratie, Glaube) zusammen:

Mein Kamerad!
An zwei Herrlichkeiten
sollst du Anteil haben mit mir, und an noch einer dritten,
die, sie umschließen und leuchtender noch, sich erhebt:
An der Herrlichkeit der Liebe und der Demokratie
und an der Herrlichkeit der Religion.

Diese Dreiheit wird vom Ich, dem Selbst dem Ur- und Grundwunder des im Einzelmenschen verkörperten Seins getragen und verwirklicht. "Einzig in dem lautlosen Wirken des einsamen Ich ist es vergönnt, in den reinen Äther der Anbetung einzugehen, die Höhe Gottes zu erreichen und mit dem Unaussprechlichen Zwiesprache zu pflegen."

Schauen und Lauschen nach allen Seiten, als erführe man alles, wie Adam, als absolute novelty, wie ja jeder Mensch für eine kurze Spanne seines Lebens alles zum ersten Mal sieht und hört, um das Wunder des "Jetzt und Hier" in sich, in das Wunder der eigenen empfindenden Seele aufzunehmen. Weil sie nur so das Schöne und Widrige, Freude und Angst, Leben und Sterben wie mit einem Atemzug in sich einsaugen kann. Eine Aufbruchsstimmung, ein noch nie so dichterisch ausgedrücktes Hereinnehmen der Erscheinungen in das Ich.

Die Erlebnisse während des Bürgerkrieges gaben den Aufzeichnungen die entsprechende Richtung, die „Grashalme" erhielten einen Schwerpunkt. Whitman verglich die Hereinnahme der „Drum-Taps" (1865) mit einem Rad. Der Krieg hatte ihn so beeinflußt und so viel über Demokratie gelehrt, daß die „Trommelschläge" zum Drehpunkt, zur Radnabe der „Grashalme" geworden waren.

Im "Calamus"-Zyklus greift Whitman als wichtigstes Symbol auf eine phallisch geformte Pflanze, den Kalmus zurück. „Der gekünstelte oder vergeistigte Sinn des Begriffes, wie in meinem Buch verwendet, entspringt wohl dem tatsächlichen Kalmus, der die größte & härteste Art Grashalme darstellt – und ihrem frischen, aquatischen, stechenden Bukett." Die Hinneigung zum Organischen gilt nicht nur dem Weiblichen, sondern auch dem Mann, dem Kameraden. Auch ihm legst du die Hand in die Hand oder den Arm um die Schulter; daher das "Zeichen der Mannheit", im Sinnbild des in Waldestiefe am Teichrand gepflückten Kalmus, aus der Familie der seit jeher als phallisch empfundenen Araceen.

Wenn sich Mensch und Natur wechselseitig reflektieren, strahlt die Güte und Wohlgeordnetheit des Gesamt auf den Einzelnen ab. „Obwohl ich es nicht verstehen oder begründen kann, glaube ich vollkommen an einen Schlüssel und ein Ziel in der Natur, im Ganzen und einzeln; und jene unsichtbaren geistigen Ergebnisse, ebenso wirklich und eindeutig wie die sichtbaren, lassen durch die Zeit alles konkrete Leben und allen Materialismus geschehen."

„Ohne jenes Kapitel mit einzuschließen", schrieb Whitman zwei Jahrzehnte später, "konnte ich nicht ein Werk verfassen, das erklärtermaßen, wie nie zuvor, die vollständige menschliche Identität, die physische und moralische, seelische und geistige, behandelte, auch hätte ich sonst nicht die bona fides, die Lauterkeit und Vollständigkeit der Darstellung erreichen können, die zu meinem Plan gehörte."

Wie Walt Whitman keine geographischen Grenzen für seine Verse anerkannte, machte er auch keine Unterschiede zwischen den Geschlechtern: „Ich möchte, daß sie gänzlich Gedichte von Frauen wie von Männern sind. Ich hatte vor, die gesamte Vereinigung der Staaten in meine Gesänge aufzunehmen, ohne jegliche Bevorzugung und Parteilichkeit. Wenn sie weiterleben und gelesen werden, muß dies fortan im Süden wie im Norden geschehen - ebenso längs dem Pazifik wie dem Atlantik - im Tal des Mississippi, in Kanada, oben in Maine, unten in Texas und an den Ufern des Puget-Sundes." Sein direkter, sexueller Ausdruck war auch als Herausforderung an die viktorianische Ethik, das „feine Zeitalter"gedacht und animierte prompt etwa auch den Herausgeber einer humoristischen Zeitung zu einem Reim: „Für seine obszönen Produkte, die aus Dreck und Gemeinheit gemacht, hat Whitman selbst sich den besten aller Titel erdacht. Nach einfacher Überlegung man schnell zu dem Schlusse kommt, daß ein Zeug wie die „Grashalme" allein dem Vieh nur frommt. Was Mensch ist, flieht vor diesem Gestank, der übel aufsteigt aus Wort, Zeile und Seit', aus seiner inneren Verdorbenheit, die ihn macht zum ekligsten Tier seiner Zeit."

„Unvergleichliche Dinge sind unnachahmlich dargestellt." (Emerson) „Inbrünstige und liebevolle Kameradschaft wird dann zu vollem Ausdruck kommen, persönliche und leidenschaftliche Liebe von Mann zu Mann die, schwer definierbar, den Lehren und Idealen der tiefsinnigen Erlöser aller Länder und Zeiten zugrunde liegt, und die vielleicht die wesentlichste Sicherheit und Hoffnung für die Zukunft unserer Staaten zu bilden verspricht, wenn sie einmal in Sitte und Literatur voll entwickelt, gepflegt und anerkannt sein wird.

In der Entwicklung, dem Bewußtwerden und der allgemeinen Geltung dieser feurigen Kameradschaft (der Freundschaftsliebe die der die Literatur jetzt beherrschenden Geschlechtsliebe ebenbürtig wenn nicht überlegen ist) erhoffe ich das ausschlaggebende Gegengewicht und die Vergeistigung unserer materialistischen und vulgären amerikanischen Demokratie. Manche werden sagen, das sei nur ein Traum, und werden meinen Schlußfolgerungen nicht beistimmen: ich aber erwarte zuversichtlich eine Zeit, wo durch all die Myriaden hörbarer und sichtbarer weltlicher Interessen Amerikas die Fäden männlicher Freundschaft, wie ein halbverborgener Einschlag, durchschimmern werden, warm und zart, rein und frisch, stark und lebenslang, in bisher unbekanntem Maße, - eine Kameradschaft, die nicht nur individuellen Charakter bestimmen und ihn gefühlsreich, kräftig, heroisch und innig machen, sondern auch auf die allgemeine Politik den nachhaltigsten Einfluß ausüben wird. Ich behaupte, die Demokratie bedingt eine solche liebende Kameradschaft als ihr unentbehrlichstes Zwillingsgegenspiel, ohne welches sie unvollständig und unnütz ist und unfähig zu dauern."

TROMMELSCHLÄGE

Im Sommer des Jahres 1860 war das kommende nationale Unheil kaum zu erahnen. Der Gedichtband ging so gut, daß die Verleger Thayer & Eldridge eine wiederum erweiterte Ausgabe unter dem Titel "Banner at Daybreak" ankündigten. Unter anderem sollte sie ein neues Gedicht zur Parade über den Broadway elf Tage vor Ankunft der japanischen Abgesandten am 16. Juni enthalten. Als Whitman in Boston weilte, waren die Japaner wegen eines Handelsabkommens ins Land gekommen, nachdem Admiral Perry Japans "verschlossene Tür" mit Gewalt aufgestoßen hatte. Whitman teilte die allgemeine Erregung:

A BROADWAY PAGEANT
Wenn das millionenfüßige Manhattan,
ausgelassen aus engen Wohnungen,
zu den gepflasterten Straßen hinabsteigt
Wenn die donnerkrachenden Kanonen
mich mit dem stolzen Brüllen aufscheuchen,
das mir so lieb ist,
Steh ich mit auf, antworte,
steig auf die gepflasterten Straßen hinab,
vermische mich mit der Menge und schaue mit ihr.

Whitman steht auch mit auf dem Pflaster, als Lincoln am 18. Februar 1861 nach seiner Wahl zum Präsidenten in Washington eintrifft: "Ich hatte einen ausgezeichneten Blick auf alles, was geschah, besonders auf Mister Lincoln, sein Aussehen und seinen Gang, seine vollkommene Beherrschtheit und Kaltblütigkeit, seine ungewöhnliche und ungeschlachte Größe, seinen kohlschwarzen Anzug, die aus der Stirn geschobene Angströhre, die dunkelbraune Gesichtsfarbe, sein narbengesätes und faltiges, aber doch klugblickendes Gesicht, das schwarze, buschige Haupthaar, den unproportioniert langen Hals und die Hände, die er auf den Rücken gelegt hatte, während er so dastand und das Volk ansah. Er betrachtete sein riesiges Gesichtermeer mit Neugierde, und das Gesichtermeer gab den Blick mit gleicher Neugierde zurück. Dieses gegenseitige Mustern hatte auf beiden

Seiten etwas Komödienhaftes, fast Possenhaftes, wie es Shakespeare noch seinen schwärzesten Tragödien verleiht. Die Menge bestand aus wohl dreißig- bis vierzigtausend Menschen, von denen nicht einer sein Freund war, wohl aber – wie ich nicht bezweifle, so wahnwitzig gärte es damals – lauerte manche mörderische Pistole, manch Messer in Hosen- oder Brusttaschen darauf, daß irgendein Ausbruch oder Aufstand losbrechen sollte." Die Souveränität der Einzelstaaten, das Anliegen der Südstaaten hatte ihre Parteigänger bis in den Norden, weswegen dieses dumpfe, bedrohliche Schweigen über der begrüssenden Menge lastete.

Der Süden hatte geschworen, er würde keinen republikanischen Präsidenten anerkennen. Am 8. Februar 1861 kamen die Repräsentanten der sechs abgefallenen Staaten (Süd-Carolina, Alabama, Mississippi, Florida, Louisiana und Georgia) zu Montgomery in Alabama zusammen und gründeten die Konföderierten Staaten von Amerika. Hauptstadt wurde Richmond, Virginia, Präsident Jefferson Davis (1808-1889). Zwei Wochen später schloß sich ihnen noch Texas an.

Am 4. März fand der feierliche Amtsantritt Lincolns statt, bei dem er mit einfachen, aber entschlossenen Worten seinen Standpunkt darlegte: „In Euren Händen ... und nicht in meinen liegt die folgenschwere Entscheidung des Bürgerkrieges. Euch wird die Regierung nicht angreifen... Aber ich bin der Ansicht, daß die Union dieser Staaten im Hinblick auf das universale Recht und auf die Verfassung andauernd und beständig ist... Kein Staat kann lediglich auf Grund seiner eigenen Entscheidung rechtmäßig aus der Union austreten."

Gegen Mitternacht des 13. April 1861 las Whitman, der gerade aus der Oper kam, das eben ausgerufene Extrablatt, welches den tätlichen Ausbruch der Feindseligkeiten meldete. Die Konföderierten, noch um vier weitere Südstaaten (Nord-Carolina, Virginia, Arkansas, Tennessy) erweitert, hatten das Unions-Fort Sumter beschossen und im dortigen Hafen von Charleston, South Carolina Feuer an die Flagge der Vereinigten Staaten gelegt. Dem Aufruf des Präsidenten zu den Waffen am nächsten

Tage folgte die Jugend New Yorks in Scharen. 283 Absolventen der US-Militärakademie in West Point, New York waren in die Südstaaten-Armee übergetreten, während 642 Absolventen beim Heer der Union verblieben.

„Ich erinnere mich auch, daß ein paar Kompanien des 13. Brooklyner Regiments, die sich vor dem Zeughaus der Stadt sammelten und von dort als Freiwillige für 30 Tage aufbrachen, mit Seilen ausgerüstet waren, die sie ganz auffällig an ihren Gewehrläufen befestigt hatten. Daran sollte jeder bei der baldigen und triumphalen Rückkehr unserer Männer einen Gefangenen aus dem dreisten Süden, in einer Schlinge geführt, mitbringen." Unter ihnen auch George Whitman, Walts um zehn Jahre jüngerer Bruder, vom Anfang bis Ende im aktiven Dienst bei den 51st New York Volunteers mit Beförderungen unmittelbar nach einer Schlacht zum Leutnant, Hauptmann, Major und Oberstleutnant.

„Da hörte ich in der Ferne die lauten Rufe der Zeitungsjungen, die kurz darauf schreiend die Straße heraufjagten und wilder als sonst von einer Seite auf die andere stürmten. Ich kaufte mir ein Extrablatt und ging zum Metropolitan Hotel (Novlos Hotel) hinüber wo die großen Laternen noch hell erleuchteten, und las gemeinsam mit einer Menge anderer, die spontan zusammengekommen waren, die Nachricht, die ganz offensichtlich der Wahrheit entsprach. Für diejenigen, die keine Zeitung hatten, las einer von uns das Telegramm laut vor, während alle anderen still und aufmerksam zuhörten. Kein einziger aus der Menge, die auf 30 bis 40 Mann angewachsen war, machte eine Bemerkung; aber alle blieben, wie ich mich erinnere ein, zwei Minuten lang stehen, ehe sie auseinandergingen. Fast kann ich sie jetzt noch dort stehen sehen, unter den Laternen um Mitternacht."

Für Walt Whitman, wie für viele andere, bedeutete dieser Krieg die Probe auf die Lebenskraft der Idee Amerika und seiner Einheit – Staatenbund, aus dem jeder nach Belieben austreten konnte oder aber festgefügter Bundesstaat. Für Whitman noch in dem tieferen Sinn des Anstrebens der von ihm verkündeten Demokratie der Menschheit. Die Hingabe vieler tausend bester

Söhne des Landes an eine Idee wurde ihm im Laufe des Krieges immer mehr zum Beweis ihrer Fähigkeit, ein solches männliches Ideal tatsächlich zu erreichen. Whitmans Überzeugung, daß die eigentliche Kraft Amerikas in der unbekannten Masse, im breiten Volk, im "göttlichen Durchschnitt" lebe, wurde durch das Massenerlebnis dieses Krieges bestätigt.

„Selbst noch nach der Beschießung von Sumter wurden die Schwere der Erhebung, die Kraft und die Entschlossenheit der Sklavenhalterstaaten zu einem starken und unaufhörlichen militärischen Widerstand gegen die nationale Regierung im Norden, mit Ausnahme weniger, keineswegs erkannt. Neun Zehntel der Bewohner der freien Staaten betrachteten den Aufstand wie er in Südkarolina begonnen hatte, mit einem Gefühl, das sich zu einer Hälfte aus Verachtung und zur anderen Hälfte aus Unwillen und Ungläubigkeit zusammensetzte. Man hätte nicht gedacht, daß Virginia, Nordkarolina und Georgia sich anschließen würden. Ein hoher und vorsichtiger Staatsbeamter sagte voraus, daß sich das "in sechzig Tagen" legen würde, und die Massen schenkten dieser Voraussage allgemein Glauben. Ich erinnere·mich noch, auf einem Fulton-Fährboot mit dem Bürgermeister von Brooklyn darüber gesprochen zu haben, der sagte, er hoffe nur, daß die Hitzköpfe aus den Südstaaten einen offenkundigen Akt des Widerstandes begehen mögen, da sie dann sofort endgültig zermalmt würden, daß man nie wieder etwas von Spaltung hören würde..."
Doch sollte jeder derartige Gedanke durch einen ernüchternden Schrecken zunichte gemacht werden. Die erste verlorene Schlacht bei Bull Run am 21. Juli 1861 hinterließ ein Gefühl bestürzter Enttäuschung, der Wut, Scham und Hilflosigkeit. Whitman wurde wie allen Northeners klar, daß das, was ein bewaffneter Streit schien, ein großer Krieg werden sollte. Der Traum von Menschlichkeit, eine als stark und unerschütterlich gepriesene Union schien wie ein Teller aus Porzellan in Stücke zerbrochen.

Whitmans Leben als Broadway-Bohemien, als Brooklyner und New-Yorker Journalist hatte sein jähes Ende gefunden.

„Vierzig Jahre hatte ich in dieser Stadt Soldaten paradieren sehn, vierzig Jahre ein Schauspiel, bis unvermutet die Dame dieser wimmelnden und turbulenten Stadt, schlaflos inmitten ihrer Schiffe, ihrer Häuser, ihres ungezählten Reichtums, mit ihrer Million von Kindern um sich, plötzlich, in tiefer Nacht, als Nachricht aus dem Süden kam, in Wut geriet und mit geballter Faust aufs Pflaster schlug." Nicht Manhattan war es, sondern Whitman selbst, der in tiefer Nacht auf die Nachricht aus dem Süden in wilder Wut die Faust ballte.

Walt Whitman meldete sich nicht als Freiwilliger, weil er mit seinen 42 Jahren in diesem Krieg der jungen Männer zu alt schien und er auch seine Mutter und den von ihm abhängigen Bruder Eddie zu versorgen hatte. Seine Grundhaltung weiß Traubel zu berichten: „Ich kann es mir für mich nicht denken, jemals ein Gewehr abzufeuern oder das Schwert gegen einen anderen zu ziehen." Aus Washington schickte er regelmäßig einen Teil seiner geringen Einnahmen als freier Schriftsteller nach Hause. Bruder Jeff war der einzige, der Geld verdiente, hatte eine Frau und ein Kind, ein zweites war unterwegs. Als auch Jeff die Einberufung drohte, versprach Walt ohne Zögern, irgendwie dreihundert Dollar für einen Ersatzmann aufzutreiben, um ärgere Not vom heimischen Haushalt abzuwenden. Nur die im engsten Sinne alleinstehenden Tauglichen hatten sich bei Stellung eines Ersatzmannes, anstatt selbst an die Front zu gehen scharfer Kritik ausgesetzt.

„... sah große Schlachten und die Tage und Nächte danach - nahm teil an all den Schwankungen, an Schwermut, Verzweiflung, wiedererwachten Hoffnungen, beschworenem Mut - bereitwillig riskiertem Tod - auch der Sache - welche diese folgenden Jahre der Agonie und des Schreckens 1863-64-65 ausfüllten - die wahren Geburtsjahre (mehr als 1776-83) dieser fortan homogenen Union. Ohne diese drei oder vier Jahre und die ihnen entsprungenen Erfahrungen würden die ‚Grasblätter' nicht existieren."

Im Widerhall der ersten Kriegsstimmung, des Aufbrausens der freilich schnell verrinnenden Woge von Gemeinsamkeit entstanden bereits Teile der >Trommelschläge<:

BEAT! BEAT! DRUMS!
Schlagt! schlagt! Trommeln! Blast! Hörner! Blast!
Durch Fenster brecht und Türen
mit unbarmherziger Gewalt
Und in der stillen Kirche löst die Andacht auf.
Stört den Studenten im Hörsaal.
Stört das Glück des harmlosen Bräutigams
bei seiner Braut.
Den friedlichen Farmer bei Pflug und Ernte,
laßt ihn nicht in Ruh,
So grimmig schlagt und rasselt, Trommeln!
So schrill, ihr Hörner, blast!...

„Alle Gefühle dieser Art waren bestimmt, durch einen schreck-
lichen Schock - die erste Schlacht am Bull Run - aufgehalten
und in ihr Gegenteil verkehrt zu werden, sicherlich, wie wir
heute wissen, eine der ungewöhnlichsten Schlachten der Geschichte. (Alle Gefechte und ihre Ergebnisse sind weit mehr eine
Sache des Zufalls als allgemein angenommen wird; diese jedoch
war in jeder Beziehung Fügung - Glück. Bis zum letzten Augenblick nahm jede Seite an, sie hätte gewonnen. Die eine hätte in
der Tat ebenso gut in die Flucht geschlagen werden können wie
die andere. Durch ein Gerücht jedoch oder eine Reihe von Ge-
rüchten gerieten die nationalen Truppen im letzten Moment in
Panik und flohen vom Schlachtfeld.)

    Alle die Männer mit dieser Kruste von Kot und Schweiß und
Regen zogen sich nun zurück, strömten über die Long Bridge -
in einem unheimlichen Marsch von 20 Meilen kehrten sie nach
Washington zurück, geschlagen, gedemütigt, von Panik ergriffen.
Wo sind die Prahlereien geblieben, die hochmütigen Aufschnei-
dereien, mit denen ihr ausgezogen? Wo sind eure Paniere, eure
Pauken und Trompeten und eure Seile, an denen ihr eure Gefangenen mitbringen wolltet? Nun, nicht eine einzige Kapelle
spielt - da ist auch keine Fahne, die nicht beschämt und schlaff
an der Stange hängt..."

Als George Whitman im Dezember 1862 in der Schlacht bei Fredericksburg verwundet worden war, brach Walt an die Front auf. Er nahm seine Reisetasche und fünfzig Dollar, verlor das Geld, als ihm beim Umsteigen in Philadelphia die Tasche gestohlen wurde, und kam „ohne einen Cent" in Washington an. Nach allerlei verzögernden Widrigkeiten erreichte Whitman endlich seinen nur leicht verwundeten Bruder und pflegte ihn zuerst im Feldlager am Rappahannok und später in einem der Washingtoner Spitäler. So begann seine den Krieg überdauernde Tätigkeit als Wundpfleger, der helfenden Hand für Verstümmelte und Sterbende dieser verlustreichsten Auseinandersetzung, die je auf amerikanischem Boden ausgefochten wurde.

„In der Tat war die Szenerie besonders nachts bei künstlicher Beleuchtung kurios. Die Glaskästen, die Betten, die Gestalten die dalagen, oben die Galerie und der Marmorboden unter den Füßen - das Leiden und die Unerschütterlichkeit, es zu erdulden, in verschiedenen Abstufungen - von einigen gelegentliches Stöhnen, das nicht unterdrückt werden konnte – manchmal starb ein armer Teufel, das Gesicht verhärmt, die Augen wie Glas... und ständig wurden es mehr, und mitten im Geknatter der Gewehre und dem Donnern der Kanonen quoll jede Minute das rote Blut des Lebens aus Köpfen, Leibern oder Gliedmaßen hervor und sickerte über das grüne, taukühle Gras... welch ein Schlachthaus!....Einer ist von einer Granate getroffen, an Arm und Bein - beide werden amputiert. - da liegen die nutzlosen Glieder. Einigen hat es die Beine abgerissen, einigen hat eine Kugel die Brust durchbohrt, einige haben unbeschreiblich furchtbare Wunden im Gesicht und am Kopf, alle verstümmelt, ekelerregend, zerfleischt, zerrissen manche in den Unterleib getroffen, manche noch reine Kinder, viele Aufständische schwer verwundet..." Diese lange Zeit mit den an Blattern und anderen ansteckenden Krankheiten Infizierten sollte Whitman seine bisher unerschütterliche Gesundheit kosten.

THE WOUND-DRESSER
Erweckt und wild, hatt ich gedacht, Alarm zu schlagen und unbarmherzigen Krieg zu schüren,

Doch bald versagten meine Finger, mein Antlitz sank, und
ich beschied mich,
Bei den Verwundeten zu sitzen und sie zu pflegen,
Oder schweigend bei den Toten zu wachen -
Die Geschlagenen und Wunden beruhige ich mit lindernder
Hand,
Ich sitze bei den Ruhelosen die ganze finstere Nacht,
viele sind so jung, viele leiden so sehr,
- ich rufe die Erinnerung süß und trüb-.
(Manch eines Kriegers liebende Arme haben diesen Nacken
umfaßt und darauf geruht,
Manch eines Kriegers Kuß haftet auf diesen bärtigen Lippen.)
Auch viele Frauen meldeten sich freiwillig zur Pflege der verwundeten Soldaten. Eine der berühmtesten wurde Clara Barton,
die nach dem Bürgerkrieg das Amerikanische Rote Kreuz gründete. Walt Whitman kommt bei etwa 600 Lazarett-Besuchen auf
achtzig- bis hunderttausend Bedürftige, deren er sich angenommen hat.

"Falmouth, Virginia, gegenüber Fredericksburg 21. Dezem-
ber 1862 - Beginne meine Besuche in den Feldlazaretten der
Potomac-Armee. ... Draußen unter einem Baum, keine zehn
Meter vor dem Haus, entdecke ich einen Haufen amputierter
Füße, Beine, Arme, Hände etc. eine ganze Ladung für einen
Einspänner. Nicht weit davon liegen einige Tote, jeder mit seiner
braunen Wolldecke zugedeckt... Einige der Verwundeten sind
Soldaten und Offiziere der Rebellen, Gefangene. Mit einem von
ihnen, einem Hauptmann aus Mississippi, habe ich mich eine
Weile unterhalten; er bat mich um Zeitungen, die ich ihm gab.
(Drei Monate später sah ich ihn in Washington, das Bein amputiert; ihm ging es soweit gut.) Ich ging durch die Räume im
Erdgeschoß und oben. Einige der Männer lagen im Sterben. Bei
diesem Besuch hatte ich keine Geschenke mit, doch ich schrieb
ein paar Briefe an ihre Leute daheim, an ihre Mütter etc. Sprach
auch mit dreien oder vieren, die am empfänglichsten dafür
schienen und dessen auch bedurften."

Um die Ausmaße dieses Bruderkampfes einer zerrissenen
Nation nur ungefähr anzudeuten, sei gesagt, daß die Armeen der
Union zum Beispiel in der Schlacht bei Fredericksburg 13.000,
bei Chancellorsville 60.000 und auf den Schlachtfeldern in Virginia während des letzten Kriegsjahres über 100.000 Mann verloren; nicht nur an den Verhältnissen der Zeit gemessen außer-
gewöhnlich hohe Zahlen.

DRUM-TAPS (Auswahl): Beat! Beat! Drums! / City of
Ships / Cavalry Crossing a Ford / Bivouac on a Mountain Side /
An Army Corps on the March / By the Bivouac's Fitful Flame /
Come Up from the Fields Father / Vigil Strange I Kept on the
Field One Night / A March in the Ranks Hard-Prest, and the
Road Unknown / A Sight in Camp in the Daybreak Gray and
Dim / As Toilsome I Wander'd Virginia's Woods / The
Wound-Dresser / Give Me the Splendid Silent Sun / Over the
Carnage Rose Prophetic a Voice / I Saw Old General at Bay /
Look Down Fair Moon / Reconciliation / To a Certain Civilian /
When Lilacs Last in the Dooryard Bloom'd / O Captain! My
Captain! / Old War-Dreams / Years of the Modern / Ashes of
Soldiers / Pensive on Her Dead Gazing / Shut Not Your Doors /
Chanting the Square Deific / One's-Self I Sing / Tears / Aboard
at a Ship's Helm / The Runner / A Noiseless Patient Spider / The
Last Invocation / Proud Music of the Storm / The Base of All
Metaphysics / Song of the Exposition -

„Außer den bereits erwähnten Gründungen hatte ich im Laufe meines Lebens immer wieder mit einer langen Liste von Zeitungen zu tun, und zwar an den unterschiedlichsten Orten,
manchmal sogar unter den sonderbarsten Umständen. Während
des Krieges druckten die Hospitäler in Washington, umgeben
von Verwundung und Tod, unter anderem zur Zerstreuung, ein
eigenes kleines Blatt, die ‚Armory Square Gazette', für die ich
auch Beiträge lieferte." Die meisten seiner Einnahmen verwen-
dete Whitman darauf, allerhand Erfrischungen, Bücher,
Schreibpapier, Tabak usf. für seine Pfleglinge zu kaufen, auch
warb er bei Freunden um Beiträge für diesen Zweck. „Ich glaube
nicht", schrieb er an seine Mutter in Brooklyn, „daß sich Men-

schen je so geliebt haben, wie ich und diese armen Verwundeten und Sterbenden uns lieben." Er saß bei ihnen, legte Verbände an, wusch Wunden aus, las ihnen aus der Bibel vor, schrieb Briefe in die Heimat für sie und hatte auch die Marken dazu mitgebracht.

Vom Armstumpf, von der amputierten Hand
Löse ich die verklebte Scharpie,
entferne den Schorf, wasche Eiter und Blut ab,
Auf sein Kissen lehnt sich der Soldat zurück
mit krummem Hals und seitwärts fallendem Kopf,
Seine Augen sind geschlossen, sein Gesicht ist fahl,
er wagt nicht, auf den blutigen Stumpf zu blicken,
Und hat ihn bisher nicht angesehen.
(„Der Wundpfleger")

Whitman führte Tag für Tag und in vielen Nächten über seine Pfleglinge genau Buch und vermerkte sich die Bedürfnisse und Wünsche eines jeden: „Interessante Fälle auf Station I: Charles Miller, Bett 19, vom 53. Regiment von Pennsylvania, Kompanie D., ist erst 16 Jahre alt, sehr aufgeweckter, couragierter Junge, linkes Bein unterhalb des Knies amputiert; im Bett neben ihm noch ein junger Bursche, sehr krank; gab beiden nützliche Geschenke. Im Bett darüber - auch linkes Bein amputiert; gab ihm ein kleines Glas Himbeeren; Bett 1 auf dieser Station gab ich etwas Geld; ebenso einem Soldaten mit Krücken, saß auf seinem Bett, nahe... (Mehr und mehr überraschte mich der große Anteil Fünfzehn- bis Einundzwanzigjähriger in der Armee. Später erkannte ich, daß dieser Anteil bei den Südstaatlern noch größer war.)..."

Zudem fand er während dieser Wirren und Nöte immer noch Zeit, seiner Mutter zu schreiben. Aus diesen regelmäßigen Briefen läßt sich erfühlen, wie tief er mit ihr und seiner Heimat verbunden blieb. Der über Vierzigjährige spricht in ihnen wie ein Kind, das zum erstenmal von zu Hause weg ist. Er beichtet der Mutter all seine kleinen und kleinsten Nöte und Angelegenheiten, beschreibt ihr etwa genau den Zustand seiner Kleider; die Löcher und schadhaften Stellen, irgendwelche Neuanschaffungen oder berichtet, unter Entschuldigungen, daß er es nicht früher getan habe, von dem Verkauf eines alten Rockes, den er nicht mehr habe tragen können.

Er erzählt, was er morgens, mittags und abends zu sich nimmt, mit wem er verkehrt und solcherlei, vergißt dabei aber nicht das Abbild des Grauens: Im Sommer 1864, dem Jahr, in dem General Grant zur entscheidenden Auseinandersetzung den Oberbefehl übernahm, schrieb Whitman: "0 Mutter, zu denken, daß wir nun bald wieder hier haben werden, was ich nun schon so oft gesehen habe, die schmerzbeladenen Fuhren und Züge und Bootsfrachten von armen, blutigen, bleichen, verwundeten jungen Männern... Es ist schrecklich daran zu denken... Was für ein furchtbares Ding ist der Krieg! Mutter, es scheinen keine Menschen zu sein, sondern ein Haufen von Teufeln und Metzgern, die einander hinschlachten." Und eine Woche später: "Ich erschrecke wirklich vor der Welt... Ich bin hier zwei Monate lang zwischen Leiden und Tod gewesen, schlimmer als je. Das einzige Gute ist, daß ich ihren Qualen, ihren getrübten Seelen und ihren Leibern ein paar Sonnenblicke bringen konnte. - 0 es ist furchtbar und wird noch schlimmer, schlimmer, schlimmer!"

Immer erkundigte er sich auch nach den Sorgen der Mutter, nach den Geschwistern, den Geldangelegenheiten und gab Ratschläge bei Krankheitsfällen. Ab und zu waren Klagen über seine eigene Gesundheit herauszuhören, die infolge der Überanstrengung und wegen der vielen Aufenthalte in einer vergifteten Atmosphäre zu leiden begann. Einmal zog er sich eine Blutvergiftung an der Hand zu die ihm fast den Arm gekostet hätte. Erste leichte Schwindelanfälle und vorübergehende Lähmungen beunruhigten den bisher von Krankheit oder Schwäche Verschonten. Whitman litt unter dem Malariaklima und der unmäßigen Hitze, weshalb er an besonders glühenden Tagen mit Sonnenschirm und Fächer ausging.

„Ein Vorkommnis - In einem der Gefechte vor Atlanta wurde ein Soldat der Aufständischen, von enormer Größe, augenscheinlich ein junger Mann, so entsetzlich am Kopf verletzt, daß das Gehirn zum Teil heraustrat. Er lebte noch drei Tage, auf dem Rücken liegend, genau auf der Stelle, wo er niedergefallen war. Während dieser Zeit grub er mit seiner Ferse ein Loch in den Boden, so groß, daß ein paar gewöhnliche Tornister hineingepaßt hätten. Unter freiem Himmel lag er da, und nahezu ohne Unterbrechung scharrte sein Fuß Tag und Nacht. Ein paar von unseren Soldaten brachten ihn dann in ein Haus, wo er aber nach wenigen Minuten starb."

„Unter den verwundeten Offizieren in den Krankenwagen befanden sich ein Leutnant der Regulären und ein anderer von höherem Rang. Diese beiden wurden auf dem Rücken vom Wagen auf den Boden gezerrt und waren nun von einer teuflischen Menge Guerillas umringt, von denen jeder einzelne sie in die verschiedensten Körperteile stach. Einem der Offiziere wurden die Füße von Bajonetten durchbohrt und so am Boden festgenagelt. Wie man bei einer späteren Untersuchung herausfand, wiesen diese beiden Offiziere etwa 20 solcher Stiche auf; einige davon durch den Mund, ins Gesicht etc. Die meisten unserer Männer, die sich ergeben hatten, waren auf diese Weise verstümmelt und hingemetzelt worden."

Zu diesen nicht enden wollenden Grausamkeiten kam die ständige Sorge Whitmans um seinen Bruder George, der in allen größeren Schlachten dieses blutigen Endkampfes mitfocht. Die irrsinnig gewordene Zahl der Verwundeten stieg immer mehr, Freunde und Ärzte drängten Whitman, für einige Zeit im Norden Erholung zu suchen. Er weigerte sich. Er schrieb an die Mutter, er könne den Gedanken nicht ertragen, nicht da zu sein, wenn etwa George verwundet nach Washington gebracht würde.

Weiter gehe ich, weiter (öffnet euch,
Türen der Zeit! Öffnet euch, Hospitaltüren!)
Den zerschmetterten Kopf verbinde ich,
(arme irre Hand, reiß den Verband nicht weg!)
Den Hals des Kavalleristen
mit dem Durchschuß untersuche ich,
Schwer rasselt der Atem,
ruhig glänzt schon das Auge,

doch das Leben kämpft schwer,
(Komm, süßer Tod! Laß dich überreden,
O schöner Tod! Voller Gnade komm rasch).

Der glühende Mittsommer 1864 machte Whitman so zu schaffen,
daß er seinen Posten verlassen mußte. Er kehrte nach Hause zurück, wo er sechs Monate blieb. Anfang Dezember wurde es
unumgänglich, den schwachsinnigen, älteren Bruder Edward in
eine Heilanstalt einzuliefern. Einen Tag nach Weihnachten kam
der Koffer des in Gefangenschaft geratenen Bruders George mit
dessen persönlichen Habe.

Während dieser Zeit legte Walt Whitman die letzte Hand an
die „Trommelschläge", die im folgenden Sommer 1865 in New
York als Sonderausgabe gedruckt wurden.

Unverzüglich in die Trommelschläge
Fällt der junge Mann ein und greift zu den Waffen,
Die Handwerker greifen zu den Waffen,
(die Maurerkelle, der Hobel, der Schmiedehammer
überstürzt beiseite geworfen,)
Der Anwalt verläßt sein Büro und greift zu den Waffen,
der Richter verläßt den Gerichtssaal,
Der Fahrer läßt seinen Wagen auf der Straße stehen,
springt herab, wirft die Zügel jäh auf die Pferderücken,
der Verkäufer verläßt sein Geschäft, der Boss,
der Buchhalter, der Träger, alle gehen sie;
Truppen sammeln sich überall
mit allgemeiner Zustimmung und Waffen...

Die dritte, Bostoner Ausgabe der >Grashalme< von 1860 war in
annähernd fünftausend Exemplaren verkauft worden und diesmal nicht so einem Entrüstungssturm begegnet. Whitman hatte
sein Ziel deutlich vor Augen und es in „I Was Looking a Long
While" niedergelegt:

„Lange habe ich Ausschau gehalten nach Zielen,
wollte erkennen vergangne Geschichte für mich

und für diese Lieder – und nun ich es habe gefunden.
Man findet es nicht in den Büchern der Bibliotheken
(die erkenne ich weder an noch verwerfe ich sie),
man findet es ebensowenig in den Legenden
Wie an anderen Orten.
Es ist in der Gegenwart, ist in der heutigen Erde,
Es ist in der Demokratie – (ist aller Vergangenheit Inhalt und
Ziel).
Es ist das Leben eines Mannes und einer Frau von heute
des Durchschnittsmenschen von heute,
es ist in den Sprachen, sozialen Gebräuchen, in Literaturen
und auch in der Kunst...

Whitman zeigt sich um den Entwurf einer friedlichen Gegen-
ordnung mit akzeptablen Normen bemüht. „Es schien mir jedoch,
so wie die Objekte in der Natur, die Themen der Ästhetik und
alle besonderen Erscheinungen von Geist und Seele nicht nur
ihre eigene innewohnende Qualität, sondern auch die ebenso
innewohnende und bedeutsame Qualität ihrer Standpunkte einschließen; daß die Zeit gekommen ist, um über alle alten und
neuen Themen und Dinge im Lichte der Ankunft Amerikas und
der Demokratie nachzudenken - um diese Themen durch die
Äußerungen eines einzelnen zu besingen, nicht allein des dank-
baren und ehrfürchtigen Erben der Vergangenheit, sondern des
eingeborenen Kindes der Neuen Welt - um alles durch die Entstehung und den Gesamteindruck des Heute zu verdeutlichen;
und daß solche Verdeutlichung und solcher Gesamteindruck die
Hauptforderungen an Amerikas zukünftige erfindungsreiche Literatur darstellen."

Aber der Kriegsausbruch hatte den jungen Verlag Thayer &
Eldridge gezwungen, seine Tätigkeit einzustellen. Whitmans
Verleger Charles W. Eldridge war jetzt beim Heereszahlmeis-
teramt angestellt, und er konnte seinem Freund Whitman die
Stellung eines Sekretärs in diesem Washingtoner Amt besorgen.
Er wohnte in kleinen, karg eingerichteten Räumen, nahm seine
schlichten Mahlzeiten aus Brot, Tee und Früchten auf Papier-
schnipseln ein. Bevor Whitman ab Januar 1865 eine Anstellung

beim Innenministerium im Büro für Indianerangelegenheiten bekam, benutzte er nach getaner Arbeit sein warmes Büro zum Lesen und Schreiben. Eine Arbeit, die täglich nur zwei bis drei Stunden in Anspruch nahm, so daß genug Zeit blieb für Whitmans Lazarett-Besuche. „Es ist seltsam: solange ich bei den entsetzlichen Szenen zugegen bin, Sterben, Operationen ekelhafte Wunden (vielleicht voller Maden), bleibe ich ruhig und fest und energisch, wenn auch mein Mitgefühl sehr erregt ist; aber oft, stundenlang nachher, vielleicht wenn ich zu Hause bin oder allein spazieren gehe, wird es mir schlecht und ich zittere tatsächlich, wenn ich mich an den bestimmten Fall wieder erinnere."

Alte Kriegsträume
Im finsteren Schlaf von vielen gequälten Gesichtern,
Vom ersten Blick auf tödlich Verwundete
(von diesem unbeschreiblichen Anblick,)
Von den Toten auf ihrem Rücken
mit weit ausgebreiteten Armen,
träume ich, träume ich, träume ich.
Von Bildern der Natur, Felder und Berge,
Von Himmeln, so bildschön nach einem Sturm,
und der Mond bei Nacht so überirdisch licht,
Süß aufgegangen, prangend herab,
wo wir Schützengräben ausheben
Und die Halden aufschütten,
träume ich, träume ich, träume ich.
Längst vergangen sind sie,
Gesichter und Gräben und Felder,
Wo ich mit harter Haltung durch das Gemetzel lief
oder weg vor den Gefallenen,
Vorwärts raste ich damals –
doch nun von ihren nächtlichen Gestalten
träume ich, träume ich, träume ich.

„Crossing Brooklyn Ferry" (zuvor „Sun-down Poem") mit seiner Darstellung der Menge und urbanen Physiognomien, das Thoreau und einige andere besonders schätzten, wurde ebenfalls

aus der vernachlässigten zweiten Ausgabe in diese dritte übernommen: Eine symbolische Schilderung von „Erscheinungen",
die die Sinne registrieren – Seevögel, hohe Masten in Manhattan,
Lärmen von Stadt und Wasser, die Brooklyn-Hügel, gewaltige
Wolken bei Sonnenuntergang, wie sie sich mit dem aus dem
Schornstein einer Eisengießerei aufschießenden Feuer verwe-
ben.

Mehr als einmal hing das Schicksal des Nordens an einem
Faden, bis Lincoln endlich in General Ulysses S. Grant den
Oberbefehlshaber fand, der die Sache der Union zum Siege
führte; am 9. April 1865 kapitulierte die Nord-Virginia-Armee in
Appomattox Court House. Eine feierliche Parade in Washington,
wohin die Heere zurückkehrten, beendete offiziell alle Feindseligkeiten:

„Washington, den 25. Mai 65, Liebe Mutter, nun ist die Parade vorbei – sie war ganz großartig – zu großartig und ein-
drucksvoll, als daß man sie schildern könnte... Soldaten, die alle
den Krieg mitgemacht haben, die durch Jahre marschiert und
gekämpft haben – manchmal eine ganze Stunde lang nur Kaval-
lerie, kräftige Männer auf guten Pferden, die Säbel funkeln, und
die Karabiner hängen an den Sätteln, und ihre Kleider verraten,
was alles sie durchgemacht haben... dann ganze Massen von
Kanonen, Batterien, vier bis sechs in einer Reihe nebeneinander,
jede wird von sechs Pferden gezogen, die Kanoniere sitzen auf
den Munitionswagen... dann ganze Bataillone von Schwarzen
mit Äxten und Schaufeln und Hacken (pechschwarze Kerle aus
dem Süden) – und dann Stunde um Stunde die alten Infanterie-
regimenter... und fast jeder mit einer zerfetzten Fahne, die früher einmal ein kostbares Stück gewesen war – dann das große
Trommler-Korps aus sechzig bis achtzig Trommlern, die an der
Spitze der Brigaden marschieren und spielen – und dann und
wann eine Trompeter-Kapelle – aber meist nur Trommler und
Pfeifer – aber das klang sehr gut..."

Am 14. April wurde Abraham Lincoln, der Amerika durch
diese furchtbaren Jahre hindurch gesteuert hatte, von John Wil-
kes Booth angeschossen. Der Schütze war der Sohn des von

Whitman geschätzten Schauspielers Junius Brutus Booth; einen Tag später erlag Abraham Lincoln als erstes präsidiales Attentatsopfer seinen Verletzungen. Das Opfer des Hasses gegen eine allzu starke Verkörperung der Übermacht des Nordens hatte mit seinem Tode gleichsam die schwer errungene Einheit von Norden und Süden besiegelt. In seinen Vorträgen zum „Tod Lincolns" erklärt Whitman den Präsidenten zur „weisesten Seele, die moralischste Persönlichkeit aller meiner Tage."Vier Genies wären vonnöten, das Porträt Lincolns zu zeichnen – „die Augen, das Denken und die Fingerfertigkeit von Plutarch, Äschylos und Michelangelos, assistiert von Rabelais."

In diesem "So Long", dem Abschiedsgruß der Zimmerleute nach getaner Arbeit, ist Whitmans fordernder Anspruch quasi als programmatisches Bekenntnis in wenigen Zeilen zusammengefaßt:

Zum Schluß verkünde ich, was nach mir kommt...
Wenn Amerika tut, was einst versprochen wurde,
Wenn durch die Staaten hundert Millionen herrlicher Menschen wandern...
Dann habe ich erreicht, was ich erstrebt.
Ich hab' auf meinem eignen Recht bestanden...
Ich hab' einem jedem meinen Stil geboten,
ich bin einhergegangen mit vertrauensvollem Schritt.
Und da mir meine Freude unvermindert, sag' ich ganz leise nur:
Auf Wiedersehn!...

Mit dem 13. Verfassungszusatz vom 18.12.1865 wurde die Sklaverei auf dem gesamten amerikanischen Bundesgebiet endgültig abgeschafft, die USA legten Grundsteine für den Aufschwung und die kommende Weltmachtstellung.

„Ich weiß sehr genau, daß meine „Blätter" niemals in einer anderen Ära als der letzten Hälfte des neunzehnten Jahrhunderts hätten entstehen oder gestaltet oder vollendet werden können, oder in einem anderen Land als dem demokratischen Amerika und aus dem absoluten Triumph der vereinigten Streitkräfte. Ob es meine Freunde für mich beanspruchen oder nicht, ich weiß ebenfalls gut genug, daß in Hinsicht auf bildhaftes Talent, dramatische Situationen und besonders Wortmelodie und all die gebräuchlichen Techniken der Dichtung nicht nur die göttlichen Werke, die heute den Lesestoff der Welt anführen, sondern deren Dutzende mehr (manche von ihnen unermeßlich) alles, was ich getan habe, übertreffen oder übertreffen könnten."

|||||||||

DEMOKRATISCHE AUSBLICKE

„Der Mensch ist frei geboren und liegt doch überall in Ketten." (Jean Jacques Rousseau) Der demokratische Fortschritt wurde nach Dafürhalten Whitmans durch allzu machtvolle Potentaten aufs Spiel gesetzt.

„Man denke an das Fehlen und die Unkenntnis, in allen bisherigen Fällen, der Vielfältigkeit, der Lebendigkeit und beispiellosen Stimulantien des Hier und Heute. Es scheint beinahe, als ob eine Dichtung mit kosmischen und dynamischen Eigenschaften von Größe und Grenzenlosigkeit, welche sich für die menschliche Seele eignet, niemals zuvor möglich war. Es ist sicher, daß eine Dichtung des absoluten Glaubens und der Gleichberechtigung zum Nutzen für die demokratischen Massen niemals existiert hat." Es ist nach Dafürhalten Whitmans aber sinnlos, sich mit der Geschichte auseinanderzusetzen, genauso gut könnte man sich mit dem Wetter plagen. Der Ablauf der Geschichte wird bei ihm nicht durch automatische Gesetzmäßigkeit determiniert, sondern den grundlegenden Antrieb gibt der ungebändigte Mensch. Whitmans Appell ans Verhalten lautet so auch: „Leiste viel Widerstand, gehorche wenig." Das Individuum kann sich nur dem Gesetz der Freiheit unterwerfen, nicht dem des Diktators oder Tyrannen.

Auch in Brooklyn und New York konnte sich der Dichter nicht enthalten, die Hospitäler aufzusuchen, und im Dezember 1864 war Walt Whitman neuerlich in Washington, vor allem, um etwas für seinen Bruder zu unternehmen, der in dem grausigen Wintergefängnis von Danville schmachtete. Durch den Herausgeber der ‚New York Times', John Swinton, ließ Walt Whitman so lange Druck auf General Grant ausüben, bis dieser einen Gefangenenaustausch für George veranlaßte. Im Frühjahr, kurz vor der zweiten Amtsübernahme Lincolns, kehrte George als Colonel Whitman trotz allen Leids wohlbehalten nach Hause zurück.

Whitman war inzwischen ein großer Bewunderer Abraham Lincolns geworden und widmete ihm einige seiner ergreifendsten Gedichte und Elegien. „4. März - Der Präsident begab sich zum Capitol.... Um drei Uhr, nachdem die Veranstaltung vorüber war, sah ich ihn auf dem Rückweg. Er saß in einem schlichten zweispännigen Landauer und sah sehr abgespannt und müde aus; die Falten der unermeßlichen Verantwortung, der schwierigen Fragen und der Forderungen von Leben und Tod schnitten wirklich tiefer denn je in sein dunkles, braunes Gesicht; unter den Furchen jedoch all die alte Güte, Empfindsamkeit, Zufriedenheit und umsichtige Klugheit. (Nie sehe ich diesen Mann, ohne zu fühlen daß er zu denen gehört, denen man persönlich eng verbunden ist, wegen der ihm eigenen Kombination reinster herzlichster Empfindsamkeit und der urwüchsigen westlichen Formen von Männlichkeit)." Am Abend ging Whitman zu einem Empfang ins Weiße Haus und beobachtete wieder: Mister Lincoln ganz schwarz gekleidet, mit weißen Glacéhandschuhen, im Frack; er empfing, wie es die Pflicht gebot, schüttelte Hände, sah sehr trübe aus und hätte wohl viel darum gegeben anderswo zu sein."

Im Februar des Jahres 1865 erhielt Whitman eine kleine, leidlich bezahlte Beamtenstelle im Indianischen Büro des Innenministeriums, wo ihm der Umgang mit den Eingeborenen zusagte. „Ich kam nicht um neun und blieb auch nur dann bis vier, wenn ich, wie heute, einen eiligen Brief zu schreiben hatte.". In der Schublade seines Schreibtisches verwahrte er ein in blaues Papier gebundenes Exemplar der „Grashalme". Mit vielen Bleistiftnotizen vermerkte er neue Einfälle. Gedanken zur wirtschaftlichen Entwicklung erhalten den Begriff „prudence", als rechte Hand der Vernunft, was ein wirschaftliches Ideal umschreibt, das auch ethische Momente berücksichtigt. Wo andere sich ins Leichentuch des Industrialismus wickeln, besingt Whitman ungebrochen den demokratischen Prozeß als die alleinige Zukunft der Umsicht und Klugheit, die die Würde zu erhalten vermag.. Da Whitman für alles eintritt, was Schranken zwischen den Völkern beseitigt, spricht sich er sich für einen freien Warenhandel aus.

Kaum hatte Whitman von Georges Ankunft in Brooklyn gehört, als er auch schon um Urlaub einkam, der ihm gewährt wurde. Etwa Mitte März war Walt mit dem Bruder zu Hause und hielt sich auch noch am 14. April hier auf, an dem Abraham Lincoln ermordet wurde, kurz nach Friedensschluß und nach dem Einzug der Truppen.

Die Familie erfuhr die Nachricht aus der Zeitung: "Mutter machte Frühstück und die anderen Mahlzeiten wie gewöhnlich, aber keiner von uns rührte den ganzen Tag auch nur einen Bissen an. Jeder trank eine halbe Tasse Kaffee· das war alles. Es wurde kaum gesprochen. Wir kauften alle Morgen- und Abendblätter und die vielen damaligen Extrablätter und reichten sie einander schweigend weiter." Whitman textet zum Gedenken an Lincoln:

0 KÄPT'N! MEIN KÄPT'N!
Die schwere Fahrt ist aus,
Das Schiff hat jedem Sturm getrotzt,
nun kehren wir stolz nach Haus!
Der Hafen grüßt mit Glockenschall
und tausend Freudenschrein,
Vor aller Augen rauschen wir auf sicherm Kiel herein;
Aber Herz, ach Herz! Ach Tropfen blutig rot,
Wo auf Deck mein Käpten liegt, Gefallen, kalt und tot.

Walt Whitman war dem Präsidenten in Washington oft begegnet und hatte jedesmal Grüße einer spontanen gegenseitigen Sympathie mit ihm ausgetauscht. „12. August! - Den Präsidenten sehe ich fast jeden Tag, da ich zufällig dort wohne, wo er auf dem Weg von oder nach seinem Wohnsitz außerhalb der Stadt vorbeikommt. Während der heißen Jahreszeit schläft er niemals im Weißen Haus, sondern bezieht an einem gesünderen Ort Quartier, reichlich drei Meilen nördlich der Stadt, im Soldatenheim, einer militärischen Einrichtung. Heute Morgen gegen halb neun sah ich ihn in der Nähe der L-Street die Vermont Avenue entlang reiten, auf seinem Weg zum Dienst.

Stets wird er von 25 bis 30 Kavalleristen begleitet, die den gezogenen Säbel nach oben halten, bis über die Schultern. Man sagt, diese Leibwache entspreche nicht seinem persönlichen Wunsch, doch habe er seinen Beratern ihren Willen gelassen.

Der Zug macht kein großes Aufsehen, weder mit den Uniformen noch mit den Pferden. Mr. Lincoln reitet gewöhnlich ein ziemlich großes, gutmütiges, graues Pferd, trägt schlicht Schwarz, das ein wenig verschossen und staubig ist, einen schwarzen steifen Hut, und er sieht in seinem Aufputz und allem ebenso alltäglich aus wie der einfachste Mann."

Für ganz Amerika erhielt Lincolns Gestalt durch sein Attentat-Ende die eines Sinnbildes, die sie für Whitman längst gehabt hatte. In seinem Vortrag über „The Death of Abraham Lincoln" sagte Whitman: „Das Wesentliche, der wirkliche Mord, ereignete sich mit der Ruhe und Schlichtheit irgendeiner ganz gewöhnlichen Begebenheit - wie das Bersten einer Knospe oder Schote im Wachstum der Pflanzen, zum Beispiel."

Am Nachmittag nahm Walt die New Yorker Fähre und ging über den Broadway. In sein Merkbuch notierte er: "Der ganze Broadway trägt Trauer, die Häuserfronten sind schwarz behangen, die riesigen Fahnen mit den breiten schwarzen Trauerfransen sehen so schwermütig aus, gegen Mittag verdunkelte sich der Himmel, und es begann zu regnen. Tropf, tropf - schwüles, feuchtes, schwarzes Wetter; alle Läden sind geschlossen; der Regen scheucht die Frauen von der Straße, zurück bleiben nur die schwarzgekleideten Männer. Schwarze Wolken ziehen über uns hin. Welch Grauen, welche Fieber, welche Ungewißheit, welche Erregung in der Öffentlichkeit! Jede Stunde bringt über den Telegraphen ein großes geschichtliches Ereignis. Um elf wird der neue Präsident vereidigt; um vier Uhr wird der Mord - ..." (Fragment)
Dem Ermordeten gedachte der Erschütterte in einem seiner berühmtesten Klagelieder "Andenken an Präsident Lincoln", worin Whitman den in allen Bauergärten wachsenden Flieder mit dem herzförmigen Blatt als Symbol der Liebe des Volkes, auch das einsame Lied der in den Sumpfzedern schlagenden Hermitdrossel zu einem Weihelied für die „gütigste, weiseste Seele aller Völker und Länder" verflocht,

"When lilacs last in the dooryard bloom'd".
Als jüngst der Flieder blühte vor der Tür
Und der große Stern am westlichen Himmel
früh in die Nacht sank,
Trauerte ich, und werde trauern mit jedem Frühling neu.
Sooft du, Frühling, ach Frühling wiederkehrst,
du bringst mir Dreiheit gewiß,
Flieder blühend jedes Jahr,
Elend ach, gibst du uns all.
Und Gedanken an den Tod, der uns nah.

Nicht der gesamte Text, die 16 Teile von Whitmans Text sind auf 11 gekürzt, wurde von Paul Hindemith (1895-1963) vertont. Ein Bariton exponiert die Symbole von Leben und Tod; beim nun einsetzenden Chor geht die Trauer in Anklage über. „Der Schluß bringt im Stil eines Rezitativs das Bild des Abbrechens des Zweiges, das sowohl die Trauerbotschaft des ersten Abschnitts zusammenfaßt, als auch auf die nun folgende Erzählung verweist." (Walter Grünzweig) Bei Walt Whitman wird der Tod künftig zum versöhnlichen Tröster und Ausgleich aller Leiden. Im Übrigen verfolgt das Klagegedicht den langsamen Trauerzug des Ermordeten von Washington nach New York und durch alle wichtigen Ortschaften westwärts, bis die Leiche in Lincolns Heimatstadt Springfield in Illinois beigesetzt wird.

In die Zeit dieses gespannten Zustandes fiel am 30. Juni 1865 ein kleinlich-engherziges Ereignis. An einem Junitag des Jahres 1865 durchsuchte der jüngst ernannte Minister, Mr. James Harlan, nach Büroschluß das gesamte Amtsgebäude. In Whitmans Pult fand er, wohl aufmerksam gemacht durch einen böswilligen Kollegen, das Manuskript für die neue Ausgabe der „Grashalme". Die Kündigung "mit und von diesem Tage ab" wurde offiziell mit Einsparungsmaßnahmen begründet, doch war Harlan Methodist und über den Inhalt gewisser Gesänge so empört, daß er sich zur sofortigen Entlassung "Walter Whitmans aus New York als Beamter im Indianischen Büro" entschloß. Sollte der Präsident Whitman wieder einsetzen, würde er, Harlan, sein Amt niederlegen.

„Bücher, die uns kein duckmäuserisches Vergnügen vermitteln sondern in denen jeder Gedanke ein ungewöhnliches Wagnis darstellt; solche, die ein müßiger Mensch nicht lesen kann und die einen Furchtsamen nicht unterhalten würden, die uns für die existierenden Institutionen sogar gefährlich machen, das nenne ich gute Bücher." (H. D. Thoreau)

Der edelmütige Freund Whitmans und Journalist, William Douglas O'Connor ging sogleich zu dem ihm bekannten Kronanwalt Ashton, und dieser sorgte dafür, daß Whitman an seine Abteilung, die Staatsanwaltschaft, überwiesen wurde. Hier bereitete Whitman Briefe und Gesetzentwürfe für den Präsidenten und die Leiter der Ministerien vor.

Die Ungerechtigkeit dieser Entlassung aus dem Staatsdienst erregte O'Connor dermaßen, daß er den ganzen Sommer über an einer leidenschaftlichen Verteidigungsschrift ("A Good Gray Poet", veröffentlicht im Januar 1866) schrieb, in welcher er Harlan aufs schärfste angriff, Whitman idealisierte und >Grashalme< zu einem literarischen Meisterwerk erklärte, das den Dichtungen Homers, Dantes und Shakespeares zu vergleichen sei.

William Douglas O'Connor (1832-1889), der Romanschriftsteller war, als Walt ihn in Boston kennenlernte, hatte Whitmans und die Sache der „Grashalme" zu der seinen gemacht. Seine Ehefrau; Nelly, wurde Walt zur guten Freundin. Augenblicklich waren die O'Connors für den „alten, grauen Dichter" eine unschätzbare Hilfe, denn sie gaben ihm ein Heim, in dem er nach den Strapazen des Lazarettlebens etwas ausgeglichener leben konnte. Für ein paar Dollar im Monat bekam er ein Zimmer unter O'Connors Wohnung, frühstückte und aß mit ihnen zu Mittag.

Damals begann auch die enge Freundschaft zwischen Whitman und John Burroughs, dem Naturwissenschaftler aus Delaware County, New York. Dieser war zurzeit beim Schatzamt beschäftigt und hatte seine Liebe zur Natur noch nicht zu Geld machen können. Beiden gemeinsam war die Forderung: Sei natürlich, Felder, Felsen, Bäume sind kein totes Material, sondern lebendige Gefährten. Auf längeren Streifzügen durchs Gelände schärfte er Whitmans Auge und Ohr für die Natur-Schauspiele und sollte 1867 die erste biographische Studie über den Dichter herausgeben: „Notes on Walt Whitman as Poet and Person". „Nun will ich nichts tun als lauschen, um aufzufangen in diesen Gesang, was ich höre, Laute ihm einfügen."

Whitman bereitete 1867 eine neue, die vierte Auflage der >Grashalme< vor, die im Oktober dieses Jahres erschien. Bei der Veröffentlichung der 1867er Ausgabe handelte sich eher um einen Privatdruck, der auf alle nur mögliche Weise verkauft wurde: "Grashalme vollständig Dollar 3.00 (früherer Preis 3.50, rot durchgestrichen) "Passage to India" 1.00 "Democratic Vistas" 0,75 Können vom Verfasser in Washington D.C. bezogen werden", so der Wortlaut einer Anzeige in einer Ausgabe von 1871. Weitere Anschriften werden angegeben: J. S. Redfield, der Drucker in der Fulton Street, New York, an anderer Stelle ist der Anschrift hinzugefügt "eine Treppe hoch"

„Ich sage, es steht fest, obwohl ich schon früher begonnen hatte, daß allein durch den Sezessionskrieg und das, was er mir in Lichtblitzen zeigte, mit den emotionalen Tiefen, die er auslotete und aufrüttelte (natürlich meine ich dies nicht nur für mein eigenes Herz, ich sah es ebenso deutlich in anderen, in Millionen) - daß allein aus der starken Flamme und der Herausforderung der Anblicke und Szenen dieses Krieges der endgültige Daseinsgrund für einen autochthonen und leidenschaftlichen Gesang hervorging." Der Bürgerkriegsband „Trommelschläge" („Drum Taps") war noch nicht in sie aufgenommen; er habe „einige übertriebene Redewendungen und zwei oder drei ganze Stellen weggelassen", schrieb Whitman seiner Mutter, die er weiterhin nach Kräften unterstützte, zumal sie sich bis zu ihrem Tod auch um den zurückgebliebenen Edward gekümmert hatte.

Im frostigen Winter des Jahres 1867 lebte Whitman noch immer in einem ungeheizten, spärlich möblierten Zimmer in Washington und arbeitete weiter an seinen Versen und an einem Bändchen, das nach einem seiner schönsten und bedeutungsvollsten Gedichte „Durchfahrt nach Indien" betitelt war und das u. a. den Trauergesang auf Lincolns Tod enthielt. „Der wahre Nutzen der Imagination moderner Zeiten ist die äußerste Belebung von Fakten, Wissenschaft und alltäglichem Leben, und deren Ausrüstung mit dem Leuchten und dem Ruhm und der endgültigen Berühmtheit, welche zu allen realen Dingen und nur zu realen Dingen gehören. Ohne diese äußerste Belebung - die allein der Dichter oder ein anderer Künstler zu geben vermag - würde die Wirklichkeit unvollständig erscheinen, und Wissenschaft, Demokratie und das Leben selbst wären am Ende vergebens."

Alle Unbequemlichkeiten wurden nebensächlich, als sich die Anzeichen einer Anerkennung in England bemerkbar machten. Moncure D. Conway, der Whitman seit 1855 kannte und sich jetzt in England aufhielt, hatte in der ‚Fortnightly Review' über die „Grashalme" geschrieben und war bemüht, etwas für Whitman zu tun.

Im 'London Chronicle' war im Sommer 1867 ein ausführlicher Artikel von William Michael Rossetti, dem Bruder des namhaften Gabriel Rossetti erschienen. William Rossetti, selbst ein intellektueller Revolutionär und überzeugter Republikaner, wurde der Biograph Shelleys, Blakes und seines Bruders Dante Gabriel. Einige amerikanische Verleger ließen sich von diesem Lob aus der Feder des Engländers Rossetti beeindrucken. Auf Grund seines Interesses an >Grashalme< schlug Rossetti die Herausgabe eines Auswahlbandes für englische Leser vor. Whitman stimmte freudig zu, hätte aber eine ungekürzte, unbereinigte Übernahme vorgezogen. All jene Gedichte, die nach Rossettis Ansicht gegen die Empfindlichkeit der Zeit und die Haltung Englands in sexuellen Dingen verstießen, fehlten.

Für Deutschland veröffentlichte Ferdinand Freiligrath, der bei Erscheinen der Rossettischen Ausgabe im englischen Exil weilte, einen solchen zustimmenden Artikel, womit Whitman auch in Deutschland eingeführt und künftig verehrt war. „Leaves of Grass" wird sowohl als „Grasblätter" wie auch „Grashalme" übersetzt, unmißverständlich ist im Zusammenhang mit Walt Whitman die Sache gemeint, der er sich vorbehaltlos hingab.

„Bisher habe ich in meinem Lande von der Presse und den autoritativen Stellen nur eine lange Tirade aus Schamlosigkeiten, Hohn und gemeinen Scherzen zu hören bekommen. Die Anerkennung in England hat dazu beigetragen, den Himmel hier ein wenig zu entwölken." (Brief an Conway) Die Fürsprache und der Rossettische Vorzugsband gewannen Whitman einen ansehnlichen Verehrer-Kreis im englischen Mutterland, zu denen Männer wie Tennyson, Dante Gabriel Rossetti, Swinburne und A. Symonds zählten.

Auch war dort das Herz einer bedeutenden Frau, der Witwe von Alexander Gilchrist, die sich von Rossetti ein Exemplar des vollständigen Werkes geben ließ, erobert worden. In einem zugeneigten Essay "A Woman's Estimate of Walt Whitman", trat Mrs. Gilchrist im besonderen für die verfemten "Kinder Adams" ein, wozu für eine englische Frau nicht wenig Courage gehörte. Denn gerade bei dieser Versfolge geht es – anders als bei „Calamus" vorrangig um den Sex, nicht um die Liebe. Auch begann sie mit Whitman selber einen regen, wenn auch recht einseitigen, Briefwechsel. 1876 siedelte sie mit ihren Kindern unter dem Vorwand, ihrer Tochter eine medizinische Ausbildung geben zu lassen und ihrem Sohn, der Künstler war, das Sammeln neuer Erfahrungen zu ermöglichen, für drei Jahre nach Philadelphia über. Sie wollte in der persönlichen Nähe des verehrten Mannes leben, sie wäre noch jung genug, ihm „ein vollkommenes Kind" zu gebären.

Ihre Heiratsabsichten hatten Whitman eine Zeitlang verschreckt, liebelnde Schwärmereien entsprachen nicht seinem Naturell wie ihn auch die vielen Besucher aus purer Neugierde abstießen. Daß man in der Walt Whitman-Sammlung der University of Pennsylvania einen Brief Buckes an eine Interessentin aus Baltimore, dem eine Locke von Whitmans Haar beilag, entdeckte, macht Whitmans diesbezügliches Unbehagen verständlich.

"3. November 1871

Ich habe eine ganze Weile auf die rechte Muße und Stimmung gewartet, um in einem ebenso ernsthaften Sinne auf Ihren Brief antworten zu können, wie der ist, in dem er geschrieben wurde, mit dem gleichen unverfälschten Vertrauen, der gleichen Zuneigung. Aber ich bin in diesen Tagen täglich mehr denn je mit Arbeit überhäuft worden. Auch scheint die wahre Stimmung ausbleiben zu wollen, obgleich ich gesund und zufrieden bin. Ich hätte gern einen besonderen Tag darauf verwendet, eine Art Sabbat oder einen Festtag, der unter heiteren, günstigen Einflüssen steht, in der Hoffnung, daß ich Ihnen an einem solchen Tag einen Brief schreiben könnte, der Ihnen und mir wohltäte. Aber ich muß Ihnen wenigstens ohne längeres Zögern zeigen, daß ich gegen Ihre Liebe nicht fühllos bin. Auch ich sende Ihnen meine Liebe. Und seien Sie nicht enttäuscht, daß ich jetzt so kurz schreibe. Der beste Brief ist mein Buch, es ist meine Antwort, meine wahrste Erklärung von allen. Ich habe meinen Leib und Geist hineingelegt. Sie verstehen das besser und klarer und völliger als jeder andere Mensch. Und auch ich verstehe den liebenden Brief, den es hervorgerufen hat, richtig und klar. Genug, daß eine so schöne und zarte Beziehung besteht, die wir beide freudig bejahen."

Wohlwissend, wie der Brief gemeint war, gab sich Frau Gilchrist mit der Abweisung ihres Antrags keineswegs zufrieden. Am 20. März 1872 wies Whitman erneut darauf hin: „Lassen Sie sich um meinet- und auch um Ihretwillen warnen. Sie dürfen nicht einfach auf eigene Faust eine solche Phantasiegestalt schaffen, die Sie W. W. nennen, und ihr Ihr liebevolles Wesen so hingebend zuwenden. Der wahre W. W. ist ein sehr schlichter Mensch, der einer solchen Hingabe ganz und gar unwert ist."

Frau Gilchrist wollte diesen Brief nicht erhalten haben, doch konnte sie in ihren späteren Antworten nicht darüber hinweg sehen. Whitman bemühte sich, freundlich zu bleiben, schickte ihr Bücher, Zeitungen, Artikel und manchmal kurze Zettel, die er sorgfältig formuliert hatte, um ihre Leidenschaft nicht zu provozieren. Auf solche Weise bestand dieses Verhältnis mehrere Jahre, ohne sich zu intensivieren.

Nach einer Dekade schnöder Kompromisse und halbherzigen Bemühens waren Demoralisierung und Zügellosigkeit, Enttäuschung und Zynismus aus dem vierjährigen Krieg nach Hause gebracht worden. „Was die echte amerikanische Individualität angeht, obgleich sie sicher und in großem Rahmen kommen wird: Der ausgeprägte und ideale Typ des westlichen Charakters (mit den praktisch-politischen und sogar geldbringenden Eigenschaften der Menschen der Vereinigten Staaten im neunzehnten Jahrhundert ebenso im Einklang, wie die erwählten Ritter, Ehrenmänner und Krieger mit den Idealen der Jahrhunderte des europäischen Feudalismus) ist bisher noch nicht erschienen."

Während eines zehnmonatigen Urlaubs von seinem Amt besorgte Walt Whitman in New York auf eigene Kosten eine neue Herausgabe, die fünfte Auflage der >Grashalme<, die jetzt auch „Trommelschläge" enthielt:
„Manhattan arming, To the drum-taps prompt, The young men falling in and arming...". Das Interesse liegt nicht so sehr auf den kriegerischen Auseinandersetzungen, sondern vorrangig bei der menschlichen Seite, den Kämpfern.

Als Angelpunkt des ganzen Buches hatte sie Whitman, gleichsam zum Zeichen, in welchem Sinne der Dichter die Erlebnisse des Krieges betrachtet wissen wollte, in die Mitte gestellt „...Vor allem aber bin ich vielleicht mit den „Drum-Taps" deshalb so zufrieden, weil sie die großen, sich widerstreitenden Strömungen von Verzweiflung und Hoffnung, das Hin und Her, die Massen, den Wirbel und den betäubenden Lärm − und dazu, wie noch nie bisher, die Angst der Verwundeten und Leidenden, die herrlichen jungen Menschen in Tod und Agonie − und alles ist manchmal rot, als wäre es in Blut getaucht, als triefte es von Blut − zum Ausdruck bringen. Deshalb ist das Buch so unendlich traurig, aber durch es hindurch dröhnt auch das Schmettern der Trompete, und dabei ist es durchweht von süßester Kameradschaft und menschlicher Liebe..."

Aus Deutschland hörte Whitman im Winter 1870/71, daß auf Anregung Freiligraths Adolf Strodtmann einige Übersetzungen Whitmanscher Gedichte in eine Anthologie aufgenommen hatte. "Die Intensität dieses Werkes ist so stark, daß eine Strophe schon berauscht, eine Seite schon lebenstrunken macht: in dem kleinsten seiner Gedichte, in einer Zeile schon ist Whitman ja immer enthalten, so wie ganze Wälder in einem Samenkorn. Aber die volle Breite seines Werkes, die Fülle, die Vehemenz seiner Dichtung vermögen in Deutschland jene, denen die Originale nicht zugänglich sind, erst heute kennenzulernen an der umfassenden Ausgabe, die Hans Reisinger - Dank ihm, innigsten Dank! - nun endlich meisterlich zu Ende geführt." (Stefan Zweig)

"Ich habe dem Gewicht meiner Gedichte von Anfang bis Ende gestattet, auf die amerikanische Individualität einzuwirken und ihr beizustehen ... Vorgeblichen literarischen und anderen Konventionen zum Trotz, singe ich unverhohlen "den großen Stolz des Menschen auf sich selbst" und erlaube ihm, mehr oder weniger ein Motiv nahezu aller meiner Verse zu sein. Ich halte diesen Stolz für unentbehrlich für einen Amerikaner. Ich halte ihn nicht für unvereinbar mit Gehorsam, Demut, Rücksichtnahme und Selbstzweifel."

Nach der „Grashalme"-Ausgabe vom Jahre 1867 mit ihren Anhängen, nach den „Democratic Vistas" und der „Passage to India" beide aus dem Jahre 1871 erschien in demselben Jahr „After All Not to Create Only". Auf Einladung der National Industrial Exhibition in New York trug Whitman das Gedicht als "Song of the Exhibition" vor. In demselben Jahr 1869, da die transkontinentale Eisenbahn vom Atlantik bis zum Pazifik durchfuhr, war der Europa mit Asien verbindende Suezkanal eröffnet worden. Whitmans Verse hierzu bejubeln die Durchfahrt zu mehr als nach Indien. Der Fortschritt und die Wissenschaft sind ihm als Dichter der Scheitel auf dem Schopf. Indien ist auch bezeichnend für das Land des Spirituellen, „Passage to India" nimmt Bezug auf die nun möglichen Kontakte zwischen den alten Ländern und der Neuen Welt und stellt den „barbarischen Gegenwartsprediger" (Armin T. Wegner) an den Beginn eines neuen Weltgefühls im Mechanisierungs- und Maschinenzeitalter.

Im Frühjahr 1872 wurde der Dichter von den Studenten des Dartmouth College, um die Fakultät zu ärgern, eingeladen, zum Beginn des Studienjahres ein Gedicht vorzutragen. Whitman schrieb und rezitierte "As a Strong Bird on Pinions Free", wobei der Vogel mit seinem freien Flügelschlag die amerikanische Demokratie symbolisieren sollte. Ein Band aus dem Jahre 1872, der dieses Gedicht als Teilstück brachte, enthielt Whitmans Tribut an Frankreich, das gerade von einem unbarmherzigen Preußen besiegt worden war. Zu Anfang des Krieges hatte Whitman noch mit Deutschland sympathisiert, stellte sich aber schon bald auf die Seite des unterlegenen Frankreich.

Nach 1871 geschriebene Gedichte in Auswahl: On the Beach at Night, 1871 / Ethiopia Saluting the Colors, 1871 / Sparkles from the Wheel, 1871 / Passage to India, 1871 / The Mystic Trumpeter, 1872 / Prayer of Columbus, 1874 / After the Sea-Ship, 1874 / The Ox-Tamer, 1874 / To the Man-of-War Bird, 1876 / The Dalliance of the Eagles, 1880 / Good-bye My Fancy! 1891 -

Auch angesehenste Zeitschriften begannen nun, für Whitmans Gedichte gute Honorare zu zahlen: Hundert Dollar erhielt er von 'Atlantic Monthly' für „Proud Music of the Storm", zwanzig Dollar für "Thou Vast Rondure" von der 'Fortnightly Review'. Fünfzig Dollar bezahlte das 'Broadway Magazine' in London für "Whispers of Heavenly Death." In "William Blake" nannte Swinburne 1868 die Elegie auf Lincoln ("Flieder") "das süßeste und klangvollste Nokturno, das je in der Kirche der Welt gesungen wurde". Er zog auch einen Vergleich zwischen Whitman und Blake, der, so meinte er, beiden Dichtern zur Ehre gereiche.

Seine wachsende Bekanntheit brachte so manchen Besucher, doch meist lebte Whitman still und einfach in dem kleinen Kreis seiner engeren Gefährten, Burroughs, O'Connor, Eldridge, und Ashton, was ihn jedoch nicht an seiner alten Gewohnheit hinderte, freundschaftlich mit schlichten Menschen aus dem Volk zu verkehren. Es gibt etwas Besseres als ein Künstler oder Dichter zu sein – nämlich – ein Mensch.

Aus dieser Zeit datiert die bis ans Ende seines Lebens dauernde väterlich-zärtliche Verbundenheit mit dem erst achtzehnjährigen Irisch- Amerikaner Pete Doyle. Dieser war ein zwanzigjähriger Bursche, er war Ire und hatte bei den Konföderierten Kriegsdienste geleistet. Als Verwundeter auf Ehrenwort aus der Gefangenschaft entlassen, wurde ihm eine Stelle als Pferdebahnschaffner auf der Pennsylvania Avenue angeboten. Hier hatte Whitman, in einer stürmischen Winternacht von Burroughs kommend, seine Bekanntschaft gemacht.

In eine weißwollene Decke gehüllt, saß er als einziger Fahrgast im Wagen, und der junge Schaffner fühlte sich hingezogen zu dem Mann mit dem grauen Bart und dem sonnengebräunten Gesicht, trat in den Wagen und setzte sich zu ihm. „Irgendetwas in mir trieb mich zu ihm, und irgendetwas in ihm zog mich zu ihm hin. Er hat mir öfters gesagt, daß es bei ihm genauso gewesen wäre. Ich ging also in den Wagen. Wir waren sofort wie alte Bekannte miteinander…" (Pete Doyle) Und Whitman fuhr, anstatt auszusteigen die ganze Strecke noch einmal, da sie sich so viel zu sagen hatten. „Von dem Abend an waren wir die besten Freunde. Bis 1872 war ich in Washington und wurde dann Beamter bei der Pennsylvanischen Eisenbahn." (Pete Doyle) Seitdem kam Pete nach beendeter Fahrt vor das Schatzamt, in dem Whitmans Büro lag und holte ihn zu Spaziergängen ab. „Ich habe ihn oft im Schatzamt besucht. Meist war Hubley Ashton da, er lehnte sich ganz gemütlich gegen den Tisch, an dem Whitman saß und schrieb. Sie waren gute Freunde und sprachen viel miteinander. Walt fuhr viel in meinem Wagen – oft mittags, abends regelmäßig." (Pete Doyle) Der junge Mensch war durch die Kriegsjahre innerlich aus dem Gleichgewicht gebracht; er trug sich mit Selbstmordgedanken und fand in Whitmans Anteilnahme den Lebenshalt zurück. Keine Frau stand Whitman jemals so nahe wie dieser Pete Doyle, so etwas wie ein Wahlsohn des Dichters. Die Briefe, die Whitman später, als er Washington verlassen hatte, an ihn schrieb, füllen einen ganzen Band und sind unter dem Themenbereich "Calamus" erschienen.

„Brooklyn, den 7. August 1870
Lieber Junge Pete… Es ist ein herrlicher, ruhiger Sontagvormittag… Ich habe mir eben noch einmal deinen letz-

ten Brief vorgenommen und lese ihn immer wieder. Gestern abend machte ich eine Art Ausflug – ganz allein – Es war sehr nett, ziemlich kühl und der Mond schien… Mein lieber Junge, ich werde dir jeden Samstag fünf Dollars schicken, wenn Du keine Arbeit haben solltest – ich kann das Geld sehr gut entbehren, und Du kannst dich darauf verlassen. Viele, viele liebe Küsse, Dir, mein geliebter Sohn."

Die politische Entwicklung der Nachkriegsjahre verlief für Whitman enttäuschend. Die Demokratie verfügte als neues Gebräu über neue Macht, hatte bisher ihre reine Form noch nicht finden können. Die Möglichkeiten waren so dynamisch, daß sich die Gesellschaften, vor allem in Amerika, in einer schnellen, unberechenbaren Wandlung befanden. Der militärisch verdiente General Grant war zum Präsidenten gewählt worden, erwies sich aber in seinen acht Amtsjahren als nicht sehr befähigter Politiker. Anstatt, wie es in Whitmans Sinn gewesen wäre, nun die wahre innere Einheit der Union zu schaffen, wurde in radikal-republikanischer Übertreibung den aufständischen Weißen das Stimmrecht entzogen und den dafür gänzlich unreifen Negern verliehen, was Mißbräuche und Auswüchse zeigte.

Anläßlich einer der Zusammenkünfte bei den O'Connors widersetzte sich Whitman in Gegenwart vieler Gäste einer sofortigen Freilassung der Neger und der Übertragung des uneingeschränkten Stimmrechts auf diese, wodurch er William O'Connor, den unumstößlichen Abolitionisten verletzte und so einen langjährigen Bruch zwischen den beiden herbeiführte.

Auch wenn Whitman gerne mit sich und seinem Buch eins gewesen wäre, gibt es Unterscheidungen zwischen dem Autor Whitman und dem lyrisch-utopischen Ich der „Grashalme". Whitman änderte seine politischen und sozialen Ansichten im Laufe seines Lebens mehrfach, vom Konservatismus zum Radikalismus und zurück zum Konservatismus. 1847 hatte er seinen ersten abolitionistischen Vortrag gehört, schloß sich den Anhängern der Abschaffung der Sklaverei jedoch niemals an, weil er glaubte, ihre Ideen würden die Union gefährden. Stattdessen nahm er 1848 als Delegierter an einer Versammlung der Free-Soilers teil, unterstützte ihr Programm, daß weiße Arbeiter von schwarzen zu trennen seien und die Ausbreitung der Sklaverei verhindert werden müsse.

"Das höchste aber und die Krönung der Demokratie ist, daß sie allein alle Nationen aller Menschen so verschiedener und entfernter Länder zu einer Bruderschaft, einer Familie vereinen kann und immer zu vereinen bestrebt ist. Sie ist der alte, immer wieder neue Traum der Erde, der Traum ihrer ältesten und jüngsten Völker und liebsten Philosophen und Dichter."

Seit 1868 arbeitete Whitman an einer Schrift, in der er die Umrisse wahrer Demokratie und somit wahrer Menschlichkeit zu entwerfen gedachte. Whitman meinte, daß er erst nach seinen Kriegserfahrungen wirklich wußte, was amerikanische Demokratie war. „Ich weiß nicht, ob man mich versteht, aber ich erkenne, daß ich diese Seiten nur schreiben kann, weil ich das, was ich persönlich erfuhr, mit diesen Szenen vermischte." Deshalb bereicherte er seine Idee von der politischen Demokratie um Brüderlichkeit, Freundschaft, Zuneigung und Liebe, weil er an diese jungen Männer aus allen Teilen der Staaten dachte, die er zu Tausenden erbärmlich leidend und sterbend erlebt hatte.

„Dachtet ihr, Advokaten schüfen euch den Zusammenhalt? Oder Verträge auf einem Papier? oder die Waffen? Nein fürwahr, so ist weder die Welt, noch irgendein lebendes Ding zusammengewachsen." Den Lauf der Dinge bestimmt das menschliche Handeln, das sich aus Fairness und ehrbarem Verhalten zusammensetzen sollte.

Im Jahre 1871 erschien die Bilanz seiner diesbezüglichen Prosa als Sonderbroschüre unter dem Titel „Democratic Vistas" („Demokratische Ausblicke"). Die richtigverstandene Demokratie erweitert den Katalog der Freiheiten, doch waren Korruption und Degenerierung dieser Jahre die die Demokratie bedrohenden Gefahren.

Whitmans Demokratie ist ein freies Volk tätiger Menschen, die alle Hemmnisse des Kastengeistes hinter sich gelassen, alle überjährte Vergangenheit durchbrochen haben. Diesen Menschen zu schaffen, das ist die Lösung des Widerspruchs zwischen Individuum und Gemeinschaft. Alle politischen Rechte und Freiheiten sind unbedeutend, wenn nicht der rechte Mensch sie trägt und ausübt. „Auf dass die Regierung des Volkes, durch das Volk und für das Volk, nicht von der Erde verschwinden möge." (Lincolns „Gettysburg Address") Dies hält Whitman dem gegenwärtigen Zustand der geistigen und seelischen Hohlheit, dem alle edle Gesinnung erstickenden Materialismus entgegen und baut auf die unerlösten Kräfte in der breiten, gesunden Masse.

Die Demokratie, dieser stolze Stand, hat im einfachsten und natürlichsten aller Gewächse ihr Symbol – im Gras; der neue Mensch wird in Worten sprechen, die „schlicht sind wie Gras."
Dem demokratischen Übermensch Whitman verbindet sich Demokratie insbesondere mit der freien Natur, ist sonnig, kräftig – genauso wie es die Kunst ist. „Etwas ist erforderlich, um beide zu mildern, sie in Grenzen zu halten, sie vor Unmäßigkeit und Krankhaftigkeit zu bewahren. Ich wollte vor meinem Ende noch ein besonderes Zeugnis ablegen für eine sehr alte Lektion und Bedingung. Amerikanische Demokratie in Form von zahllosen Persönlichkeiten in Fabriken, Werkstätten, Läden, Büros - in den dichten Straßen und Häusern der Städte mit all ihrem mannigfaltigen anspruchsvollen Leben - muß entweder durchzogen, belebt sein von regelmäßigem Kontakt mit Licht und Luft und Wachstum im Freien, Bauernhöfen, Tieren, Feldern, Bäumen, Vögeln, Wärme der Sonne und freiem Himmel, oder sie wird gewiß verblassen und dahinschwinden." „Es ist kraftvoll demokratische Lyrik, es ist der authentische Schlachtruf einer neuen Nation und das solide Fundament einer Nationalliteratur." (William Somerset Maugham)

Am 15. Juli 1870 kritzelte Whitman, an seinem Pult in der Generalstaatsanwaltschaft sitzend, mit Tinte und Bleistift in je zwei verschiedenen Farben folgende Notiz: „Kongreß vertagt sich und ist in großer Erregung. In Europa soll um 2 ½ Uhr nachmittags Krieg erklärt worden sein. - Ich schreibe dies im

Büro; fühle mich nicht ganz wohl. Hitze bedrückt mich."
Seit den Lazarett-Jahren hatte sich Walt Whitman nie wieder
ganz erholt und immer wieder plagten Schwindelanfälle und
leichte Erkrankungen.

Am 23. Januar 1873 hatte Whitman noch bis in den späten
Abend hinein am Ofen in der Bibliothek des Schatzamtes eine
Erzählung von Bulwer-Lytton gelesen, und sein kränklicher Ge-
sichtsausdruck war dem Pförtner aufgefallen. Nachdem er sich
in seiner Dachstube im Haus gegenüber zu Bett begeben hatte,
wachte er zwischen drei und vier Uhr morgens auf, ohne daß er
Arm und Bein seiner linken Seite bewegen konnte. Er blieb ruhig liegen, bis am Morgen Freunde kamen und den Arzt holten;
Whitman hatte einen Schlaganfall erlitten.

Da die Zeitungen seinen Zustand übertrieben, beruhigte er
brieflich seine Mutter, er sei auf dem Wege der Besserung und
werde in ein paar Tagen wieder an seinem Pult sitzen. Als sich
der 54-Jährige mithilfe seiner Bekannten etwas erholt hatte, erhielt Whitman die Nachricht vom Tode der Frau seines Bruders
Jeff, Martha, die er besonders gemocht hatte.

Obwohl teils lahm und von Schwächezuständen geplagt,
konnte sich Whitman Ende März wieder an seine Büroarbeit
begeben. Anfang Mai erkrankte seine Mutter, die Sklave ihres
Haushalts geworden war und die unterdes von Brooklyn in die
kleine Arbeitervorstadt Camden zu ihrem Sohn, dem Obersten
George Whitman umgesiedelt war. Da es mit ihr nicht besser
wurde, machte sich Whitman, so leidend er selber war, am 20.
Mai 1873 auf und fuhr nach Camden. Am 23. schon starb Louisa
Whitman, Walt war bis zum letzten Augenblick bei ihr.

An Pete Doyle hatte er geschrieben: „Sie ist die große Wolke
über meinem Leben."

„Am nächsten Tag, dem 30.Juli 1881 – widmete ich der nämlichen Stätte mütterlicherseits und war, falls das überhaupt möglich ist, noch stärker ergriffen und beeindruckt. Diesen Abschnitt
jetzt schreibe ich auf der Ruhestätte der van Velsors unweit Cold
Springs, dem bedeutendsten Friedhof, den man sich vorstellen
kann: ohne das geringste Beiwerk von Kunst – solcher aber weit
überlegen – unfruchtbarer Boden, ein in höchstem Maße ödes

Plateau von einem halben Morgen, die Kuppe einer Anhöhe, umgeben von zerzausten und wohlgewachsenen Bäumen und dichtem Gehölz, sehr schlicht abgelegen, keine Besucher, keine Straße (hierhin kann man nicht fahren man muß die Toten hertragen und ihnen zu Fuß folgen)..."

Als er sich voll Unrast wenige Tage später an die Küste begeben wollte, zu der alten, geliebten Mutter See, durchlitt Whitman einen schweren Rückfall und mußte in das Haus seines Bruders zurückgebracht werden, in dieses Städtchen Camden, das er bis an sein Ende nicht wieder verlassen sollte.

"Von diesem alten Friedhof ging ich 80 bis 90 Ruten hinunter zu dem Gelände des van Velsor-Anwesens, wo meine Mutter geboren wurde (1795) und wo mir als Kind und Burschen (1825-1840) jeder Flecken vertraut war. Damals stand dort ein langes, weitläufiges, dunkelgraues, um und um mit Schindeln bedecktes Haus mit Schuppen, Ställen, einer großen Scheune und viel freiem Gelände. Keine Spur von all dem ist übriggeblieben; alles wurde abgerissen entfernt, und Pflug und Egge gingen über den Baugrund, den Hof und alles weitere, viele Sommer lang. Gegenwärtig wachsen hier umfriedet Korn und Klee wie auf jedem anderen prächtigen Feld. Einzig ein großes Loch, vom Keller, mit ein paar Häufchen zerbrochener Steine, grün von Gras und Unkraut, läßt den Platz wiederfinden. Sogar der füllige alte Bach und seine Quelle scheinen zum größten Teil dahingeschwunden zu sein. Die gesamte Szene, mit dem, was sie erweckte: das alles und auch die gegenwärtigen Dinge hinterließen in mir das nachhaltige Erlebnis meines gesamten Ausflugs."

Bis Sommer 1874 gestattete die Regierung, daß Whitman einen Stellvertreter zu einem geringeren Gehalt einstellte und die Differenz einbehielt. Da er nun seit achtzehn Monaten krank war und keine Aussicht bestand, daß er das Amt in absehbarer Zeit wieder würde übernehmen können, wurde Whitman gekündigt.

Seine materielle Lage, die an sich bescheiden genug gewesen war, wurde dadurch bedenklich. Die zurückgelegten Ersparnisse gingen rasch zur Neige, zumal noch die Pension für den kranken Bruder Edward zu bezahlen war. Kleine Aufsätze für Zeitungen und Zeitschriften waren ein Verdienst von der Hand in den Mund. Der Ertrag der >Grashalme<, seines Modell-Skeletts, blieb denkbar gering. Wie jeder Inventor, ob Künstler oder Erfinder, war er erstmal ein Fremdkörper und mußte sein Martyrium, den Kampf um Anerkennung durchstehen. „Die vollkommene körperliche Gesundheit, Stärke, Spannkraft (und der innere Antrieb, sie zu erhalten), die mir während meines ganzen Lebens und besonders in der Zeit des Sezessionskrieges (1860-66) vergönnt waren, schienen nach jenen Jahren zu schwinden und wurden rasch gefolgt von einem niederschmetternden paralytischen Anfall und anschließender körperlicher Gebrechlichkeit und Schlaffheit."

Der Bruder George bot ihm als boarder eine Freistatt, zwar war er freundlich, aber Geschäftsmann, der den Dichter weder verstehen noch diesbezüglich mit ihm sympathisieren konnte.

Als bedrückend empfand Walt Whitman auch die Einsamkeit, wie er am 26. September Pete Doyle schrieb: „Ich kenne hier keine Menschenseele, bin völlig allein, sitze manchmal zwei Stunden hintereinander da und grüble. Habe hier keine einzige Bekanntschaft, wenigstens keine nähere geschlossen. Meine Schwägerin ist sehr freundlich in allen Haushaltsdingen, kocht was ich möchte, hat erstklassigen Kaffee für mich und morgens was Gutes und sorgt für ein gutes Bett und ein nettes Zimmer. Das ist ja alles sehr annehmbar, aber für einen meiner Sorte fehlt irgendwie die freundschaftliche Gegenwart und der Magnetismus, den man braucht... Nun, meistens behalte ich den Kopf oben. Ich beende diesen Brief am offenen Fenster, immer noch im Sterbezimmer meiner Mutter, um mich die vertrauten alten Sachen. Das ist bald zu Ende, denn das neue Haus ist fertig, und ich ziehe Montag um."

|||||||||

NOVEMBERZWEIGE

„Während ich diese Zeilen schreibe, sitze ich auf einem alten
Grab (inzwischen sicherlich 100 Jahre alt) auf der Ruhestätte der
Whitmans vieler Generationen. 50 und mehr Gräber sind noch
ziemlich leicht zu erkennen und noch mal so viele zerfallen, jegliche Form zerstört – niedergedrückte Grabhügel, umgestürzte
und zerbrochene Steine, mit Moos bewachsen – die düstere und
leblose Anhöhe, die paar Kastanien darum, die Stille, einzig un-
terbrochen durch den pfeifenden Wind. Es herrscht stets die
tiefste Beredsamkeit einer Predigt oder eines Gedichts auf all
den alten Friedhöfen, von denen Long Island so viele hat; was
muß dieser also für mich gewesen sein? Meine Familienge-
schichte, mit der Folge ihrer Verbindungen, von der ersten An-
siedlung bis auf den heutigen Tag, hier erzählt - drei Jahrhunderte verdichten sich auf diesem kargen Acker."

Im Frühjahr 1876 begann sich der Schicksals-Bann über
Whitman allmählich zu lösen. Vor allem fand er den Weg zu
dem Arzt, der ihn, soweit es noch möglich war, heilen sollte: Zur
Natur. „Soll ich Ihnen sagen, werter Leser, worauf ich meine
bereits ziemlich wiederhergestellte Gesundheit zurückführe?
Daß ich nahezu so gut wie keine Medizin und Drogen nehme
und täglich an der frischen Luft bin."
„Allein mit der Natur, Empfangend und entspannt,
Destillier' ich die Zeit, Was und wo es auch sei,
Über Vergangenem Vergeßlichkeit."
Auch fand jene aufsehenerregende Ausstellung in Philadel-
phia statt, die so viel dazu beitrug, die Vereinigten Staaten nach
der halbhundertjährigen Isolierung, als Folge einer nach Westen
orientierten Expansion und dem Bürgerkrieg wieder in das
Weltgeschehen einzugliedern. Kirche, Schulen und Literatur
sollten gegen einen allgemeinen Aufstand der Instinkte nach der
Wildheit des Krieges gestärkt werden.

Whitmans Zustand hatte sich so gebessert daß er gegen Ende
April aufs Land fahren konnte, in das von einer befreundeten
Familie, Strafford, gepachtete Bauernhaus. George und Susan

Strafford lebten einige Meilen von Camden entfernt, bei Timber Creek. Und hier nahm Walt Whitman während sechs Jahren, in immer wiederholten Besuchen von Camden her, die Heilkraft der Stille und der Gemeinschaft mit Bäumen, Vögeln, Himmel und Bach in seinen immer noch halbgelähmten Körper auf. Er genoß Schlammbäder in einer alten Grube, badete nackt in der Sonne und gab so manche Stimmung in einem Vers wieder.

„1876/77- Mitte Mai und Anfang Juli halte ich den Wald für meinen besten Arbeitsplatz. Nahezu alle folgenden Aufzeichnungen habe ich dort, auf einem Baumstamm oder -stumpf sitzend oder an ein Geländer gelehnt, niedergeschrieben. Ja, wo immer ich bin, im Winter oder im Sommer, in der Stadt oder auf dem Land - allein daheim oder auf Reisen - ich muß mir Notizen machen - (die im Alter und bei Gebrechlichkeit stark dominierende Leidenschaft, und selbst das Nahen des - doch davon darf ich noch nicht sprechen). Denn indem ich mir gewisse sanfte Gefühlsäußerungen der letzten Jahre ganz und gar verdeutliche, bin ich geneigt, mir unter der Oberfläche der folgenden Auszüge die Grundlagen einer ganz schönen Lektion vorzustellen, die ich erfahren habe. Wenn man Geschäft, Politik, Geselligkeit, Liebe und so weiter ausgekostet hat - wenn man gefunden hat, daß letztlich nichts davon befriedigt oder von Dauer ist - was bleibt dann noch? Es bleibt die Natur; um aus verborgenen Tiefen die enge Verbindung eines Mannes oder einer Frau mit dem freien Himmel, den Bäumen, Felsen, dem Wechsel der Jahreszeiten, der Sonne bei Tag und den Sternen bei Nacht hervorzubringen. Von dieser Überzeugung wollen wir ausgehen. Literatur steht so hoch und ist so scharf gewürzt, daß unsere Notizen kaum mehr zu sein scheinen als Atemzüge gewöhnlicher Luft oder einige Tropfen Wasser. Doch das ist ein Teil unserer Lektion.

Teure, beruhigende, heilsame Stunden der Genesung - nach drei Jahren der Lähmung, die ich ans Bett gefesselt war - nach der langen Anspannung des Krieges, seinen Wunden und seinem Sterben."

Am klaren Timberbach, von Grillen umzirpt, von Schmetterlingen und Vögeln umschwirrt, saß, lag oder badete er in der Sonne und seine Genesung machte Fortschritte.

Am 13. März 1876 war in der ‚London Daily News' ein Brief von Robert Buchanan erschienen, der eindringlich die Vereinsamung und Verarmung des kranken Dichters beschrieb und einige Teilnahme weckte. Rossetti wandte sich an Whitman mit der Anfrage, auf welche Weise seine englischen Freunde ihm am besten helfen könnten. Whitman antwortete schlicht, daß er eben eine neue Auflage, die sogenannte Zentenarausgabe der >Grashalme< vorbereite, und wenn die Freunde ihm helfen wollten, so könnten sie das am besten dadurch, daß sie das Buch kauften. Umgehend trafen ein höherer Betrag und die Liste einiger Vorbesteller ein, von denen viele über den Subskriptionspreis zahlten. „Diese glücklichen Winde von den britischen Inseln waren eine gute Medizin", bedankte sich Whitman.

Er hielt sich gerade bei den Straffords auf, als Mrs. Gilchrist in Amerika eintraf. Whitman beauftragte John Burroughs damit, ihr in seinem Namen einen Besuch abzustatten, den er aber kurze Zeit darauf in Person absolvierte.

Whitmans Lebenskraft nahm in diesen Jahren wieder zu, er ging in die Theater, trug u. a. im Jahre 1879 in der New Yorker Steck Hall sein „Andenken an Lincoln" vor und traf Freunde, so Dr. R. Maurice Bucke der nach abenteuerlicher Jugend Psychiater und Leiter einer Nervenheilanstalt geworden war. Von ihm stammt auch der auf Whitman gemünzte Begriff „cosmic consciousness", „kosmisches Bewußtsein".

Der kanadische Mediziner war einer der treuesten Gefährten des alternden Dichters und gab im Jahre 1902 gemeinsam mit Horace Traubel und Thomas B. Harned eine zehnbändige Ausgabe "The Complete Writings of Walt Whitman" heraus. Seinen ersten Eindruck von Walt Whitman schildert Dr. Bucke als eine Art von "geistigem Rausch", der auf Monate hinaus in ihm nachwirkte und ihm die Gestalt des greisen Dichters über menschliche Erscheinungen hinaushob.

Mitte September 1879 entschloß sich Whitman, mit einigen Begleitern zu einer sechzehnwöchigen Reise über den Mississippi hinaus in den sagenhaften Westen bis zu den Rocky Mountains. Ein wohlhabender Zeitungsbesitzer in Philadelphia,

Oberst John W. Forney, übernahm die Reisekosten nach Denver in Colorado und zurück nach St. Louis, wo Jeff Whitman eine Stellung bei den Wasserwerken innehatte. Die Verwirklichung dieses kindlichen Wunsches, die Fahrt in dem bequem-imposanten Schlafwagenzug, den eine dampfende Lokomotive durch riesige Prärien und phantastisch zerklüftetes Felsgebirge zog, bedeutete allerhöchstes Pläsir.

„In welche Städte das Licht und die Wärme dringen, in diese Städte dringe ich, alle Inseln, zu denen Vögel sich schwingen, zu denen schwinge ich hin." („Salut au monde") Noch einmal tauchte Whitman auf dieser Reise in weite, ihm bisher unbekannte, aber aus ahnender Sicht längst vertraute Bereiche der Neuen Welt. In einigen Städten traf er auf Männer, die er in den Lazaretten und Feldlagern gepflegt hatte und die inzwischen als tüchtige Handwerker oder Farmer ihren Mann standen.

In St. Louis, bei seinem Bruder Jeff, im Herzen des Kontinents und des mächtigen Mississippitals, machte Walt einen längeren Aufenthalt und konzipierte hier jene Tagebuchzeilen über eine „Literatur des Mississippitals", die dieses „Vaters der Gewässer" und dieses Tals würdig wäre, das sich breit, fruchtbar und nach Taten rufend, in die Zukunft öffnet. „Ich sehe die Eisenbahngleise der Erde, ich sehe sie in Großbritannien, ich sehe sie in Europa, ich sehe sie in Asien und in Afrika. Ich sehe die elektrischen Telegraphen der Erde, ich sehe Nachrichtendrähte von Kriegen, Toden, Verlusten, Profiten, Leidenschaften meiner Rasse." („Salut au Monde") Die Whitmanrezeption reagiert entsprechend: „Walt Whitman, der Yankee und Reformator, kommt auf einem wirbelnden Ventilator." (Arno Holz)

Nach seiner Rückkehr wurde Whitman eingeladen, in Boston einen Vortrag vor Schriftstellern, Journalisten und Künstlern zu halten und kam dieser Aufforderung im Frühjahr 1888 nach. „Der Anlaß meiner Reise, ich glaube, das sollte ich hier besser erwähnen, war eine öffentliche Lesung des Essays „Der Tod von Abraham Lincoln" am 16. Jahrestag dieser Tragödie. Die Lesung fand ordnungsgemäß am Abend des 15. April statt. Dann hielt ich mich eine Woche in Boston auf, fühlte mich ziemlich wohl (die Stimmung günstig, meine Lähmung beruhigt), ging überall herum und sah all das, was es zu sehen gab, besonders Menschen. Bostons immenses materielles Wachstum·- Handel, Finanzen, Kommissionsläden, das Überangebot an Waren, die belebten Straßen und Bürgersteige..."

In Boston verbrachte Whitman im Hause Emersons so manche Stunde, der ihn neben der italienischen Oper am meisten zur Entstehung der >Grashalme< angeregt haben soll. „Sicher, man kann sagen, daß die emotionalen, moralischen und ästhetischen Naturen der Menschheit sich nicht grundlegend verändert haben, daß in ihnen die alten Gedichte auf unsere Zeiten und alle Zeiten anwendbar sind, ungeachtet des Datums; und daß sie als Bilder der Vergangenheit von unermeßlichem Wert sind. Ich erkenne dies bereitwillig und in vollem Ausmaß an; und mache hiermit diese Punkte geltend als von beträchtlicher, sogar überragender Bedeutung.

Tatsächlich habe ich anderswo meine Ehrerbietung und Lobrede für diese niemals zu übertreffenden poetischen Hinterlassenschaften und ihre unbeschreibliche Kostbarkeit als Erbstücke für Amerika aufgezeichnet. Ein weiterer, gesonderter Punkt muß nun freimütig vorgebracht werden. Hätte ich nicht vor diesen Gedichten mit entblößtem Haupt gestanden, mir ihrer kolossalen Herrlichkeit und Schönheit in Form und Geist voll bewußt, ich hätte die „Grasblätter" nicht schreiben können. Mein Urteil und meine Folgerungen, wie auf ihren Seiten illustriert, wurden ebensosehr durch das Naturell und die Einprägung alter Werke erreicht wie durch irgendetwas sonst - möglicherweise mehr als durch irgendetwas sonst. So wie Amerika vollständig und billigermaßen gedeutet das rechtmäßige Ergebnis und die evolutionäre Folge der Vergangenheit ist, würde ich wagen, dies auch für meine Gedichte in Anspruch zu nehmen."

Die Ehefrauen und Schwestern seines Bekanntenkreises in Concord schlossen ihn nun nicht mehr aus. Es blieb sein letztes Beisammensein mit Emerson, dem Philosophen von Concord, der im Jahre darauf verstarb. "Nie ist mir ein schöneres Stückchen Glück zuteil geworden: ein langer und gesegneter Abend mit Emerson, in einer Art, wie ich sie mir nicht besser oder anders hätte wünschen können. Fast zwei Stunden lang saß er ruhig auf einem Platz, wo ich sein Gesicht im besten Licht sehen konnte, mir ganz nahe. Mrs. S.' nach hinten gelegener Salon war voller Menschen, Nachbarn, viele neue und reizende Gesichter, zumeist jüngere Frauen, aber auch ein paar ältere. Mein Freund A. B. Alcott und seine Tochter Louisa waren schon zeitig da. Eine recht angeregte Unterhaltung, deren Gegenstand Henry Thoreau war, ein paar neue Aspekte seines Lebens und Schicksals, mit Briefen an ihn und von ihm...

Mein Platz und die entsprechende Sitzordnung waren so, daß ich, ohne unhöflich zu sein oder dergleichen, E. direkt ins Gesicht schauen konnte, was ich ein gut Teil der zwei Stunden auch tat. Beim Eintreten hatte er sehr kurz und höflich mit einigen aus der Runde gesprochen, dann ließ er sich in seinem Sessel nieder, der ein wenig zurückgeschoben war, und blieb, obwohl Zuhörer – und offenbar sogar ein recht aufmerksamer – während des ganzen Gesprächs und der Diskussion schweigsam. Eine befreundete Dame nahm still neben ihm Platz, um ihm besondere Aufmerksamkeit zu erweisen. Sein Gesicht war von gesunder Farbe, die Augen klar, mit dem wohlbekannten Ausdruck der Liebenswürdigkeit und dem altvertrauten klaren Blick, der stets derselbe ist."

Der Bostoner Verlag Osgood and Co. trat mit Vorschlägen zu einer umfassenden (siebten) Auflage der „Grashalme" an den Dichter heran. Auf diese Edition setzte Walt Whitman große Hoffnungen, in ihr vereinte er den gesamten dichterischen Stoff der vorigen Edition sowie der Broschüren, vor allem der „Durchfahrt nach Indien", die unter anderem das "Andenken an Lincoln" enthielt. Wie die 1860er Ausgabe war es eine äußerlich ansehnliche Werkausgabe geworden. „Wer du auch bist, der mich jetzt in Händen hält, ohne eine Sache wird alles vergebens sein, ich warne dich ehrlich, bevor du dich weiter um mich bemühst, ich bin nicht, was du angenommen hast, sondern vollkommen anders." („Kalmus")

Die Rezensenten in Frankreich, Deutschland, Dänemark und England wurden gerade aufmerksam, da machte ihm im März 1882 amerikanische Engstirnigkeit wiederum einen Strich durch die Rechnung. Der Bostoner Gebietsstaatsanwalt Oliver Stevens drohte auf Betreiben der "Gesellschaft zur Unterdrückung des Lasters" mit einer Anklage wegen Gefährdung der Sittlichkeit, falls nicht folgende Gedichte, „A woman waits for me", „The Dalliance of the Eagles" und „To a Common Prostitute" sowie einige weitere anstößige Stellen, entfernt würden. „Ohne Scham weiß der Mann, den ich liebe, von der Köstlichkeit seines Geschlechts und gibt sie auch zu... Ohne Scham weiß die Frau, die ich liebe, von der Köstlichkeit ihres, und auch sie gibt sie zu." (aus „A Woman Waits for Me")

Da sich Whitman strikt zu Änderungen oder Auslassungen weigerte, zogen Osgood and Co. am 9. April die Ausgabe wieder ein, womit sie sich allerdings heftiger literarischer Angriffe aussetzten. Mit dem Autor regelte man die finanziellen Verhältnisse in befriedigender Weise, gab ihm insbesondere die Druck-Platten zurück. Diese konnte Whitman an Rees Welsh & Co. in Philadelphia übertragen, die damit die Bogen zur achten Auflage herstellen konnten. Nach einigen Monaten wurde die Edition von David McKay, einem Geschäftsfreund des Rees Welsh-Verlages übernommen.

Dieser editierte dann, in ähnlicher Aufmachung wie >Grashalme<, auch Whitmans erste Prosatexte-Sammlung, den Band "Specimen Days and Collect". Hier waren auch die Gesamtprosa aus „Two Rivulets", einige Kurzartikel aus früheren Zeitungsbeiträgen, zurückliegende Erinnerungen sowie Tagebuchaufzeichnungen aus dem Bürgerkrieg, den Lazaretten, abgerundet durch Notizen über die unter freiem Himmel verbrachten Tage und Nächte aus der Zeit seiner Genesung enthalten. "Einmal habe ich daran gedacht, diese Sammlung "Wie Zedernzapfen" zu nennen (was ich immer noch für keinen schlechten Titel halte, auch nicht unpassend). Eine Mischung von Umherbummeln, Schauen, Humpeln, Sitzen, Reisen, ein wenig Denken, eingestreut als Würze, aber sehr wenig. Nicht nur

Sommer, sondern alle Jahreszeiten, nicht nur Tage, sondern auch Nächte – ein paar literarische Meditationen: Bücher, Autoren untersucht, Carlyle, Poe, Emerson versucht (immer unter meiner Zeder, im Freien und niemals in der Bibliothek). Meist die Szenen, die jedermann sieht, aber einige meiner eigenen Kapricen, Meditationen, Selbstbespiegelungen. Eine wirkliche Freiluft- und hauptsächlich Sommerbildung - einzeln oder in Trauben, wild und frei und irgendwie scharf, in der Tat mehr wie Zedernzapfen, als man auf den ersten Blick meinen könnte."

Seit einigen Jahren pflegten vornehme englische Reisende, Whitman aufzusuchen. So schaute, auf seinem Amerika-Abstecher im Januar 1882, auch Oscar Wilde herein. Whitman war sehr angetan davon, daß Wilde gesagt hatte: "Bei uns in England findet man, daß es überhaupt nur zwei (amerikanische Dichter) gibt - Whitman und Emerson. Nach dem Gespräch mit Wilde erzählte Whitman einem Reporter: "Ich fand, er war ein großer strahlender Junge... Er ist so frei und offen und männlich. Ich begreife nicht, warum so viel Spöttisches über ihn geschrieben wird." Viele kamen auch aus reiner Neugierde, und dazu einige aus dem einfachen Volk, die Whitman einfach als guten Menschen kannten.

„31. Mai '82 - Heute beginne ich mein 64. Lebensjahr. Die Lähmung, die mich vor nahezu zehn Jahren zum ersten Mal befiel, ist seitdem nicht wieder gewichen, ich spüre sie mal mehr, mal weniger. Sie scheint sich ungestört eingerichtet zu haben, vermutlich für immer. Ich ermüde sehr leicht, bin sehr unbeholfen, kann nicht weit gehen; meine Sinne jedoch sind erstklassig. Fast täglich mische ich mich unter die Leute, unternehme hin und wieder weite Reisen, mit dem Zug oder per Schiff, Hunderte von Meilen – halte mich viel an der frischen Luft auf – bin von der Sonne gebräunt und kräftig (wiege 190 Pfund) – lasse meine Aktivitäten und das Interesse am Leben, an den Leuten, am Fortschritt und an den alltäglichen Fragen nicht sinken. Wohl zwei Drittel der Zeit habe ich kaum Beschwerden. Welche Geistesverfassung ich je hatte, bleibt völlig unberührt, obwohl ich körperlich halb gelähmt bin und vermutlich immer sein werde, solange ich lebe. Das Hauptziel meines Lebens jedoch scheine ich erreicht zu haben: Ich habe die treuesten und innigsten Freunde und herzliche Verwandte, und um Feinde kümmere ich mich nicht." (Auszug aus einem Brief an einen deutschen Freund)

George war inzwischen Inspektor eines Röhrenwerks geworden und wohnte in der Stevens Street in Camden. Die Erträge der Philadelphia-Ausgaben ermöglichten Whitman, sich im März 1884 einen lange gehegten Lieblingsplan zu verwirklichen, sich ein bescheidenes, zweistöckiges Häuschen in der Camdener 330 Mickle-Street, nahe dem Haus seines Bruders, zu kaufen. In der Nähe führten Bahngleise vorbei, und mitunter wehte der Wind den säuerlichen Geruch einer Düngemittelfabrik herüber. Doch die Lage war Whitman zweitrangig, wenigstens konnte er in seinem ersten eigenen einfachen Holzhaus kommen und gehen, wie es ihm paßte, und seine Besucher auf seine Weise empfangen. Das Philadelphia-Häuschen, das später zur Walt Whitman-Gedächtnisstätte wurde, bezog Whitman am 26. März 1884 und verbrachte hier den Rest seines Lebens. Als er so lahm wurde, daß Gehen Mühsal war, besorgte ihm die Witwe eines Kapitäns, Mrs. Mary Davis, den Haushalt, wofür sie kostenfreie Logis hatte. Auch diese Frau hat Whitman nicht geehelicht, was sie gar nicht verstehen konnte. Die 500 Dollar aus dem Nachlaß erschienen ihr zu wenig, weshalb sie klagte.

Eine weitere Hilfe wurde auch Horace Traubel (1858-1919), ein junger Mann, der Whitmans Assistent, Vertrauter sowie Gesprächspartner und später der Verwalter des literarischen Nachlasses wie auch Begründer des „Walt Whitman-Bundes" wurde.

In dem als Essay den „November Boughs" beigefügtem Rückblick über gegangene Wege („A Backward Glance O'er Travele'd Roads," 1888) zitiert Walt Whitman „bei Kerzenlicht" aus einem Buch seiner Jugend „Annals of Old Painters", wie Rubens, der flämische Maler auf einem seiner Streifzüge durch die Galerien zu einem einzelnen Bild kam. Nachdem er es eine Weile betrachtet hatte und sich die Meinungen seiner ihn begleitenden Schüler angehört hatte, antwortete der Maler auf die Frage, welcher Schule das Gemälde angehöre: „Ich glaube nicht, daß der unbekannte und wohl nicht mehr lebende Künstler, der der Welt dieses Erbe hinterlassen hat, irgendeiner Schule angehörte oder je ein anderes als dieses eine Bild gemalt hat – eine ganz persönliche Angelegenheit – ein Stück aus dem Leben dieses einen Mannes.“

Die Traubels waren deutsch-jüdischer Abstammung, der Vater, Maurice Henry Traubel war mit 21 Jahren von Frankfurt am Main nach Philadelphia gekommen. Als Nachbarn in Camden hatten die Traubels schon der Mutter Beistand geleistet. 1873, als Horace Traubel noch ein 15-Jähriger war und Whitman als 45-jähriger Mann von der Lähmung befallen bei seinem Bruder George logierte, hatte man gemeinsame Interessen entdeckt.

Traubel, der sozialistische Neigungen hegte, hätte in Whitman auch gerne solch einen Klassenkameraden gesehen, wie auch andere den Dichter als Inspirationsquelle gerne vor ihren Karren gespannt hätten. Doch betonte Whitman unbeirrbar, daß bei ihm der Mensch Vorrang vor der Gesellschaft einnimmt, der Mensch ist einzigartig und läßt sich nicht beliebig vervielfältigen oder in die Schule einer bestimmten Richtung pressen.

Whitmans Gedankengut läßt sich so mit „personalism“, einem menschlichen Evolutionismus unter einen im weiteren Sinne philosophischen Begriff fassen, wobei Jeder bei ihm die Summe seiner Personen ist, das Selbst eines Jeden setzt sich aus mehreren dramatis personae zusammen.

Pete Doyle allerdings, der Straßenbahnschaffner und Whitmans Freund an Sohnes statt, wußte in seiner schüchternen und zurückhaltenden Art mit den Menschen in Camden nichts anzufangen und fühlte sich in dem Kreis um Whitman nicht wohl. Doktor Bucke kam, wenn es ihm möglich war, und auch der Bruder George besuchte ihn des öfteren. Doktor Richard M. Bucke (1837-1902) war in Kanada ein anerkannter Psychiater und das Haupt einer großen Familie. Mit 16 war er verwaist und hatte an einer Expedition teilgenommen, bei der er solche Erfrierungen erlitten hatte, daß er ein Bein und die Zehen des anderen Fußes verloren hatte. 1862 machte er seinen Doktor und stand den kanadischen Heilanstalten in Hamilton und London, Ontario vor.

Das erste Mal hatte er Whitman 1870 in Bewunderung für seine „Grashalme" geschrieben und dann einen Essay nachgeschickt, der später unter „Man's Moral Nature" (1879) mit einer Widmung an den von ihm so geschätzten Amerikaner gedruckt erschien. Daraufhin besuchte Walt Whitman Dr. Bucke und die von ihm geleitete Anstalt in Südkanada, blieb vier Monate und unternahm von da aus noch eine zweite kürzere Reise in dieses Land. "Ich muß sagen, noch nie habe ich eine so gute Nacht auf einer Eisenbahnstrecke zugebracht - eben, fest, Minimum an Gerüttel, und die Geschwindigkeit gepaart mit Sicherheit. So, ohne umzusteigen, bis Buffalo und von dort nach Clifton, wo wir am frühen Nachmittag ankamen; dann weiter nach London, Ontario, Kanada in weiteren vier, insgesamt weniger als 22 Stunden. Ich wohne in dem gastlichen Hause meiner Freunde Dr. und Mrs. Bucke in dem weitläufigen und bezaubernden Garten und den Rasenplätzen des Heimes." Während dieser Zeit hatte sich Dr. Bucke beständig Notizen für sein Buchprojekt gemacht, das 1883 als „Walt Whitman" erschien und auf das als erste Quelle für alle Folge-Biographen gilt. "Dr. Bucke hat in seinem Buch bereits vollständig und sehr schön die Vorbereitung meines poetischen Feldes beschrieben, mit dem speziellen und besonderen Pflügen, Pflanzen, Säen und der Inbesitznahme des Bodens, bis alles gedüngt und eingewurzelt war und bereit, seinen eigenen Weg zu gehen, zum Besseren oder Schlechteren. Erst nah alldem versuchte ich eine ernsthafte Bekanntschaft mit poetischer Literatur."

Im Sommer begleitete ihn Dr. Maurice Bucke zu Whitmans Geburtsort auf Long Island und zu verschiedenen anderen Orten in der Umgebung von New York City. „Zu Hause in manch einem fernen Land, zu Hause in fernsten Wohnstätten, Vertraute mit Männern und Weibern, Beschauer von Städten, einsame Werker, Verweiler, Betrachter von Büschen, Blüten, Muscheln am Strand, Tänzer bei Hochzeitstänzen, Küsser von Bräuten, zarte Helfer von Kindern, Gebärerinnen von Kindern, Streiter des Aufruhrs, Geleiter an gähnende Gräber, Wanderer durch die Folge der Jahreszeiten, durch Jahre, die seltsamen Jahre, die eins aus dem andern sich entfalten…" („Gesang von der Landstraße")

Immer wieder kamen Photographen, um eine Aufnahme von dem Dichter zu machen. Einmal waren Herbert Gilchrist, der Sohn von Whitmans englischer Freundin und Sidney Morse zur gleichen Zeit anwesend, der eine fertigte ein Porträt, der andere stellte eine Büste vom ansprechend attraktiven Äußeren des Dichters her.

Bei ständig sinkenden Kräften des Leibes blieb Whitman geistig rege, las viel und nahm in kleineren Aufsätzen dazu Stellung. "Als ich heute den Delaware überquerte, sah ich einen großen Zug Wildgänse direkt über mir, nicht sehr hoch, in V-Form angeordnet. Er hob sich von den Mittagswolken, die eine helle Rauchfarbe angenommen hatten, ab. Hatte einen vorzüglichen, wenn auch nur flüchtigen Anblick von ihnen und dann von ihrem Zug immer weiter nach Südosten, bis sie allmählich verschwanden. (Mein Augenlicht ist im Freien mit seinen Entfernungen noch erstklassig, zum Lesen jedoch benutze ich eine Brille.) Wundersame Gedanken überkamen mich in den zwei, drei Minuten oder weniger, als ich diese Geschöpfe den Himmel durchdringen sah – das weite, luftige Reich, selbst das vorherrschende Rauchgrau überall. (Es schien keine Sonne.) Die Wasser unten – der rasche Flug der Vögel, die nur eben für eine Minute erschienen – gaben mir einen solchen Fingerzeig der ganzen Weite der Natur mit ihrer ewigen unverfälschten Frische, ihren noch nie besuchten Winkeln von Meer, Himmel und Ufer – und dann verschwanden sie in der Ferne."

Nachdem Whitman einen Sonnenstich erlitten hatte und das Gehen Mühsal wurde, schenkten ihm Freunde 1885 ein Wägelchen samt Pferd. Den ihm zu langsam laufenden ersten Gaul vertauschte er mit einem feurigeren, so daß er ganz nach der Mutter schlagend, der tollkühnen Reiterin, wie ein junger Spund in der Gegend herumtraben konnte.

Diese Lebensführung erinnert an Whitmans „Beat-
nik"-Periode, als er sich ins Land zurückgezogen hatte, um seine >Grashalme< zusammenzustellen. Mit seinem Interesse an
Land und Leuten, dem Äußeren, der nonkonformistischen Haltung gilt Walt Whitman als ein Vorläufer der Beat Generation,
deren Protagonisten nicht minder jenseits aller Regeln der
Dichtkunst im "free-swinging style" schreiben sollten. Diese
Generation sollte nicht die einzige bleiben, die sich zum „Whitman Movement" bekennt, das Interesse an dieser ein neues Le-
bensgefühl verkündenden Ausnahmegestalt bleibt erhalten.

Horace Traubel war es, der sich darum kümmerte, daß die
Geburtstage des Dichters gebührend, mit besonderen Festmahl-
zeiten, gefeiert wurden. Doch sträubte sich Whitman dagegen,
lebendigen Leibes etwa als eine Art Heiliger mumifiziert zu
werden. „Sprecht zu mir", trug er einigen jungen Besuchern aus
England auf, „nicht als von einem Heiligen oder überhaupt etwas irgendwie endgültig Fertigem."

Aus Bolton in England, wo sich einige gewöhnliche Bürger
zu einem Kreis zusammengeschlossen hatten, den sie scherzhaft
„Bolton College" nannten, kamen auch zwei Mitglieder dieses
Kollegiums, Herr J. W. Wallace und Dr. John Johnson, um einen
Bericht heimzubringen. Dieser wurde so lesenswert, daß er
als "Visits to Walt Whitman in 1890-1891 by Two Lancashire
Friends" ebenfalls in Buchform erschien. „Aber sein Zauber lag
nicht so sehr in diesen Einzelzügen als in seinem Gesamtwesen
und in dem unwiderstehlichen Magnetismus seiner milden aro-
matischen Gegenwart, die Gesundheit, Reinheit und Natürlichkeit auszuströmen schien und eine Anziehung auf mich ausübte,
die mich in Wahrheit erstaunte, und eine Exaltation von Geist
und Seele in mir wachrief, wie keines Menschen Erscheinung je
zuvor. Ich fühlte, daß ich hier Angesicht zu Angesicht war mit
der lebendigen Verkörperung alles dessen, was gut, edel und
liebenswert an der Menschheit ist", beschreibt Dr. Johnson den
in seinem Armstuhl sitzenden, greisen Dichter.

Im November 1888 wurde Walt Whitman erneut von einem Schlaganfall betroffen, der ihn dem Tode nahebrachte und ihm für einige Zeit seine Sprache nahm. Mitten in dieser schweren Krise fand Whitman mit Traubels Hilfe die Kraft, ein neues Bändchen, die „November Boughs" („Novemberzweige") zu redigieren, Kurz-Gedichte, eine Sammlung von Zeitungsgedichten, die „im frühen Kerzenlicht des Alters" seine Vertrautheit mit Tod und Unendlichkeit spiegeln.

Im Jahr darauf war er noch einmal so weit gekräftigt, daß er, hinter einem übergroßen Blumenstrauß fast verborgen, dem zu Ehren seines siebzigsten Geburtstages in einem großen Camdener Saal gegebenen Essen, beiwohnen konnte, sich an seinem Champagner labend.

Im Oktober 1891 hielt der Philosoph Oberst Ingersoll in Philadelphia vor zweitausend Menschen einen Vortrag über Whitman, dessen Ertrag für den Dichter bestimmt war. Whitman war in seinem Rollstuhl dabei, und als Ingersolls Rede beendet und der Beifall verrauscht war, wandte sich der halbinvalide Whitman im Sitzen mit ein paar Worten an die Zuhörer: „Da letzten Endes, meine Freunde", sagte er mit seiner merkwürdig jungen und wohlklingenden Stimme, „das Wesentliche in dem seltsamen Zeugnis liegt, das wir persönlich Gegenwart und Begegnung von Angesicht zu Angesicht nennen, so bin ich hierhergekommen, um bei Ihnen zu sein und mich Ihnen zu zeigen und Ihnen mit meiner lebenden Stimme für Ihr Kommen und Robert Ingersoll für seine Worte zu danken. Und so, mit diesem kurzen Zeugnis meines Hierseins, und in solchem gutem Willen und Dankbarkeit biete ich Ihnen meinen Gruß und Lebewohl."

Das letzte Geburtstagsfest, bei dem Whitman einen Gedenktoast auf Emerson ausbrachte, wurde in des Dichters eigenem Hause im Jahre 1891 gefeiert. Daß seine Teilnahme am Schicksal Amerikas nie erlosch, bezeugt seine lebhafte Teilnahme an einem politischen Gespräch. Er verurteilte darin aufs heftigste die protektionistische Doktrin „Amerika den Amerikanern" und sprach für den Gedanken der gegenseitigen Abhängigkeit aller Völker, die einander in geistigem und wirtschaftlichem Austausch offen stehen sollten, da sie nichts anderes seien als eine Schiffsmannschaft an Bord. "Die letzte Wahrheit vor der Menschheit", sagte er, "ist die Solidarität der Interessen." - Nach diesen Worten rief er nach seinem Rock und seinem Vertrauten, segnete alle und stieg langsam die Treppe hinauf. (H. B. Binns)

Im Dezember 1891 veröffentlichte Whitman das kleine gemischte Bändchen „Good Bye My Fancy" („Ade, Phantasie!"), sein „letztes Gezirp", wie der Dichter radikaler Sinnlichkeit, der Demokratie, des Egalitarismus, der modernen Technik selber meinte.

Whitman wußte, daß sich sein Leben dem Ende näherte, und wollte deshalb noch eine weitere, nunmehr neunte Auflage der > Grashalme< herausbringen. Mit Traubels Hilfe wurden die Vorbereitungen für den Druck abgeschlossen. Im Herbst des Jahres 1891, als der Dichter auf dem Sterbebett lag, hielt er eins der ersten Exemplare der neuen Auflage in Händen, die „deathbed edition", „Sterbebett·-Ausgabe". „Als Ergebnis von sieben oder acht Stadien und Kämpfen in beinahe dreißig Jahren (da ich mich dem siebzigsten nähere, lebe ich hauptsächlich aus der Erinnerung), betrachte ich die nun nach Möglichkeiten und Kräften vollendeten „Grasblätter" als meine endgültige carte visite für die kommenden Generationen der Neuen Welt, wenn ich das so sagen darf."

Das Jahrhundert neigte sich seinem Ende zu, die durch die gewaltigen Expansionsenergien freigesetzten Kräfte formierten eine neue Gesellschaftsordnung - buntgemischt, gierig und materialistisch - in der das individualistische Ideal, die Religion des alleinigen Individuums eines Melville, Whitman oder Emerson („the highest revelation is that God is in every man") immer weniger Raum fand. Doch anhaltend sollte die unverbrauchte, großherzige und optimistische Stimme Whitmans in einem bedeutenden Teil der amerikanischen Dichtung nachklingen, jener Dichtung, die ein kollosales, noch zu entdeckendes Terrain besingt: „Komm, Muse, verlasse Griechenland und Ionien, Ich bitte dich, streich diese überbezahlten Rechnungen durch, Diese

Geschichte von Troja und dem Zorn Achills, den Irrfahrten des Äneas und des Odysseus, Häng ein Schild mit den Worten Umzug und Zu vermieten an die Felsen deines schneeigen Parnasses, tue ein Gleiches in Jerusalem, hänge das Schild hoch über dem Tor von Jaffa und auf dem Berge Moriah, desgleichen auf den Mauern der deutschen, französischen und spanischen Schlösser und denen der Museen Italiens, denn wisse, daß eine bessere, neuere und aktivere Welt dich erwartet, daß ein gewaltiges unerforschtes Gebiet dich ruft..."

Neben der Umsetzung seiner Nachdenklichkeiten in Schriftform widmete sich Whitman dem Gedanken an sein eigenes Grabmal. Er selber fertigte den Entwurf einer Gruft nach einer Zeichnung William Blakes und ließ sie im Herbst 1891 auf einem neuen Friedhof in der Nähe von Camden unter jungen Buchen und Nußbäumen auf seine Kosten (4.000 Dollar) aus grauem Granit errichten und auch die Gebeine seiner Eltern herbeischaffen, die ihm zur Seite ruhen sollten.

Die Wintertage des neuen Jahres 1892 brachten Whitman die letzte, mit immer gleicher Geduld ertragene Leidenszeit. Zu seiner Erleichterung wurde ihm ein Wasserbett gebracht. Am 26. März, in der siebenten Stunde des Samstag-Nachmittags, glitt Walt Whitman, Traubels Hand in der seinen, in das Unbekannte hinweg. Bei der Öffnung der Leiche stellte man fest, daß Whitman an verschiedenen komplizierten Krankheiten gelitten hatte, die einen weniger Kräftigen schon weit früher getötet hätten.

Als die Leiche noch aufgebahrt in seinem kleinen Haus in der Mickle-Street lag, zog ein Strom von Trauernden, zumeist einfache Menschen aus dem Volk, an ihr vorüber, die dieses Gesicht, aus Neugierde oder Sympathie, noch einmal sehen wollten.
Am 30. März wurde Walt Whitman, ebenfalls unter Teilnahme Tausender, zu Grabe getragen. Robert G. Ingersoll hielt die Grabrede, gleichwohl auch für ihn die Kirche als Institution ein gefrierender Hemmschuh bedeutete.
„Nun laß mich endlich, sachte,
Aus den Mauern des starken, festungsgleichen Hauses,

Aus dem Griff der festen Schlösser, aus geschlossener Türen
Gefängnis,
Laß mich entschweben…"

WURZELN UND HALME SIND DIES NUR

Düfte, Männer und Weibern gebracht
vom Teichrand und aus wildem Wald,
Herz-Sauerampfer und Liebesnelken, Finger,
die fester umwinden als Reben,
Ergüsse aus Vogelkehlen,
verborgen im Laub von Bäumen,
wenn die Sonne herauf ist, Liebeshauche vom Land,
von lebendigen Küsten gesandt zu euch auf lebendiger See,
zu euch, o Schiffer!
Frostreife Beeren und dritten Monats-Zweige,
frisch geboten jungem Volk,
das hinauswandert in die Felder,
wenn der Winter zum Aufbruch rüstet,
Liebesknospen, vor dich und in dich ausgestreut,
wer du auch seist,
Knospen, die sich entfalten wollen, wie je,
wenn du ihnen die Wärme der Sonne bringst, so werden sie
aufgehen
und werden dir Schönheiten bringen, Farbe und Duft,
Wenn du ihnen Nahrung wirst und Naß, so werden sie
Blumen werden
und Früchte und schlanke Zweige und Bäume.
(„Calamus")

BIOGRAPHISCHE NOTIZEN

1819 Walt Whitman jr. am 31. Mai in West Hills bei Huntington, Long Island im Staat New York als zweites Kind des Zimmermanns Walter Whitman und seiner Ehefrau Louisa (van Velsor) geboren

1823 Familie Whitmans Umzug nach Brooklyn

1825-30 Schulbesuch in Brooklyn. Interesse für Journalismus und Politik

1830-34 Lernzeit als Drucker und Setzer; Artikel für den ‚Long Island Patriot' und den ‚Mirror' in New York City

1835 Walt Whitman ist bis zum großen Brand vom 12. August als Setzer in New York beschäftigt.

1836-38 Schullehrer an mehreren Orten auf Long Island

1838-39 Walt Whitman editiert 12 Monate den ‚Long Islander' in Huntington und wirkt mit bei der Herausgabe des ‚Long Island Democrat' in Jamaica mit. Lehrer in Little Bay Side bei Jamaica und "Sun-Down Papers from the Desk of a Schoolmaster" entsteht.

1840/41 Herbst; unterstützt Wahlkampagne des demokratischen Präsidentschaftskandidaten Van Buren; unterrichtet in Triming Square, Woodbury, Dix Hills und Whitestone. Gedichte und Essays im ‚Long Island Democrat'

1841 Geht im Mai als Drucker zur 'New World' in New York City; zwischendurch für die 'Democratic Review' als Journalist tätig

1842 Zwei Monate im Frühling Mitherausgeber der Tageszeitung 'New York Aurora', dann mehrere Monate beim 'Evening Tattler', einer Abendzeitung. Roman „Franklin Evans"

1845-46 Im August Rückkehr nach Brooklyn; von September 1845 bis März 1846 beim 'Long Island Star'

1846-48 Bis Ende Januar 1848 Redakteur beim 'Brooklyn Daily Eagle'; begibt sich darauf mit Bruder Jeff per Eisenbahn, Postkutsche und Dampfschiff nach New Orleans wo er vom 5. März bis 25. Mai leitender Mitarbeiter bei der Tageszeitung ‚New Orleans Crescent' ist. Rückkehr über den Mississippi, die Großen Seen und den Hudson

1848-49 Gründung des 'Freeman', ein Organ der Free Soil-Bewegung, zunächst als Wochen- dann als Tagesblatt (9. September 1848 – 11. September 1849)

1850-54 Walt Whitman ist Inhaber einer Druckerei mit Buch- und Schreibwarengeschäft; hauptsächlich Tischler und Grundstücksspekulant ist er aber auch freier Mitarbeiter an verschiedenen Zeitungen; führt Tagebuch. Begeisterung für die italienische Oper

1855 Andrew und James Rome drucken in Brooklyn >Grashalme< („Leaves of Grass"). 11. Juli: Tod des Vaters. Am 21. Juli Schreiben Emersons an Whitman

1856 Eine zweite (erweiterte) Auflage der >Grashalme< wird nachgedruckt. Besuche der Transzendentalisten Alcott und Thoreau. Verfaßt die politische Rede „The Eighteenth Presidency" (posthum veröffentlicht)

1857-59 Ab Frühjahr 1857 bis Mittsommer 1859 Mitarbeiter bei der ‚Brooklyn Daily Times'

1860 Wird Stammgast bei Pfaff, dem hang-out der New Yorker Bohème. Aufenthalt in Boston, um die Neuherausgabe (im Mai bei Thayer & Eldridge) der >Grashalme< zu beaufsichtigen (3. Auflage). Am 16. Juni japanische „Botschafter"-Parade auf dem Broadway, Whitman verfaßt „A Broadway Pageant"

1861 12. April: Ausbruch des Bürgerkrieges, Südstaaten beschießen Fort Sumter

1862-63 Der Bruder, George, wird bei Fredericksburg verwundet. Walt Whitman nimmt Wohnsitz in Washington D. C. und ist teils als Zahlmeister teils als Lazaretthelfer tätig. Freundschaft mit John Burroughs und William D. O'Connor.

1864 Rückkehr nach Brooklyn wegen schlechten Gesundheitszustandes

1865 Ernennung Whitmans zum Sekretär im Innenministerium, wieder nach Washington. Am 4. März ist Walt Whitman Zeuge bei der zweiten Amtseinführung Präsidenten Lincolns, der am 14. April ermordet wird. George wird aus konföderierter Gefangenschaft entlassen. Im Mai erscheint die Kriegslyrik >Trommelschläge< („Drum-Taps") im Eigenverlag. Am 30. Juni fristlose Kündigung durch den Minister James Harlan. Bereits am Folgetag Neuanstellung bei der Staatsanwaltschaft. Im September erscheint "Sequel to Drum-Taps" mit "When Lilacs Last in the Door-Yard Bloom'd".

1866 "The Good Gray Poet" (zum Beinamen Walt Whitmans geworden) von William D. O'Connor wird in New York von Brunce & Harrington publiziert. W. Rossetti editiert eine England-Ausgabe. Mrs. Gilchrist schreibt ihren ersten Liebesbrief an Walt Whitman.

1867 John Burroughs veröffentlicht „Notes on Walt Whitman as Poet and Person", die erste Whitman-Biographie. William Rossetti schreibt im „London Chronicle' Artikel zu Whitmans Poesie. Die vierte Auflage der >Grashalme< erscheint am 6. Juli, und "Democracy" wird (als Teil der „Democratic Vistas") in der Dezember-'Galaxy' veröffentlicht.

1868 William Rossettis englische Ausgabe erscheint und verhilft zu Ansehen in England, angesehenste Zeitschriften zahlen gute Honorare für seine Gedichte. In der Mai-Ausgabe von „Galaxy" ist „Personalism" (Teil von „Democratic Vistas") zu lesen. Der zweite Druck der 4. Auflage erscheint mit „Drum-Taps and Sequel".

1870 15. Juli Beginn des Deutsch-Französischen Krieges
1871 Die fünfte Auflage der >Grashalme< enthält „Passage to India". Der Ausbruch des deutsch-französischen Krieges, die Hitze bedrücken den Dichter, dessen Gesundheit sich verschlechtert. Am 3. September schreibt Frau Anne Gilchrist ihren ersten Liebesbrief an Whitman.
1871 >Demokratische Ausblicke< („Democratic Vistas") als bedeutendste Prosaschrift. Mrs. Gilchrist eröffnet Briefwechsel mit Whitman und möchte ihn heiraten.
1872 Rezitiert am 26. Juni im Dartmouth College das zu diesem Zweck aufgesetzte „As a Strong Bird on Pinions Free"; am 7. September "After All, Not to Create Only" zur Eröffnung der amerikanischen Industrieausstellung. Streit und Bruch mit O'Connor. Swinburne greift Walt Whitman in „Under the Microscope" an.
1873 In der Nacht des 23. Januar eskalieren Schwindel und zunehmende Müdigkeit im ersten Schlaganfall mit folgender Teil-Invalidität. Am 23. Mai stirbt die Mutter in Camden, New Jersey. Der gelähmte, arbeitsunfähige Walt Whitman zieht zum Bruder George nach Camden, New Jersey, wo er bis 1875 lebt.
1874 Erscheinen von "Song of the Redwood-Tree" und "Prayer of Columbus"
1875 „Jubiläumsausgabe" zum „hundertsten Jahrestag" (der Unabhängigkeit): >Grashalme< und „Two Rivulets" im Selbstverlag (datiert 1876)
1876 Begibt sich ins Haus von befreundeten Farmern, den Straffords. Im September trifft Mrs. Gilchrist in den USA ein.

1877 Der Gesundheitszustand bessert sich dank ausgiebiger Aufenthalte in der Natur.

1878 Notizen und Essays für den Prosaband „Specimen Days"

1879 14. April: Erster Vortrag über Lincoln. Reise durch den Westen und Mittleren Westen (Colorado)

1880 Im Sommer nach Südkanada (London in Ontario) zu Dr. R. M. Bucke. James R. Osgood in Boston veröffentlichen >Grashalme< (7. Auflage). Oscar Wilde besucht ihn.

1881 Im April öffentliche Lesung des Essays zum Tod von Abraham Lincoln in Boston

1882 Als die Staatsanwaltschaft Anfang des Jahres droht, distanziert sich Osgood von >Grashalme<. Diese Publikation (wie auch die von „Specimen Days and Collect" - autobiographische Bemerkungen) wird von Rees Welsh & Co in Philadelphia aufgenommen. Beide Veröffentlichungen gehen auf David Mc Kay, ebenfalls in Philadelphia, über (8. Auflage).

1882-92 Fast tägliche Besuche Horace Traubels

1882 Dr. R. M. Bucke veröffentlicht eine in seinem Landhaus gemeinsam mit Walt Whitman entstandene Biographie „Walt Whitman, a biography".

1883 Hauskauf, Mickle Street in Camden, New Jersey.

1887 Vortrag in New York über Lincoln. Sidney Morse fertigt eine Whitman-Skulptur an , Herbert Gilchrist , J. W . Alexander und Thomas Eakins porträtieren.

1888 Der Vertraute, Freund und Gehilfe Traubel veranstaltet eine Geldsammlung, um die Mittel für eine angemessene Pflege Whitmans zu erhalten. "November Boughs" („Novemberzweige", Gedichte und Prosa) erscheint gedruckt.

1889 Geburtstagstafel mit Bericht hierüber unter „Camden's Compliments".

1890 Ein Schreiben John Addington Symonds veranlaßt zur Behauptung, Whitman habe sechs illegitime Kinder.

1891 Das Bändchen "Good -Bye My Fancy" (Gedichte und Prosa gemischt) erscheint gedruckt.

1892 Edition der „Sterbebett-Auflage" von >Grashalme< (9. Auflage). Am 26. März stirbt Walt Whitman. Am 30. März Bestattung im Harleigh Cemetery, Camden, New Jersey.

||||||||||

LITERATUR

Gay Wilson Allen
Walt Whitman,
Rowohlt Verlag, Reinbek, 1961

Elisabeth Hecker-Bretschneider
Bedingte Ordnungen,
Repräsentation von Chaos und Ordnung
bei Walt Whitman 1840-1860,
Peter Lang GmbH, Mainz, 2009

Walter Grünzweig
Walt Whitman:
Die deutschsprachige Rezeption
als interkulturelles Phänomen,
Wilhelm Fink Verlag, München, 1991

Stephen Vincent Benet
Amerika Geschichte der USA
Pontes-Verlag, Stuttgart, 1948

Henry B. Binns,
A Life of Walt Whitman,
Methuen, London, 1950

Arthur E. Briggs
Walt Whitman, Thinker and Artist
Greenwood Press, Publishers, New York, 1968

Richard M. Bucke
Walt Whitman,
Davic McKay, Philadelphia, 1883

Henry Seidel Canby
Walt Whitman, Ein Amerikaner
Lothar Blanvalet, Berlin, 1947

Richard Chase
Walt Whitman Reconsidered
William Sloane Associates, Inc.
Publishers, New York, 1955

Marcus Cunliffe
Amerikanische Literaturgeschichte
Piper Verlag, München, 1961

Ralph Waldo Emerson
Repräsentanten der Menschheit
Oesch Verlag, Zürich, 1987

Gay Wilson Allen
Walt Whitman Handbook
Hendricks House, Inc., New York, 1962

Hans Reisinger
Literarische Porträts
Lambert Schneider Verlag, Darmstadt, 1969

Gertrude und Thomas Sartory (Hg.)
Henry D. Thoreau
Herder-Bücherei, Freiburg, 1978

Horace Traubel
With Walt Whitman in Camden
David McKay, Philadelphia, 1893
University of Pennsylvania Press, Philadelphia, 1953

The Portable Walt Whitman
Pengouin Books,
Kingsport, Tennessee, 1969

H.D. Thoreau
Walden oder Leben in den Wäldern
Diogenes Verlag, Zürich, 1979

Walt Whitman
Grashalme
Diogenes Verlag, Zürich, 1985

Whitman Poems
Everyman's Library,
London, New York, 1994

Walt Whitman
Grasblätter
Carl Hanser Verlag, München, 2009

Walt Whitman
Leaves of Grass, The First (1855) Edition,
Penguin Books, New York , 1986

Walt Whitman
Tagebuch
Reclam-Verlag, Stuttgart, 1990

Walter Whitman
Franklin Evans or The Inebriate
College & University Press,
New Haven, Conn., 1967

||||||||||||||||||||||||||||||||||||||||||||||||||||||||||||||||||||||||||||||||

Zeitfracht Medien GmbH
Ferdinand-Jühlke-Straße 7
99095 Erfurt, Deutschland
produktsicherheit@kolibri360.de